À PRENDRE
OU À LAISSER

DU MÊME AUTEUR

Il faut qu'on parle de Kevin, Belfond, 2006 ; J'ai lu, 2008 ; rééd., 2020
La Double Vie d'Irina, Belfond, 2009 ; Pocket, 2021
Double faute, Belfond, 2010 ; Pocket, 2021
Tout ça pour quoi, Belfond, 2012 ; J'ai lu, 2014
Big Brother, Belfond, 2014 ; J'ai lu, 2016
Les Mandible : une famille, 2029-2047, Belfond, 2017 ; Pocket, 2019
Propriétés privées, Belfond, 2020 ; Pocket, 2021
Quatre heures, vingt-deux minutes et dix-huit secondes, Belfond, 2021

LIONEL SHRIVER

4,5

À PRENDRE OU À LAISSER

Traduit de l'anglais (États-Unis)
par Catherine Gibert

belfond

Titre original :
SHOULD WE STAY OR SHOULD WE GO
publié par HarperCollins Publishers, New York

Ce livre est une œuvre de fiction. Les noms, les personnages, les lieux et les événements sont le fruit de l'imagination de l'autrice ou utilisés fictivement. Toute ressemblance avec des événements, des lieux, des organisations ou des personnes réelles, vivantes ou mortes, serait pure coïncidence.

Retrouvez-nous sur www.belfond.fr
ou www.facebook.com/belfond

Éditions Belfond,
92, avenue de France, 75013 Paris.
Pour le Canada,
Interforum Canada, Inc.,
1055, bd René-Lévesque-Est,
Bureau 1100,
Montréal, Québec, H2L 4S5.

ISBN : 978-2-7144-9584-6
Dépôt légal : janvier 2023

Belfond | un département **place des éditeurs**

place des éditeurs

À Ann,
fidèle, talentueuse,
irrésistiblement malicieuse
et promise à un avenir radieux.
Merci de me défendre coûte que coûte
et d'avoir toujours pensé aux mignonnettes
et aux pop-corn pour nos retours épuisés en train.

« Tout système isolé tend spontanément vers un état de désordre augmenté. »

Deuxième principe de la thermodynamique

1

La boîte du porte-savon

— J'AURAIS DÛ pleurer ? demanda Kay en se débarrassant de son gros manteau noir, parfaitement approprié en cet avril interminable au froid maussade digne d'un mois de janvier.

Seul changement notoire de ce printemps, Kay, qui d'ordinaire acceptait sans rechigner les rigueurs de l'hiver, leur vouait désormais une haine tenace.

— Il n'y a pas de règle, répondit Cyril en remplissant la bouilloire.

— Si j'en crois certaines normes bien établies, il y en aurait. Et, je t'en prie, je sais qu'il est un peu tôt mais je ne veux pas de thé.

Sans plus tarder, Kay alla chercher la bouteille d'amontillado sec dans le frigo. Elle avait avalé une gorgée de vin à la cérémonie et ne se voyait pas revenir à l'English Breakfast. Boire un verre à la maison à dix-sept heures trente relevait d'une faiblesse coupable, mais le caractère exceptionnel de cette journée l'autorisait à enfreindre le principe qui prévalait sous leur toit - principe tacite et néanmoins gravé dans le marbre - interdisant formellement d'ouvrir une bouteille avant vingt heures. Imaginer qu'elle noyait son chagrin était pure présomption. À vrai dire, le sentiment que lui laissait l'événement marquant de l'après-midi ne s'apparentait en rien à du chagrin. Il s'agissait plutôt d'une valse-hésitation entre faim et indigestion.

À la surprise de Kay, Cyril renonça au thé pour partager un verre avec elle à la table de la cuisine, sans oublier de découper au préalable deux zestes de citron vert. Des deux époux, c'était sans doute Cyril qui portait la responsabilité initiale du diktat de vingt heures, même si la trame de leurs habitudes s'était tissée depuis trop longtemps pour que quiconque en remonte le fil.

— Je pensais au moins être soulagée, lâcha-t-elle en choquant un verre ordinaire contre celui déjà posé sur la table en un toast sans panache.

Très pratiques, ces verres hauts et étroits rapportés de Barcelone avaient des proportions idéales, ce qui n'était pas le cas de la plupart des jolis services en cristal. Le fait qu'elle soit capable de s'intéresser à la forme des verres en un moment pareil ne faisait qu'accroître son impression d'être en décalage.

— Tu n'es pas soulagée ?

— À vrai dire, j'attendais que cette page se tourne depuis plus de dix ans. Ce qui peut sembler abominable mais ne te surprendra pas. Puisque maintenant nous sommes face à ce qu'on appelait dans le temps « l'inéluctable »...

— On ferait peut-être mieux de parler aujourd'hui de « l'éventuel », la coupa Cyril. Ou de « l'indéfiniment reportable ». Ou encore de « Chérie, à la réflexion, et si on remettait ça à la semaine prochaine ? ».

— Je ne me sens pas plus légère ni plus libre, j'ai plutôt l'impression de peser une tonne et de n'avoir aucune énergie. Avec le temps qu'il a mis à mourir, mon père a pompé toute la vie autour de lui. Il nous a peut-être même privés du peu de vitalité dont nous aurions eu besoin pour enfin fêter son décès.

— Quel gâchis, dit Cyril.

— C'est vrai, et si seulement ce gâchis s'était limité à la seule vie de Godfrey Poskitt et à sa fin tragique, mais non, il a débordé. Sur ma pauvre mère, sur les soignants, et même sur nos enfants, jusqu'à ce qu'ils arrêtent de rendre visite à mon père. Je me félicite de les avoir autorisés à ne plus jouer les petits-enfants redoublant d'amour. À quoi ça aurait servi ? La plupart du temps, il ne les reconnaissait pas ou il les abreuvait d'injures en remerciement de leur sollicitude. Et puis, il était dégoûtant, Dieu sait si ma mère et moi avons essayé de le maintenir propre, mais changer ses couches était une épreuve, il se débattait, donnait des coups de pied et, beaucoup plus gênant, il lui arrivait même d'avoir une mini-érection – mon père, quand même ! Alors on retardait le moment de le changer et, souvent, il puait.

— Malgré tout, deux de ses petits-enfants ont fait acte de présence aujourd'hui, c'est bien.

— Simon est venu, bien sûr. Il a le sens du devoir et des responsabilités chevillé au corps, à tel point qu'à vingt-six ans on croirait qu'il en a quarante. Je suis contente qu'il soit venu, ne serait-ce que pour ma mère, mais Hayley est arrivée en retard évidemment - histoire de faire une entrée remarquée et d'attirer tous les regards. Je parie qu'elle l'a fait exprès, elle a dû allumer la télé avant de partir pour être sûre de ne pas être à l'heure comme tout le monde. Quant à la dérobade de Roy, elle était prévisible. Être un petit-fils, voilà encore un engagement qu'il est incapable de tenir sur la durée.

— Pour en revenir au gâchis, dit Cyril en reprenant le fil de leur conversation, tu as oublié que tu en as été toi aussi une des principales victimes.

Mieux valait l'entendre de la bouche de son mari.

— J'hésite à calculer le nombre d'années de ma vie que la sénilité de cet homme m'a coûté.

— Au moins, tu as réussi, par miracle, à continuer à travailler. C'est ton temps libre que ton père a aspiré. Les soirées, les week-ends, les matins à l'aube, les déplacements en urgence à Maida Vale en pleine nuit. Des moments que tu aurais pu passer avec moi.

— Ce qui fait aussi de toi une victime ?

— Une de plus, effectivement.

Ne pouvant pas tenir en place, Kay se leva pour aller ramasser près de l'évier les miettes qui traînaient sur le plan de travail, avec un regard las pour la véranda en construction censée prolonger la cuisine : un chantier qui durait depuis deux ans et un énième dégât collatéral lié aux besoins infernaux de son père. Aujourd'hui, les enfants leur enviaient cette maison alors qu'au moment où Cyril et elle l'avaient achetée en 1972 - ils venaient de découvrir que Kay était enceinte de Hayley –, le pays était à genoux et le quartier de Lambeth aussi. Ce qui explique qu'une aussi grande bâtisse, même située au sud de la Tamise, ait été dans les moyens d'une infirmière et d'un généraliste du secteur public.

Construite sur trois niveaux auxquels s'ajoutait un grenier aménageable, la maison n'était bluffante que de l'extérieur ; on n'aurait même pas pu la qualifier de « pépite à retaper ». Dix-neuf ans de dépassements budgétaires et de désagréments plus tard, ils étaient enfin propriétaires d'un bien habitable. Les enfants avaient tendance à oublier que, petits, ils devaient enjamber des piles instables de planches pour aller aux toilettes ou secouer la tête pour se débarrasser des morceaux de placoplatre avant de partir à l'école. Ils ne se souvenaient pas non plus que leurs parents les exhortaient à se dépêcher de rentrer à la maison en sortant du métro car le quartier, à l'époque, était infréquentable. Et ils avaient encore moins eu conscience de la charge financière pesant sur les salaires d'un jeune couple payé par l'État et du risque, considérable, que l'intérieur délabré ne s'effondre comme un château de cartes. Tout ce que les enfants voyaient aujourd'hui, c'était l'imposante et respectable demeure de papa et maman, incarnation bourgeoise d'un certain statut social – maison qu'ils ne pourraient jamais s'offrir, pas avec des taux d'intérêt à quinze pour cent ; concernant Roy, si sa mère devinait juste, il s'imaginait déjà hériter du nid. Roy cherchait toujours des raccourcis.

Maintenant que son père était mort, elle aurait le temps de finir la véranda, mais son enthousiasme pour le projet avait largement décliné. Elle avait cinquante et un ans. Combien de temps vivraient-ils encore dans cette maison ? Ou plutôt, combien de temps leur restait-il à vivre ? Kay s'était figuré franchir l'étape cruciale de la cinquantaine avec panache – *Regardez-moi ! Je me ris du temps qui passe et cette nouvelle décennie ne me fait ni chaud ni froid* –, or ce genre de réflexions morbides ne lui avait jamais traversé l'esprit au passage des quarante ans.

— Je me demande si je n'aurais pas dû raccompagner ma mère après la cérémonie, lâcha Kay, en proie au doute. Percy a dit qu'il rentrerait avec elle pour lui tenir compagnie mais je connais mon frère, il ne s'attardera pas.

— Tu n'en as pas assez de te sacrifier ? maugréa Cyril. C'est bien les femmes ! Vous êtes toujours en train de vous plaindre de ce que vous vous occupez de tout le monde, et dès que vous avez un moment libre, vous proposez aussitôt votre aide à quelqu'un d'autre.

— On « propose » notre aide, comme tu dis, uniquement parce qu'on sait que personne d'autre ne le fera !

Sa colère les surprit tous les deux. Kay se reprit.

— Excuse-moi. On ne peut pas dire que je n'aie pas sollicité Percy, tu le sais. Mais Tunbridge Wells, c'est loin, et, bien sûr, il était trop affairé à trahir sa femme et ses enfants.

— Ce n'est pas très juste de ta part.

— Je ne dis pas qu'il a eu l'idée de devenir gay uniquement pour échapper à son devoir filial. Mais le fait est qu'il s'est servi de son homosexualité pour se défiler. « Je ne peux pas m'occuper de papa ce week-end parce qu'il vit mal mon coming out. » Bien sûr qu'il le vivait mal, il était né en 1897 !

— Ce n'est pas tant que les femmes soient toujours cantonnées au rôle de porte-bassin, c'est surtout un problème politique, déclara Cyril en se redressant avec l'autorité qu'elle lui connaissait. Le gouvernement doit s'engager davantage dans l'aide sociale. Ça ne devrait pas échoir à ta mère, à toi ou au reste de ta famille...

— Et pourtant c'est bien ce qui s'est passé, se passe et se passera quand toi et moi serons à notre tour des croulants. Même une aide minime de la commune, pour faire le lit (et on ne parle même pas d'aller te récupérer dans la rue quand tu divagueras), c'est inenvisageable. Les prestations sont accordées en fonction des revenus, or mon père était avocat.

— C'est vrai, les critères de revenus sont assez stricts...

— La commune n'enverra jamais personne te torcher le derrière si tu gagnes plus de vingt mille livres - et maman n'atteignait même pas ce seuil une fois payée la ribambelle d'aides à domicile. Pourtant elle ne pouvait prétendre à aucune aide sous prétexte qu'elle était propriétaire de la maison. Si tu n'as rien mis de côté ou presque rien, la commune paye l'intégralité de l'addition. Qu'est-ce que tu en dis, monsieur le socialiste ? Tu t'échines toute ta vie, comme l'a fait mon père, pour être indépendant financièrement et subvenir aux besoins de ta famille, et, quand tu t'écroules, l'État te dit de te débrouiller tout seul. Ne fais rien, ne gagne rien, n'épargne rien, ne mets absolument rien de côté et l'État s'occupera de toi gratuitement, de A à Z. Force est de constater que celui qui exerce une activité, gagne et économise de l'argent est un crétin.

— Tu exagères. De toute façon, je pense que l'aide sociale devrait être un avantage universel, au même titre que la Sécurité sociale.

— C'est ça. Et alors ces mêmes individus responsables qui gagnent un tant soit peu d'argent continueront de payer pour eux et pour tout le monde avec des impôts extravagants. Tu n'aurais pas dû participer à la grosse manifestation de Trafalgar Square l'année dernière contre la *poll tax*, puisqu'elle était censée financer l'aide sociale et beaucoup d'autres choses.

— Arrête avec ça. La *poll tax* était totalement inégalitaire et tu le sais très bien. Et, grâce à des manifs comme celle de Trafalgar Square, elle vient d'être abrogée. Par ailleurs, je doute que ce soir, après cette journée éprouvante, tu sois dans le meilleur état d'esprit pour réfléchir à une politique gouvernementale complexe.

— Quand je pense à tous ces soins - couper ses gros ongles de pied hideux, retirer les glaires de ses narines velues, utiliser des boîtes entières de lingettes pour lui nettoyer le derrière...

Kay s'était mise à arpenter le sol en ardoise - en réunissant la cuisine et la salle à manger, ils avaient réussi à créer un très bel espace pour faire les cent pas.

— Tu ne peux pas imaginer à quel point c'est bizarre de brosser les dents d'un autre adulte, qui finit par te mordre... ou de lui courir après et de le coincer pour le déshabiller... J'avais l'impression d'être à moitié sa fille, à moitié son chien de berger. Je devais le surveiller en permanence comme un môme de deux ans, sinon il risquait de se couper, de boire du liquide vaisselle ou de mettre le feu à la maison... Le nourrir à la cuillère, essuyer la bouillie qui avait coulé sur sa barbe... Le persuader pendant des heures de bien vouloir descendre de l'échelle qui monte au grenier, forcément...

Kay s'interrompit, se tourna vers Cyril et poursuivit :

— Tous ces soins cumulés pour mon seul père auraient coûté une fortune à la communauté. Prendre en charge les autres épaves du même acabit saignerait l'État à blanc, voilà pourquoi ça ne peut pas être un avantage universel. Il fallait être trois pour le tenir : maman, l'auxiliaire et moi - en fait, on y arrivait à peine. Le vrai problème n'est pas la façon dont cette décomposition progressive mais inéluctable est financée, mais le fait qu'elle soit financée tout court. Pendant quatre ans d'affilée, l'état de mon père s'est détérioré avec régularité, puis pendant dix bonnes années, il est allé de mal en pis. Qu'importe qui s'acquitte des frais, c'est un gâchis d'argent monumental, doublé d'un gâchis de temps pour les personnes plus jeunes - ma mère, moi. On a gaspillé ce temps alors qu'on est encore en bonne santé, saines d'esprit et toujours capables de profiter de l'existence. Gâchis, tu disais ? Oui, un vrai gâchis, et pourquoi ? Il aurait dû mourir au moment où la maladie a été diagnostiquée. J'aurais pu alors revenir de ses obsèques en pleurant à chaudes larmes.

Kay se laissa retomber sur la chaise de cuisine, les yeux secs. Secs au point d'être douloureux.

Cyril observa sa femme. Cette froideur affectée ne lui ressemblait pas. Des deux, elle était la plus passionnée. Lui était l'intellectuel posé que certains prenaient parfois pour un homme insensible. D'habitude, elle ne savait pas dissimuler ses émotions. Pourtant, huit jours plus tôt, lorsque sa mère avait appelé à quatre heures du matin, Kay s'était montrée détachée. Certes, la nouvelle était attendue. Cela faisait plusieurs semaines que son père ne pouvait plus vraiment s'alimenter, le pauvre homme n'arrivait plus à déglutir. (Son cerveau, devenu trop défaillant, ne parvenait plus à fermer l'épiglotte. Au stade ultime, la maladie assène le coup de grâce : le cerveau oublie comment respirer.) Après avoir raccroché, Kay avait reposé le combiné et annoncé sans détour :

— Mort.

Puis elle s'était glissée sous la couette et s'était aussitôt rendormie.

— Tu ne ressens vraiment rien pour lui ? s'enquit Cyril. Même pas un peu de peine, une certaine nostalgie ?

À l'aune de l'incroyable indifférence dont elle avait fait preuve toute la semaine, il était facile d'imaginer le soulagement de Kay si Cyril venait à tomber raide mort à côté d'elle : enfin plus personne pour monopoliser la couette, elle l'aurait pour elle toute seule !

— Non, je ne ressens rien et pourtant, j'ai essayé, répondit-elle. Cette mort graduelle trompe tout le monde. J'ai l'impression qu'il a disparu depuis des années. Je n'ai pas eu droit non plus à un vrai deuil. Je ne devrais pas m'apitoyer sur mon sort, celui de maman a été bien pire. Mon père l'accusait de lui voler ses affaires ou de fouiller dans ses papiers. Il a appelé la police plus d'une fois et il lui arrivait d'avoir des moments de lucidité assez longs pour convaincre le policier venu sonner à la porte que la dame inconnue dans le salon était en fait une arnaqueuse ou une voleuse. Je n'ose pas imaginer sa douleur. J'ai déjà dû t'en parler mais, ces dernières années, il avait complètement oublié leur mariage. En revanche, il était obnubilé par une certaine « Adélaïde », tu te rappelles ? La belle qu'il avait épousée à son retour de la Grande Guerre. Même pas deux ans après, Adélaïde était morte, sans doute de la grippe espagnole. Tu te rends compte de ce que ma mère a dû ressentir, ses cinquante-cinq années de mariage effacées au profit d'une relation de dix-huit mois datant de 1920 ? C'est comme si, dans mes vieux jours, je me languissais encore de David Machin…

— David Castleveter, compléta Cyril avec aigreur.

— Tu vois, tu te souviens mieux de mes ex que moi. Pour en revenir à Adélaïde, mon père la réclamait à cor et à cri et accusait ma mère de l'avoir kidnappée. Il prenait maman pour une mégère qui le retenait prisonnier dans cette étrange maison. J'ai vu la photo en noir et blanc d'Adélaïde tout en haut de la bibliothèque du bureau de mon père et je peux te dire que c'était une bombe, beaucoup plus séduisante que ma mère ne l'a jamais été. Pour maman, ça n'a pas dû être facile.

— Tu ne peux pas faire la part des choses, lui dit Cyril en lui resservant un petit verre.

Ce n'était pas la première fois que Kay lui parlait de l'obsession pathologique de Godfrey pour Adélaïde, mais la ressasser semblait avoir un effet apaisant sur elle.

— Tu avais l'air d'avoir une véritable tendresse pour ton père avant qu'il décline. Tu ne peux pas garder le souvenir de lui au mieux de sa forme dans un compartiment à part ?

— Bonne idée, mais la mémoire ne fonctionne pas comme ça. Elle n'est pas manipulable. Le souvenir de cette époque est comparable à un petit insecte piétiné par ces dix dernières années. Quand je pense à mon père, je ne peux pas contrôler ce qui me vient à l'esprit. Et l'image la plus fréquente, c'est lui nu de la taille aux pieds, écumant de rage et couvert d'excréments.

— Je me rappelle très bien Godfrey plus jeune. Un peu coincé et conservateur - mais, par respect, on pardonne à nos aînés leurs erreurs de jugement.

— Tu ne pardonnais rien du tout. Vous avez eu des disputes homériques à l'arrivée de Thatcher - à ce moment-là il avait déjà commencé à divaguer, vous ne discutiez pas à armes égales.

— Tu vois. Tu te rappelles de choses qui datent d'avant la période où il a complètement perdu la boule.

— Ma mère est persuadée d'être la cause de ce désastre.

— Comment ça ?

— Mon père a sans doute été vraiment anéanti par la disparition d'Adélaïde puisqu'il ne s'est remarié qu'en... 1936, il me semble. Il était plutôt bel homme à l'époque - svelte, les pommettes hautes, une superbe chevelure abondante qu'il a gardée jusqu'à la fin. Ma mère était réceptionniste à son cabinet et ne devait pas gagner grand-chose. Épouser un avocat lui apportait une sécurité dont elle n'aurait jamais osé rêver. En ce temps-là, la seule raison pour laquelle une jeune femme célibataire travaillait, c'était que sa famille ne pouvait pas subvenir à ses besoins, et le père de ma mère était un petit commerçant, il tirait le diable par la queue.

— Épargne-nous ton numéro sur les origines modestes de ta mère, ma caille. Tu as été élevée dans l'opulence et tu le sais.

Autrefois, les Britanniques prétentieux se réclamaient d'un parent éloigné doté d'un titre de noblesse - baron, duc - pour mieux se hisser sur l'échelle sociale aux yeux de leurs compatriotes. Plus récemment, la classe moyenne dans son ensemble se réclamait au contraire de parents mineurs ou d'ouvriers métallurgistes. Mais avec un père qui avait d'abord travaillé chez Longbridge puis chez British Leyland, Cyril, originaire de Birmingham, remportait toujours la palme de celui qui venait du milieu le plus déprimant. Pourtant il avait lui-même tendance à minimiser le fait qu'au moment où son père avait pris sa retraite, les ouvriers du secteur automobile étaient grassement payés. Il avait aussi inventé toutes sortes d'explications afin de justifier la totale disparition de son accent *brummie* quand il avait quitté Birmingham pour Londres ; mais en réalité la vraie raison en était simple : il avait honte. Ce qui faisait d'un vestige régional comme « ma caille » une attention d'autant plus précieuse.

— Laisse-moi finir, ô homme du peuple, lança Kay. Au milieu des années 1930, l'économie n'était pas très florissante. Et, bien sûr, ma mère avait été flattée de recevoir les attentions d'un homme plus âgé. Je pense qu'elle est réellement tombée amoureuse de lui, mais comme on s'entiche d'un homme qui vous en impose de par sa profession et vous impressionne, d'autant plus qu'il est votre patron. Il la rassurait. Les dix-huit ans de différence d'âge ont dû lui apparaître comme un avantage plutôt qu'un sacrifice.

— Les jeunes n'ont aucune imagination, railla Cyril.

— Pas faux, approuva Kay. Elle a peut-être quand même réfléchi aux conséquences pour nous, leurs enfants – puisque notre père nous a toujours semblé vieux, à Percy et à moi. On ne se rendait pas compte à quel point il était encore jeune. Tous les pères de nos camarades de classe avaient fait « la guerre » mais nous, on s'efforçait de dissimuler le fait que le nôtre avait fait la Première. Cela dit, j'imagine que la dernière chose à laquelle ma mère a dû penser le jour de son mariage, c'est qu'aux quatre-vingts ans de son promis, elle n'en aurait que soixante-deux, qu'elle serait toujours alerte pour une femme de son âge et qu'elle se retrouverait coincée avec un vieux gâteux qui, soudain, ne se rappellerait plus qui est Premier ministre. Et, dans la mesure où personne ne vivait très vieux dans les années 1930, ma mère n'a pas pu imaginer qu'au moment où il mourrait enfin à quatre-vingt-quatorze ans, elle en aurait soixante-seize, des hanches en mauvais état après avoir foutu en l'air dix ans et demi de sa vie à jouer les dames pipi, copieusement injuriée en remerciement de ses bons offices. Tout ça pour, au final, être terrorisée à l'idée de vivre à son tour la même chose que lui !

— Je ne vais pas t'accuser d'égocentrisme, tenta Cyril avec douceur en lui effleurant la main, mais tu pleures sur le sort de ta mère ou sur le nôtre ?

— Je n'en sais rien, répondit Kay en s'essuyant les yeux, soulagée, en ce jour pas comme les autres, de pleurer sur le sort de quelqu'un, fût-ce le sien.

— Est-ce que, par hasard, tu serais aussi en colère contre moi ? demanda Cyril d'un ton hésitant. Parce que je ne t'ai pas suffisamment remplacée auprès de ton père ?

— Non, non, on en a déjà parlé. Arrête de te flageller, s'il te plaît. Un de nous deux devait être là pour Hayley tant qu'elle était scolarisée. Et il fallait bien quelqu'un pour penser à prendre du pain ! Quoi qu'il en soit, rappelle-toi, les rares fois où tu m'as remplacée, mon père a été terriblement stressé. Si ça se trouve, il te prenait pour un rival lorgnant sur Adélaïde. Et puis, toi aussi tu devais aller à Birmingham tous les mois pour t'assurer que tes vieux parents allaient bien. Maintenant, qui sait ce qu'il adviendra de ma mère... Je suis littéralement lessivée, et pourtant, il nous faudra peut-être faire face à d'autres fins de vie difficiles... Est-ce que le travail à plein temps qui nous attend, c'est regarder des fruits pourrir dans une coupe ?

Cyril s'accorda une seconde de réflexion.

— Si ta mère vit effectivement longtemps, je comprends que tu aies peur d'avoir à en repasser par là. C'est vrai que ton frère s'est contenté d'organiser les obsèques une fois que le plus dur était passé...

— Et il a fait n'importe quoi. Il aurait dû dissuader maman de réserver la chapelle principale de St Mark, qui peut accueillir cinq cents personnes. Tous les amis de mon père sont morts, ses frères et sœurs aussi. Sa démence avait aussi éloigné ses neveux et nièces, qui sont de toute façon trop âgés pour assister à un office dans le nord de Londres sans déambulateur. Le résultat était ridicule, il n'y avait personne. On aurait dit des touristes en visite plutôt qu'un enterrement.

— Je suppose qu'en plus tu penses à mes parents, reprit Cyril patiemment, mais ma sœur nous prêtera main-forte.

Et je paierai ce qu'il faut pour éviter qu'ils viennent vivre chez nous, étant donné que ma mère et toi vous ne vous êtes jamais vraiment bien entendues. Donc, si tu n'y vois pas d'inconvénient, je préfère m'inquiéter de ce qu'il adviendra de nous.

— On a à peine passé le cap de la cinquantaine, tu ne brûles pas un peu les étapes ?

— Pas du tout. On est encore relativement jeunes et en bonne santé, c'est le meilleur moment pour réfléchir aux choix qui s'offriront à nous lorsqu'on atteindra le grand âge. C'était très gentil de ta part de me protéger, mais si je me suis ingénié à ne pas m'occuper de ton père, c'est que j'avais du mal à supporter le spectacle de sa déchéance, et pourtant je n'ai pas eu à subir grand-chose. Ce n'était pas mon père, donc ça ne me regardait pas vraiment, et j'avoue que cette situation m'arrangeait bien : je n'ai pas mis la main à la pâte parce que je n'avais pas à le faire, c'est tout. J'ai quelques patients très âgés et fragiles dans mon service, mais les rendez-vous ne durent que dix minutes, ils sont presque toujours accompagnés d'un parent et je ne suis pas censé changer leurs couches ou décider cinquante fois par jour si je dois les accompagner dans leurs délires ou les ramener sur terre. J'ai trouvé ces consultations lugubres et démoralisantes mais pas au point de m'empêcher de faire mon travail. En revanche, ton père me donnait des envies de suicide, ou de meurtre, voire les deux. Une demi-heure avec lui me semblait durer des millions d'années. Dans ces moments-là, la vie me paraissait vaine et horrible. Il avait eu ses errements politiques, certes, mais Godfrey s'était toujours exprimé avec distinction, avait toujours été bien élevé, impeccable, tout ça pour finir à un stade inférieur à celui de l'animal. Au moins, les vrais animaux peuvent être euthanasiés chez le véto avant que leur état ne se dégrade. Je suis prêt à n'importe quoi pour nous éviter ça.

— C'est ce que tout le monde prétend, répliqua Kay d'un air sombre en posant les pieds sur la chaise qui lui faisait face. Chacun pense être une exception. Tout le monde voit ce qui arrive aux vieilles personnes et jure que ça ne lui arrivera jamais. Les gens disent qu'ils ne le toléreront pas, qu'ils ont des exigences et qu'ils mettent leur qualité de vie au-dessus de tout. Soi-disant ils trouveront le moyen de vieillir dans la dignité. Si d'aventure ils devaient mourir – même si la plupart sont persuadés qu'ils ne mourront jamais –, ils se montreront sages, chaleureux, drôles et lucides jusqu'à la dernière minute, entourés de leurs amis et d'une famille débordant de tendresse. Chacun pense avoir trop d'amour-propre pour laisser un inconnu faire sa toilette intime ou être emprisonné dans un hospice aseptisé et impersonnel ou dégoûtant et impersonnel, au choix. Puis il se trouve que, oh, surprise, les gens sont exactement comme tout le monde ! Ils tombent en décrépitude comme tout le monde et finissent tristement leur vie comme tout le monde : soit en compagnie d'une Bulgare hébergée dans la chambre d'amis – laquelle les déteste copieusement et boit leur whisky en douce –, soit dans une institution cynique qui fait des économies en leur servant des sandwichs de pain rassis au pâté à tous les repas. Certes, mon père était jadis élégant et cultivé. Si, à l'époque, une cartomancienne lui avait laissé entrevoir ce à quoi sa vie ressemblerait lorsqu'il aurait quatre-vingt-dix ans, c'est-à-dire fuir sa femme qu'il pensait être un agent des services secrets tout en macérant dans ses excréments, tu ne crois pas qu'il lui aurait dit qu'il préférerait mourir ?

— C'est justement où je voulais en venir, expliqua Cyril. J'ai vu passer suffisamment de patients âgés pour en conclure de façon définitive que très peu d'individus parviennent à maintenir au-delà de l'âge de quatre-vingts ans cette « qualité de vie » considérée comme acquise. Les maladies chroniques commencent à s'additionner. Même si on garde toute sa tête, le corps implose et la vie quotidienne tourne quasi exclusivement autour de la douleur. Chaque année qui passe allonge la liste des gestes qu'on ne peut plus faire. Le monde rétrécit, plus rien de ce qui s'y déroule n'a d'importance, ce qui compte c'est de diminuer la douleur ou, au moins, de ne pas la laisser empirer. Et peut-être la nourriture, dans l'éventualité improbable où on ait toujours de l'appétit. Quatre-vingt, c'est un nombre rond. Donc, j'aime bien que ce soit la limite.

— Et il se passe quoi alors ?

— En tant que praticien, je suis bien placé pour trouver la solution médicale efficace. Pour ne pas finir comme tout le monde, il suffit de prendre les devants.

— Attends une seconde. Que les choses soient claires, dit Kay en reposant les pieds par terre et en se redressant. Tu proposes qu'on vive jusqu'à quatre-vingts ans et qu'ensuite on se suicide ? Tu n'as pas prononcé le mot. Quand on échafaude un projet pareil, on ne doit pas avoir recours à un euphémisme, ni éluder.

— Tu as raison, admit Cyril. Je propose qu'on vive jusqu'à quatre-vingts ans et qu'ensuite on se suicide, ânonna-t-il.

— Mais, à supposer que tu sois sérieux...

— On ne peut pas être plus sérieux. D'ailleurs, on peut être victime d'un accident ou succomber à une maladie à tout âge. On devrait, par principe, être toujours prêt à tirer sa révérence en vitesse. Il est des expériences que certains peuvent supporter dix minutes alors que toi et moi nous supplierions d'en finir bien avant.

— C'est une menace ?

— Une observation. Je n'ai pas besoin de te rappeler ce dont on a été témoins tous les deux.

— Mais comment fonctionnerait ce pacte ? Tu as un an de plus que moi. Je te regarde piquer définitivement du nez une fois que tu auras bu ton effroyable ciguë, je n'appelle pas les urgences - sans que ça m'envoie en prison, bien sûr - puis je passe les quatorze mois suivants à pleurer ta disparition ? Après quoi, je suis contractuellement obligée de faire pareil ?

— Je préférerais qu'on procède comme toujours depuis 1963 : à savoir, ensemble. On pourrait choisir mon anniversaire mais, à moins que tu ne sois mal en point, ce qui est une possibilité, cela te contraindrait à un petit sacrifice. Donc je suggère que je tienne bon, quel que soit mon état, et qu'on attende le tien.

— Tu parles d'un anniversaire, marmonna Kay.

— Il faut que notre engagement soit inébranlable. D'un autre côté, tu seras peut-être rassurée de savoir que l'espérance de vie en Angleterre et au Pays de Galles est aujourd'hui de soixante-treize ans pour les hommes et de soixante-dix-neuf ans pour les femmes. Ton père était une aberration statistique. Un bookmaker coterait à plus d'une chance sur deux la probabilité que nous avons de ne jamais devoir respecter notre pacte.

À peine quelques années plus tard, quiconque énoncerait l'espérance de vie des hommes et des femmes d'Angleterre et du Pays de Galles ne parviendrait pas à impressionner la galerie, sachant que des gosses de huit ans ayant accès à une ligne téléphonique obtiendraient ces chiffres en quelques secondes. Quelques années plus tard encore, les mêmes gosses de huit ans auraient dans la poche de leur pantalon un outil leur permettant de se les procurer directement - ainsi que la superficie de la Micronésie et les traitements habituels du maïs -, ôtant de ce fait pratiquement toute valeur à la culture générale. Mais à l'époque, Cyril pouvait citer ces chiffres actualisés pour l'unique raison qu'il était médecin généraliste et qu'il se tenait au courant.

— Et si je disais non ? s'inquiéta Kay. Tu le ferais quand même ?

— C'est possible. Comme un service. Un grand service, d'après ce que ton père nous a montré.

— Je pourrais ne pas le prendre comme un service.

— La gentillesse authentique n'a pas besoin de félicitations.

Sur le moment, Kay aurait pu abuser son mari en lui donnant un accord de façade, il aurait lâché l'affaire et ils auraient continué leur vie comme avant. À mesure que les images les plus terrifiantes du déclin de son père commenceraient à s'estomper, Cyril oublierait peut-être ce pacte absurde. Mais elle le connaissait trop bien. Il n'oublierait pas. Sa relation à son mari était fondée sur le respect et Kay ne comptait pas y déroger. Après vingt-huit ans de mariage, Cyril aurait fatalement décelé toute duplicité de sa part. Tout comme il aurait admis la sienne si Kay avait soupçonné derrière ce projet un quelconque caprice ou une imprudence passagère. C'était un homme sérieux, souvent trop sérieux au goût de son épouse, qui trouvait parfois son idéalisme oppressant. Il ne faisait aucun doute qu'il avait réfléchi à la question depuis un certain temps, voire des années. S'il s'était avancé aujourd'hui à mettre la proposition sur la table, c'est que sa détermination était sans faille. Le moins qu'elle puisse faire était d'y réfléchir sérieusement et de s'engager corps et âme ou bien de refuser totalement.

Elle déclara donc à Cyril que son idée l'avait prise de court et que, compte tenu de la gravité de ce qui était en jeu, elle devait l'étudier. En se levant pour remettre le xérès au frigo, elle fut consternée de découvrir qu'ils, ou plutôt elle, avait terminé la bouteille. Bon sang, à seulement dix-neuf heures cinq, elle était déjà pompette, pas très enthousiaste à l'idée de préparer le dîner, et dans un état où il était préférable de ne pas s'approcher d'une cuisinière allumée. Pas d'alcool avant vingt heures ! La fameuse règle de Cyril semblait stricte et arbitraire mais, dans la vie, certains repères intangibles érigeaient une structure qui permettait d'être à la fois déterminé et efficace.

Dans la semaine qui suivit la proposition de son mari, Kay était en train d'inspecter la clayette supérieure du frigo, persuadée d'y trouver un pot de sauce à la menthe entamé, quand elle tomba sur une petite boîte noire en carton rigide nichée au fond du coin gauche. Elle reconnut cette boîte comme étant l'emballage d'un porte-savon en inox élégant mais mal pensé (l'inox est un matériau séduisant à condition qu'il ne soit pas barbouillé de savon). Pour tout dire, elle avait gardé cet accessoire inutilisable uniquement pour sa jolie boîte, dont le couvercle se refermait avec un *pff* délicieux. Cyril n'ayant pas encore commencé à dérailler, il n'avait évidemment pas mis à refroidir un porte-savon en métal. À la seconde où elle posa les yeux sur la boîte, elle fut certaine de son contenu. Il serait excessif de dire que la boîte lui fit peur. Elle étudia l'objet avec un mélange contrarié de curiosité et de circonspection, mais son intérêt ne fut pas assez fort pour qu'elle soulève le couvercle. Elle laissa la boîte où elle était sans la toucher et se résigna à ouvrir un nouveau pot de sauce à la menthe.

Quelques mois plus tard, à l'automne, Kay balança le même manteau noir sur le plan de travail et se laissa tomber sur la même chaise de cuisine. Sa famille avait beau être amputée d'un élément, elle n'était pas entièrement libérée de Maida Vale, même si les visites étaient désormais programmées à l'avance et à des heures décentes de la journée. Ce mois-là, Cyril était de garde dans son service le samedi et il venait juste de rentrer.

— On est plus ou moins arrivé à la conclusion que la maladie d'Alzheimer a une forte composante génétique, non ? avança Kay d'une voix molle.

— Il semblerait que le mode de vie contribue au développement de la maladie – cette petite chanson gagne en popularité au sein du National Health Service et c'est une manière fort habile de rejeter la responsabilité de leur malheur sur les patients –, mais oui, la démence possède, semble-t-il, un caractère héréditaire.

— Parce que j'ai trouvé dix boîtes de Weetabix dans les placards de ma mère. Elle a toujours fait des provisions avec la même efficacité qu'un mess des armées, sauf qu'elle dit maintenant aller chez Sainsbury's en oubliant qu'elle a déjà acheté des céréales. Je me suis retenue de lui faire remarquer qu'elle ne se rappelait pas non plus que c'était mon père qui mangeait des Weetabix au petit déjeuner, et elle des toasts.

— C'est bien normal que tu t'inquiètes, mais tu ne tirerais pas des conclusions hâtives ?

— Pas si hâtives que ça. En l'espace d'une heure, elle m'a raconté trois fois le même concert de musique de chambre à St Mark. Elle n'a pas arrêté de me demander comment « Cyril » se débrouillait à la Barclays et si « Cyril » appréciait son nouvel appartement, j'ai fini par en déduire qu'elle parlait de Simon. Enfin, j'ai découvert une pile de serviettes de toilette toutes propres dans son four. Ce pacte dont tu parlais, mon chéri, conclut Kay d'un air sombre en se levant – elle n'avait fait aucune allusion à la proposition macabre de son mari depuis la première fois où il l'avait évoquée en avril –, je suis à fond pour.

C'est ainsi que Kay et Cyril Wilkinson scellèrent leur accord au mois d'octobre 1991. Avec l'éternelle arrogance du présent, la dernière décennie du xxe siècle semblait avancer à grands pas vers le meilleur des mondes. À l'instar des précédentes, cette époque avait un air de redoutable modernité et débordait d'innovations époustouflantes – notamment des ordinateurs abordables et assez compacts pour qu'on puisse en avoir un chez soi. La plupart des gens n'avaient pris aucune part à leur invention mais leurs fonctionnalités éblouissantes semblaient pourtant les flatter.

Malgré certains remous économiques, ce fut une période portée par un optimisme vertigineux. Au Royaume-Uni, Michael Heseltine avait planté un couteau dans le dos de la cheffe de file de son propre parti, et la méchante sorcière avait été défaite (Kay avait la sagesse de le dissimuler à Cyril, mais elle avait malgré tout une faiblesse pour Maggie). Mandela était sorti de prison et pardonnait déjà ce qui semblait impardonnable tandis que des négociations de paix multipartites avaient lieu à Johannesburg. Les six semaines de ce qu'on n'appelait pas encore la « première » guerre du Golfe parurent interminables sur le moment, pourtant elles furent bientôt joyeusement ramenées à « seulement » six semaines. Le mur de Berlin ayant été débité en souvenirs pour touristes, les tyrans d'Europe de l'Est furent destitués ou lynchés, l'Allemagne fut réunifiée et une flopée de républiques soviétiques, dont la plupart des Occidentaux n'avaient jamais entendu parler, déclarèrent leur indépendance. L'ensemble de ces événements incita un philosophe politique de renom à poser comme postulat « la fin de l'Histoire », ce qui, alors que deux guerres mondiales étaient encore dans les mémoires, offrait une perspective réjouissante.

Le National Health Service avait été créé quand Cyril avait neuf ans et le climat général qui régnait après-guerre, dans lequel Kay et lui avaient grandi, fleurait bon la solidarité et le sacrifice. Impatient de prendre part au grand et nouveau projet socialiste de son pays, il avait décidé d'être généraliste à l'âge de quinze ans. Par conséquent, malgré le scandale du sang contaminé au virus HIV et à l'hépatite C de l'Agence nationale du sang dans les années 1980 et le cauchemar de l'envol des coûts, son engagement professionnel dans ce que les hommes politiques, tout comme les patients, appelaient affectueusement « notre NHS », était resté inébranlable. À partir de son premier internat, la question ne s'était plus jamais posée : le docteur Cyril J. Wilkinson serait marié à vie au NHS.

Kay, en revanche, avait choisi de faire des études d'infirmière par opportunité. À la fin des années 1950, le métier d'infirmière était l'un des rares ouverts aux femmes. Pourtant, Kay n'était pas taillée pour ce travail. Gamine, elle était peureuse, allergique aux aiguilles et, lorsqu'elle piquait un patient, il fallait qu'elle s'imagine faire une injection à un rôti de porc pour ne pas défaillir. Elle pouvait faire preuve de générosité mais pas au point de se sacrifier, et rêvait d'une reconnaissance personnelle que les professions de santé n'offraient pas. Bien qu'elle ait été tout à fait compétente et très loin d'être effacée au service d'endocrinologie de St Thomas, elle n'avait jamais considéré le métier d'infirmière comme une vocation. Elle prit donc sa retraite à l'âge légal de cinquante-cinq ans et s'inscrivit aussitôt à un cycle de décoration d'intérieur à Kingston University. Se réinventer impliquait de venir à bout de l'opposition farouche de son mari. Elle fut obligée de lui rappeler le nombre incalculable de fois où il avait salué son sens esthétique. Il faut dire qu'elle avait rénové seule leur maison de Lambeth, qui avait désormais du cachet et attirait les commentaires flatteurs. Après avoir obtenu son diplôme et s'être inscrite au registre du commerce, elle travailla d'abord pour des amis, ce qui lui fit sa propre publicité et lui permit d'acquérir très vite une réputation. Avec le temps, Kay se construisit une toute nouvelle carrière, beaucoup plus amusante.

Les généralistes étaient censés prendre leur retraite à soixante ans, mais Cyril s'attarda cinq années de plus – et peut-être serait-il resté davantage tant l'oisiveté le rendait grognon (le jardin ne l'intéressait pas). Il avait ses livres, même si les essais arides qui avaient sa préférence ne servaient à rien si ce n'est à son enrichissement personnel (et qui se souciait des sujets sur lesquels un médecin retraité était incollable ?). Même avant ses diatribes dénonçant une seconde guerre du Golfe, il passait des heures à éplucher le *Guardian* en pestant : quel intérêt d'avoir enfin un gouvernement travailliste quand le Premier ministre était un conservateur qui s'ignorait, influençable et au sourire factice ? Il ralentit son rythme, ne serait-ce que pour remplir ses journées, tandis que Kay, énergique comme toujours, mettait les bouchées doubles. Il y avait toujours une couleur de peinture à choisir, une énième vente aux enchères à laquelle assister ou une bergère charmante trouvée sur le trottoir qui ne demandait qu'à être sauvée et retapissée avant que les services de la voirie ne l'emportent à la décharge.

Le couple faisait rarement allusion à son jour J autodécrété. La « solution médicale efficace » demeura au fond du même coin gauche du frigo pendant des années et Kay n'y toucha jamais. Il est probable que Cyril remplaçait régulièrement le contenu de la boîte par de nouveaux médicaments, en tout cas jamais en sa présence. Lorsque leur fidèle frigo John Lewis finit par inonder la cuisine comme un vieux chien tremblant sur le point d'être piqué, Kay se chargea de sortir les pots de mayonnaise et de confiture ; et de jeter les demi-citrons moisis au fond du bac à légumes. Cependant, en vidant la clayette du haut, elle tomba sur un pot de sauce à la menthe entamé avec une croûte sur le dessus, mais la boîte noire avait disparu. Une fois le nouveau Bosch livré, elle commença à y ranger les provisions encore comestibles quand elle s'aperçut que, dans le réfrigérateur par ailleurs entièrement vide, la boîte noire était de retour à son emplacement habituel. Pendant toute la transition, elle n'avait pas vu Cyril traîner autour du défunt frigo ni de son remplaçant. Mystère.

Néanmoins, au cours des échanges animés mais pas toujours gais qui ponctuaient leurs dîners, Cyril faisait régulièrement allusion à leur accord de façon implicite. Pour lui, se montrer plein d'esprit pouvait se traduire par ce genre d'observation :

— As-tu remarqué que, dans la nature, on ne voit jamais d'animaux qui ont l'air vraiment vieux – des animaux voûtés qui perdent leurs poils et marchent avec difficulté ? Prenons le cerf, par exemple : il arrive à l'âge adulte, puis il garde plus ou moins le même aspect toute sa vie durant et ensuite, il meurt. On s'habitue à voir des gens très âgés mais on est aussi des animaux, or, chez les animaux, survivre dans un état de délabrement avancé est contre nature.

Il continuait de suivre l'augmentation constante de l'espérance de vie avec consternation.

— Aux infos, sur un sujet concernant notre « population vieillissante », fit-il remarquer un soir qu'ils partageaient une tourte au poulet, tout de suite après avoir dit que l'espérance de vie s'est encore accrue, le présentateur a ajouté : « Ce qui est une bonne chose, bien sûr ! » Il n'a pas pu s'en empêcher. Mais ce n'est pas une bonne chose ! On ne vit pas plus longtemps. On n'en finit pas de mourir !

À propos d'un détail, il avança que, depuis sa création en 1948, le budget annuel du NHS avait été multiplié par quatre ! Et ce en valeur réelle, inflation comprise ! En 1999, l'année où Tony Blair injecta des liquidités dans le service de santé « gratuit » comme s'il fourrait une dinde au beurre fondu, le même Cyril mit ses chiffres à jour : « multiplié par six ! ».

Il tenait sa femme informée de la proportion galopante de Britanniques âgés de plus de soixante-cinq ans, soulignant en particulier l'augmentation des « super vieux » de plus de quatre-vingt-cinq ans, dont les diverses maladies chroniques étaient désastreuses sur le plan fiscal pour le reste de la population, sans parler de leurs incalculables souffrances intimes.

— Les gens de notre âge, fit-il remarquer alors que le couple avait passé la soixantaine, coûtent deux fois plus cher à la Sécurité sociale qu'un trentenaire. Mais, à quatre-vingt-cinq ans, le différentiel est de un à cinq ! Cinq fois plus de pognon pour garder en vie un vieux croûton avachi tout l'après-midi devant *Top Chef*, comparé à un contribuable, père de jeunes enfants, encore capable de profiter d'une belle journée en plein air et de taper dans le ballon.

Presque guilleret, il annonça à Kay que la reine, qui signait en personne les cartes d'anniversaire de tous les nouveaux centenaires, serait bientôt contrainte de laisser la tâche à un ordinateur en raison du nombre croissant de Britanniques de plus d'un siècle, au risque pour l'aimable vieille dame de devoir s'aliter pour cause de crampe de l'écrivain.

Cyril tenait à jour le pourcentage toujours plus important des « monopoliseurs de lit » dans les hôpitaux britanniques : patients âgés assez en forme pour rentrer chez eux mais trop fragiles pour être libérés sur parole. Compte tenu de l'aide sociale défaillante en Grande-Bretagne, ils restaient souvent plusieurs mois à l'hôpital, prenant la place d'un patient plus jeune qui avait toutes les chances de se rétablir et en avait un besoin urgent. Cyril semblait presque se réjouir du taux exponentiel d'annulations d'opérations du fait de ces monopoliseurs de lits. Il arrivait, en effet, qu'un patient voie son opération indispensable reportée à de nombreuses reprises à la dernière minute, faute de lit disponible pour sa convalescence.

— Tu imagines un peu ? demanda Cyril à sa femme avec véhémence. Tu l'as vu toi-même. Il faut un sacré courage pour se préparer mentalement à se faire charcuter. Physiquement aussi, il y a le protocole, ne rien boire ni manger après minuit, par exemple. Quand tu penses à toute cette angoisse qui monte pour qu'on te dise le matin même : « Désolé, finalement l'opération n'aura pas lieu, je vous prie de rentrer chez vous. » Et supporter de se préparer de nouveau et d'être de nouveau déçu encore et encore ? C'est proprement scandaleux.

Ce sermon n'était pas sans rappeler les nouveaux évangéliques « *born again* » qui prêchaient à Hyde Park, à la différence près que Cyril ne prônait pas la vie éternelle mais plutôt le contraire. Sa rancune manifeste à l'égard des personnes âgées pouvait apparaître comme peu charitable, sachant que la seule faute de tous ces pauvres gens était de s'attarder. Néanmoins, le temps passant, Kay fut amenée à lui faire cette remarque :

— Il va bientôt falloir que tu arrêtes de dire « ils » et que tu te mettes à râler contre « nous ».

En vieillissant, la plupart des gens commencent à se prendre les pieds dans le tapis de leur propre organisation, sachant qu'on ignore avec exactitude pour combien d'années à venir ce sera nécessaire. Ils prennent différentes dispositions comme s'il leur restait quatre décennies à vivre et non quatre jours – c'est pourquoi il est fréquent que des personnes très âgées prennent des décisions fondées sur la certitude qu'elles vivront toujours. Au bout du compte, la solution serait d'accepter sans réserve le fait qu'on puisse tomber raide mort d'une seconde à l'autre. Cela conduirait logiquement à déclarer à ses proches et autres êtres chers, de façon incessante et sans doute agaçante, à quel point on les porte dans son cœur – tout en ne se préoccupant jamais des factures d'électricité à payer, des lettres de motivation à rédiger et du nettoyage des toilettes qui, comme de juste, ne devraient jamais priver quiconque de ses derniers moments sur cette terre. Il conviendrait donc, pour résumer, de demeurer dans une pièce sans lumière, d'être au chômage et d'avoir des toilettes nauséabondes.

Savoir avec certitude, ce qui était rare, quand prendraient fin leurs deux existences permit à Kay et Cyril de planifier les choses, surtout en termes financiers. Ils étaient du même avis concernant leurs enfants. Simon gagnait très bien sa vie à la City et n'avait pas besoin d'un coup de pouce. Le diplôme de Hayley en spectacle vivant obtenu à Goldsmith ne lui avait pas ouvert, ainsi qu'on pouvait s'en douter, les portes d'une carrière lucrative, mais l'éclat de sa jeunesse lui avait permis de mettre le grappin sur un mari titulaire d'une chaire de linguistique à University College, bien avant que son inconstance phénoménale ne se transforme en névrose ordinaire et en égocentrisme. Un héritage, quel qu'il soit, ne ferait qu'accroître sa tendance démoralisante à la dépendance. Quant à Roy, il était le seul de leurs enfants à avoir besoin d'argent puisqu'il passait son temps à faire exploser le plafond de sa carte de crédit. Hayley affirmait, à tort ou à raison, que son plus jeune frère avait un problème de drogue récurrent. Quoi qu'il en soit, Roy avait bel et bien abandonné d'innombrables études à mi-parcours, laissé tomber un bon paquet de petites amies et sollicité régulièrement ses parents pour qu'ils le renflouent. Lui donner un bas de laine bien garni revenait à arroser du sable. De toute façon, Cyril n'était pas partisan de l'héritage et d'ailleurs l'État non plus, vu le montant ridicule de l'abattement sur les successions.

Moyennant quoi, lorsque Cyril commença lui aussi à toucher sa retraite, ils réhypothéquèrent la maison, obtenant plus de fonds qu'ils n'en avaient déboursé pour l'acheter. Ils souscrivirent des fiducies irrévocables au profit de leurs cinq petits-enfants – assez importantes pour leur mettre le pied à l'étrier mais pas assez généreuses pour les rendre paresseux. Afin de couvrir les dépenses extravagantes liées à la prise en charge de Godfrey, Dahlia, la mère de Kay, avait, elle aussi, été obligée de réhypothéquer sa maison de Maida Vale. Si bien que, lorsque cette dernière avait été vendue, le fruit de la vente en avait été réduit et aussitôt avalé par le coût d'une maison de retraite plutôt chic (et chic elle pouvait l'être, à soixante-dix-huit mille livres par an – charges dont Kay et Cyril s'acquittèrent le moment venu). Ils engagèrent également une aide à domicile pour les parents de Cyril à Birmingham, sachant qu'il n'était pas question de faire peser ce poids sur le salaire d'assistante sociale de sa jeune sœur.

Au moins, le déclin de Dahlia Poskitt fut modéré, sans les accès de violence et changements de personnalité qui avaient affecté Godfrey sur le tard. N'ayant jamais accepté que la maison de retraite soit son lieu de vie, elle se réveillait tous les matins, persuadée d'être en « visite ». C'est ainsi que, lorsqu'elle croisait d'autres résidents, Dahlia s'enquérait aimablement de leur santé ou leur faisait des commentaires consternés sur le temps, toutes amabilités auxquelles les gens de sa génération pouvaient s'attendre de la part d'une Anglaise d'un certain rang acceptant leur hospitalité. Respectueuse à l'excès et soucieuse de ne pas déranger, elle refusait de choisir entre la crème au citron et la charlotte aux cerises quand il ne manquait ni de l'une ni de l'autre. Contrairement à son mari, elle avait un souvenir précis de son mariage à son apogée, oubliant fort heureusement ses quatorze dernières années de torture. La biographie de son mari telle que réécrite par la dégénérescence neurologique ne comportait plus aucune référence à « Adélaïde ». Sa première perte de mémoire se manifesta le jour où elle ne fut plus capable de se rappeler que son mari était mort. Par gentillesse, Kay cessa finalement de la corriger, la nouvelle du décès l'assommait chaque fois et plongeait la pauvre femme dans un chagrin sans nom. Il était plus simple pour tout le monde de prétendre que Godfrey l'attendait à la maison au retour de sa « visite ». À sa mort, à l'âge de quatre-vingt-six ans – sans doute de déshydratation car, inquiète d'abuser de la générosité de ses hôtes, elle ne demandait pas à boire –, Kay versa une larme ou deux, comme une bonne fille.

Quant aux parents de Cyril, sa mère mourut assez brusquement à l'âge de soixante-dix-neuf ans. Même si Cyril était triste, sa peine semblait mâtinée d'une curieuse nuance de ce que Kay ne pouvait désigner autrement que par de l'approbation. Betsy Wilkinson s'était éteinte pile à l'instant où résonnait le glas de l'espérance de vie des femmes d'Angleterre et du Pays de Galles. Elle n'avait pas donné le mauvais exemple en trempant son pied dans le Rubicon que son fils avait tracé à son quatre-vingtième anniversaire. La pneumonie virale se déclara soudainement et la maladie fut brève : Betsy ne pesa donc pas de manière excessive sur le sacro-saint NHS en dépérissant interminablement pour, au final, subir le même sort mais non sans avoir coûté dix fois plus à la collectivité. Aux yeux de son fils, Betsy Wilkinson s'était révélée être un modèle de personne âgée. Comme elle avait coutume de le faire remarquer elle-même un peu trop souvent, elle avait enduré les souffrances de la vie sans se plaindre. (*Ah !* songeait Kay avec une rancœur à peine voilée. La désapprobation tenace que Betsy ressentait à l'égard de sa belle-fille sous prétexte que celle-ci avait continué à travailler au service d'endocrinologie tout en élevant trois enfants et la dérision que la vieille femme aigrie avait ouvertement manifestée lorsque Kay s'était inscrite à Kingston en décoration d'intérieur n'étaient en définitive qu'une façade pour dissimuler sa jalousie. Quand, après la déclaration de guerre, l'usine automobile de Longbridge avait transformé son activité pour produire des munitions, elle avait rejoint les effectifs jusqu'à la fin des hostilités et ne s'était plus jamais sentie aussi utile depuis.) Betsy avait également tapé dans le mille sur le plan démographique en faisant deux enfants. En bon sujet attentionné et économe de la Couronne, la mère de Cyril avait quitté ce monde à temps.

Concernant le père de Cyril, c'était une autre paire de manches. Plus solide que sa défunte épouse arthritique, Norman n'avait besoin de personne pour faire ses courses mais il avait néanmoins gardé l'aide à domicile pour lui tenir compagnie – même si Kalisa, une Jamaïcaine optimiste, chrétienne convaincue, commençait aussi à se faire vieille. Le nonagénaire pataugeait moins dans le strict Rubicon des huit décennies établi par Cyril qu'il n'y faisait de l'aquaplaning, et il restait la vedette de son pub, continuait de bricoler les lampes et les aspirateurs de ses voisins en pestant contre ces « saloperies » de mécanismes modernes qui n'étaient pas conçus pour être réparés. « Plastique ! » regrettait-il en parlant des appareils Dyson. « Une languette se casse et tout le truc est foutu ! » (En mettant l'accent sur le « g » de « languette » en bon Brummie qu'il était.) Il sortait et rentrait ses poubelles tout seul et, à quatre-vingt-douze ans, tenait toujours tête à Cyril à propos du nouveau Premier ministre de Grande-Bretagne, un « bourge », un « conservateur », qu'il ridiculisait en le comparant à un « nounours trop bien nourri ».

Aux oreilles de Kay, sachant la tendresse que Cyril éprouvait pour son boute-en-train de père, le sentiment ambivalent que son mari manifestait à l'égard de l'excellente forme de ce dernier résonnait de façon singulière. Pour Cyril, l'improbable robustesse mentale et physique de Norman était presque source d'agacement. Pourtant, Cyril et elle n'avaient pas de raisons de payer à contrecœur le modeste salaire de l'aide à domicile. Contrairement au reste de leurs semblables, ils n'avaient pas besoin de conserver une cagnotte au cas où ils contribueraient au syndrome du canal carpien de la reine en vivant au-delà de cent ans. (Au train où allaient les choses, l'indestructible monarque allait bientôt s'adresser sa propre carte d'anniversaire.) Il ne s'agissait donc pas d'un problème d'argent. En fait, Norman contrariait la vision de Cyril. En tant que spécimen de « super vieux », il aurait dû être dans un état lamentable, peser sur les finances publiques et aurait mieux fait d'être mort. Il déclinait si peu qu'il aurait pu voguer gaiement jusqu'à cent ans. Si c'était le cas, fallait-il que Kay et Cyril réalisent leur pacte secret quoi qu'il advienne ? Cyril infligerait alors à son vieux père un deuil aussi soudain que destructeur. À dire vrai, imposer à Norman le traumatisme du suicide conjoint de son seul fils et de sa bru serait un peu jusqu'au-boutiste. Cyril était un idéologue, pas un monstre.

Entre-temps, avec le peu qui restait de leurs économies après la prise en charge de leurs parents, plus deux retraites confortables du NHS et quelques subsides issus de la décoration d'intérieur, Kay et Cyril s'offrirent plusieurs voyages dépaysants – Malte, l'Australie, Key West, Las Vegas, le Japon. Hormis le léger enthousiasme soulevé par l'étude comparative des différents systèmes de santé, ces aventures ne furent pas du goût de Cyril qui, au bout d'un jour ou deux, rêvait de rentrer (« Pour faire quoi ? » se demandait toujours Kay). Elle, en revanche, prit du bon temps car elle se fit des amis sur les vols et n'avait pas encore perdu son appétit pour la nouveauté, que ce soient de nouveaux mots, de nouveaux endroits, de nouvelles cuisines.

— Je m'en sors pas mal comme vieille peau, tu ne trouves pas ? s'exclama-t-elle joyeusement en faisant tourner une ombrelle à bord d'un bateau qui les emmenait vers une île au large du Queensland, réputée pour sa superbe mangrove.

Cyril sourit d'un air pincé, puis il attendit un laps de temps acceptable avant de se plaindre de nouveau de son dos.

Pour sa part, Cyril Wilkinson ne trouvait aucun charme à ce grand âge qui s'invitait dans ses plaisirs : sa voix était devenue trop rauque pour qu'il puisse continuer à chanter dans sa chorale masculine ; ses articulations trop douloureuses pour qu'il accompagne encore Kay lors de ses balades énergiques du dimanche matin le long de South Bank. Mais outre la vitalité, quelque chose de plus essentiel faiblissait : ce qui lui tenait à cœur – et pas seulement l'état du NHS ou de savoir si les libéraux démocrates parviendraient à contraindre les conservateurs à former une coalition, ou si Simon viendrait en famille à Noël ou même si la focaccia mangée la veille au soir ne serait pas trop rassise pour faire l'objet d'un autre repas. Au fond de lui il avait l'impression de perdre, de façon incontrôlable, la volonté de s'impliquer – dans les événements, vis-à-vis des autres, et jusque dans son propre épanouissement au quotidien. Le seul sujet dans lequel il était plus que jamais investi était le pacte signé avec sa femme.

Il se fit la réflexion que chaque vie dessinait son propre arc d'énergie, or celui de Kay et le sien n'étaient plus synchrones. Kay avait toujours été pleine d'entrain : si elle avait été un jouet qui se remonte, la clé dans son dos aurait continué de ronronner à un rythme constant, alors que son mécanisme à lui commençait à se gripper. Il surveillait donc sa femme avec une insistance mêlée de crainte. Il aurait été vain de gâcher le temps qu'il leur restait ensemble en se polarisant uniquement sur le moment où ils ne le seraient plus et c'était une bonne chose que Kay ne fasse pas référence à leur contrat à une sinistre fréquence. Mais de fait, au moment où le compte à rebours qui s'égrenait en permanence dans sa tête marqua la dernière décennie à venir, sa femme, qui parlait rarement de leur projet, ne l'évoqua plus du tout.

Cyril se rappelait que, dans sa jeunesse, la succession implacable des Nouvel An n'avait rien de remarquable, et encore moins d'incroyable, aux yeux des plus jeunes. On prenait son année de naissance comme une évidence et celles qui suivaient de près apparaissaient numériquement proches et somme toute prometteuses. Ces soi-disant milléniaux, par exemple, n'avaient pas trouvé inconcevable le passage à l'an 2000 auquel ils devaient leur nom. Mais pour les personnes désespérément plus âgées comme Kay et Cyril, la progression inexorable des années était passée d'attendue à surprenante, de surprenante à invraisemblable, puis à sidérante jusqu'à ce que la date dans le coin gauche de leur *Guardian* quotidien se transforme en une manifestation de l'impossible. Vivre en 2010 apparaissait en soi à Cyril comme une expérience étrange et il restait persuadé, dans le même temps, que l'année en question n'appartenait qu'à la science-fiction.

Car si, comme Cyril l'avait suggéré alors qu'ils buvaient ce fatidique xérès en 1991, les jeunes gens n'avaient pas d'imagination, les quinquagénaires non plus. Lorsque Kay avait adhéré à leur traité mutuel afin d'éviter l'angoisse et le déshonneur de l'extrême vieillesse à la famille, aux amis et, plus important encore, à eux-mêmes – un engagement qu'il ne l'aurait jamais accusée d'avoir pris à la légère, même s'il n'était pas impossible pour autant que son assentiment ait comporté malgré tout une dose d'impulsivité –, l'année 2000 semblait farfelue, une invention du futurologue Arthur C. Clarke. À cinquante et un ans, Kay savait faire une opération. Née en 1940, un joli chiffre rond, elle avait probablement aussitôt effectué le calcul et trouvé que son quatre-vingtième anniversaire tomberait en 2020. Une année qui avait dû lui paraître ridicule, incompréhensible, comme sortie d'un film de fin de soirée avec soucoupes volantes et soleil éteint poussant les hommes à coloniser d'autres planètes – et il ne faisait donc aucun doute qu'elle avait joyeusement supposé que 2020 n'arriverait jamais.

2

La première Cène

À L'APPROCHE du 22 janvier 2019, Cyril se démena pour faire comprendre à sa famille qu'il ne voulait pas fêter son quatre-vingtième anniversaire. Avec une conviction destinée à tuer dans l'œuf toute velléité de réjouissances, il insista sur son désir de marquer le coup en dînant en tête à tête avec sa femme. Il était préférable de conditionner la famille à considérer les anniversaires marquants du couple comme une affaire privée. En 1991, Kay et lui s'étaient mis d'accord pour attendre qu'elle ait, elle aussi, quatre-vingts ans avant de mettre leur plan à exécution, sauf si une maladie ou un cœur défaillant les en dispensait. L'anniversaire de Cyril était donc un galop d'essai.

Le symbolisme lugubre de l'étape qu'il franchissait n'échappa pas à Kay, qui se montra renfrognée et muette au réveil le 22 janvier. Sur l'insistance de Cyril, ils dîneraient à la maison et Kay ferait un petit effort : une véritable entrecôte maître d'hôtel et un gratin de chou-fleur – rien de très original mais bien cuisiné. Il préférait de loin les classiques de la cuisine anglaise aux émulsions de la mer et autres réductions de gibier qui passaient pour de la sauce au restaurant chic où Simon les avait invités à l'occasion de leur cinquantième anniversaire de mariage en 2013. Au déjeuner, Kay proposa de faire l'impasse cette année sur le gâteau car, à leur âge, ils devaient modérer leur consommation de sucre.

— Mais pour quoi faire ? demanda-t-il, incrédule. Pour éviter quoi ? Fais un gâteau, bon sang !

Ce n'était pas qu'il avait vraiment envie de gâteau, il voulait qu'elle cesse de se priver dans l'optique d'un long terme devenu l'exact synonyme de court terme. Alors que leur jour J se profilait, il attendait désespérément qu'elle lui fasse savoir que, pour elle, les anciennes règles devenaient petit à petit caduques.

— D'accord, tant pis pour le diabète, avait-elle dit. Mais c'est comme les gens qui ont peur d'avoir un accident de voiture parce qu'on pourrait découvrir qu'ils ont des dessous sales. Moi, je ne veux pas qu'on me trouve grosse sur mon lit de mort.

Ce n'était pas près d'arriver. En la voyant apporter la tarte le soir de son anniversaire, dans le kimono brodé d'oiseaux de paradis déniché à Kyoto, il entrevit furtivement l'infirmière diplômée d'État dont il était tombé amoureux à l'Imperial College de Londres. En fait, elle était encore plus mince qu'autrefois et, à la lueur des bougies, les rides de son front et celles plus marquées autour de sa bouche semblaient atténuées. Il n'arrivait pas à se décider, avait-elle l'air étonnement jeune pour son âge ou ne la voyait-il plus telle que les autres la voyaient ? Si, il la voyait au vrai sens du terme et se refusait à considérer la clairvoyance de son regard comme une forme d'aveuglement. À l'instant, par exemple, l'imperceptible mouvement qu'il lisait sur son visage indiquait que le flux de pensées qui lui passaient par la tête était inversement proportionnel à celui de sa conversation.

— Je trouve extraordinaire qu'on n'en parle jamais, lâcha-t-elle, une fois assise.

Le sujet auquel elle faisait allusion était si prégnant en cette triste occasion qu'il était inutile de le préciser. Cyril avait beau redouter la fébrilité de sa femme lorsqu'elle serait confrontée à la date limite qu'ils s'étaient officiellement fixée l'année suivante, il lui était reconnaissant de ne pas évoquer le « vous voyez ce que je veux dire », cet autre sujet que tous les Britanniques évitaient d'aborder pour ne pas se fâcher. La semaine précédente, leur Première ministre, affaiblie, s'était vu infliger le pire revers qu'un gouvernement ait subi de toute l'histoire du Parlement. Un gâchis sans nom.

— Je croyais que c'était toi qui ne voulais pas en parler, répondit-il.

— Je n'évite pas le sujet. Je ne sais pas quoi dire. Ça reste très irréel. Surréaliste.

Il comprenait ce qu'elle ressentait pour l'avoir ressenti parfois, même si, à l'instant, il cherchait en silence à mettre des mots sur l'absurdité de cette impression. Rien n'était plus réel que ce qui projetait une ombre sur leur destinée depuis vingt-sept ans : la dernière ligne d'une très longue liste de choses à faire qui ne devait rien au hasard. Pourtant, c'était une caractéristique de l'espèce humaine de percevoir l'indéniablement réel - ou plutôt l'hyper-réel, l'intangible, l'indubitablement réel - comme irréel. Hors champ de la compréhension et par conséquent faux. Le paradoxe allait de pair avec l'étrange propension des gens à « se sentir vivants » quand c'était précisément ce qu'ils étaient.

— Tu n'as jamais flanché ? s'enquit-elle. Par rapport à ton engagement ? Tu n'as jamais hésité, réfléchi à deux fois ?

— « Jamais » est peut-être excessif. Tu me reproches toujours d'être rigide...

— J'admire la force de tes convictions, le coupa-t-elle. Il m'arrive simplement d'être agacée de discuter avec un homme qui pense en noir et blanc quand le reste du monde se décline dans toutes les nuances de gris.

— Je crains que ce qui nous occupe soit, pour une fois, noir et blanc. Soit on le fait, soit on ne le fait pas. La première fois qu'on en a discuté...

— La seule, le coupa-t-elle de nouveau.

— Tu disais que chacun pensait être une exception et était persuadé qu'il pourrait se ménager assez tôt une porte de sortie avant de basculer dans l'intolérable. Tout ça pour finalement y plonger la tête la première. Car, pour conserver la maîtrise de sa fin de vie, il faut avoir la volonté de renoncer à une petite tranche d'une existence qui n'est pas encore pourrie. Sinon, c'est la dégringolade, les médecins et la famille prennent le relais et on est bons pour perdre cette partie de nous-mêmes qui réfléchit et qui agit. La fenêtre de tir qui nous permet d'exercer encore la maîtrise de notre vie est étroite.

— On ne sait pas si elle est étroite.

— C'est vrai, on n'en sait rien. Nous misons gros. Mais ce jeu ne doit pas grand-chose au hasard, contrairement à la roulette. Il se rapprocherait plutôt du black jack, qui demande réflexion. Tu te souviens qu'on avait regardé les règles de Las Vegas sur Internet, des règles assez fiables, même si s'arrêter sur un « dix-sept hard » ne garantit pas de gagner. En ce qui nous concerne, les paramètres sont assez invariables. On ne vivra pas jusqu'à trois cents ans.

— Oui, tout ça est affreusement raisonnable, souligna Kay – le verdict était implacable. Mais j'ai du mal à surmonter une certaine perplexité, je suis quand même en train d'envisager de me suicider – elle s'interrompit pour qu'ils s'imprègnent de l'obscénité du mot rarement prononcé – à un moment où je suis plutôt heureuse. Alors toi qui nous pousses à jeter à la poubelle toute prudence, sers-toi un autre verre de ce barolo. Il est fantastique.

Par la suite, Cyril se sentit coupable. Ce sursis d'un an et deux mois qu'il s'accordait tandis qu'il le refusait à sa femme lui apparaissait comme une tromperie, voire du vol. Puisque c'était du temps auquel il obligeait Kay à renoncer elle-même – du temps qui, par déduction, ne valait pas la peine d'être vécu –, il fut saisi de l'envie perverse de faire apparaître aux yeux de sa femme son bonus de quatorze mois comme le plus misérable possible. Il surjoua sa sciatique, montant l'escalier en grimaçant ou en boitant, quand la douleur était modérée. (Il avait plus de soixante-dix ans quand il apprit que la sténose était opérable. Mais pourquoi en passer par toutes ces souffrances et ponctionner le NHS au passage pour ne profiter des bienfaits de l'intervention que quelques années, selon ses plans ?) Il prétendait ne pas avoir d'appétit alors qu'il se serait volontiers resservi et évitait de manière générale d'exprimer ses sensations de plaisir.

La seule situation dans laquelle Cyril était incapable de simuler l'indifférence – l'unique situation dans laquelle il ne parvenait pas à faire passer pour un fardeau ce bout de vie supplémentaire volé –, c'était au lit avec son épouse. Dormir avec cette femme délicieuse (même si à quatre-vingts ans il était rarement prêt à autre chose) était merveilleux, et ce depuis leur nuit de noces. Il était plus grand qu'elle, avantage qui lui permettait de l'enlacer complètement. Il pouvait affirmer en toute honnêteté s'être toujours senti à l'aise auprès d'elle quelle que soit la position, allongé contre elle ou leurs membres emmêlés – en fait, c'était fabuleux, ni plus ni moins. L'odeur naturelle de sa femme mélangeait des senteurs de terre et une note sucrée qui venait en contrepoint, et possédait la même complexité subtile que Kay appréciait dans le vin rouge ; il adorait se blottir contre son épaule pour humer la fragrance entêtante à sa source, à la naissance de son cou. Elle ne ronflait pas mais avait l'habitude charmante de parler en rêvant, ce qui participait de l'idée que les mouvements nocturnes de leurs corps, qui bougeaient pour mieux se retrouver, formaient une sorte de conversation. Leur sommeil était meilleur l'hiver, tel était le plus grand attrait de cette saison (loin devant Noël) : le thermostat abaissé à douze degrés, la couette doublée, les poumons emplis d'un air vif et frais, leurs corps alanguis si chauds que c'en était presque indécent. Un pied rafraîchi par une sortie à l'extérieur de la couette, qui venait apporter une sensation neuve à son mollet ; une main réchauffée par une station sous l'oreiller, qui se posait sur sa nuque, des gestes qui lui procuraient non seulement le sentiment d'être aimé et en sécurité, mais aussi celui d'être infiniment plus présent dans les moments simples de la vie qu'il ne l'était jamais dans la journée. Car chaque nuit de repos déroulait une suite d'extases qui allait croissant : du glissando de la plongée vers l'inconscient au séjour dans cette brume impénétrable du sommeil profond, à la remontée sereine aux aurores, à ce retour à la lucidité aussi net, fluide et jaillissant que ces ascenseurs vitrés ultrarapides propres aux gratte-ciel et depuis lesquels on aperçoit les plantes vertes du hall rapetisser à mesure qu'on s'élève, les oreilles bouchées, vers le quatre-vingt-neuvième étage. La seule composante de sa retraite qu'il aimait pardessus tout était la possibilité de faire la grasse matinée, dont le sacrifice avait été le plus lourd tribut payé au NHS au cours de sa vie professionnelle. De ce fait, c'était le matin, en se laissant porter par une vague langoureuse qui le ramenait au bord du sommeil pour mieux le reprendre, qu'il éprouvait les plus gros doutes au sujet de leur pacte. La perspective de ne plus jamais se lover dans les bras de sa femme au lit suffisait à le faire pleurer, tout comme se lover dans les bras de sa femme le faisait pleurer aussi, mais de plaisir.

À mesure que 2019 s'écoulait, l'angoisse de Kay grandissait au moment de choisir entre passer une soirée avec l'un ou l'autre des enfants, prendre un verre avec la plus ancienne de ses amies, Glenda, ou dîner à la maison avec Cyril – ce rituel maintes fois répété, en l'occurrence cuisiner, dresser la table, allumer les bougies, s'attarder, puis tout ranger. Tout était devenu soudain aussi précieux que des festivités officielles, comme sa remise de diplôme de Kingston. À vrai dire, elle commençait à paniquer. Cette précipitation étourdissante, le tourbillon de ses pensées tourné vers la seule optimisation du temps restant lui rappelait cette pitoyable émission de télé-réalité dans laquelle les concurrents sont lâchés dans un supermarché avec pour mission d'empiler le maximum d'articles dans leur caddie, les plus chers de préférence. Il lui semblait parcourir effectivement les rayons dans un grincement métallique de roue défectueuse en s'efforçant de ne pas oublier les pignons de pin et la vanille.

Qu'y avait-il de si déroutant ? Rien n'avait vraiment changé. Que Cyril et elle décident ou non de la date exacte de leur mort ou que le hasard s'en charge, sa vie était vouée à se conclure après un certain nombre de nuits. Par conséquent, chacune de ces nuits avait été aussi importante que toutes les autres, aussi importante que les trois cent soixante-cinq, devenues brutalement inestimables, qui lui resteraient à partir de son soixante-dix-neuvième anniversaire. Le plus étrange, en fait, ce n'était pas tant qu'elle se casse la tête pour décider quoi faire mardi, mais qu'elle ait programmé dès à présent tous les autres mardis sur un coup de tête.

Cette hystérie galopante qui se manifestait trop souvent par une paralysie ne se cantonnait pas à l'agenda de ses soirées. Elle se plongeait dans *The Week*, auquel ils étaient abonnés depuis des années, quand, saisie d'un doute, elle se demandait pourquoi elle lisait le résumé de journées passées. Elle ne savait plus pour quelle raison elle devrait s'inquiéter de l'inflation considérable qui sévissait en Iran. Supposons que, pour une fois, elle prenne la proposition de Cyril au sérieux (ce qui, si elle était honnête avec elle-même, ne s'était presque jamais, ou plutôt jamais, produit – voilà, elle ne prenait pas son projet absurde au sérieux, mais alors pas du tout ; ce qui était triste, voire de mauvais augure). Il était vraisemblable que rien de ce qui se passerait quelque part dans le monde après la fin mars 2020 – pas seulement au Moyen-Orient mais aussi en Grande-Bretagne, à Londres, dans Lambeth, chez les Samson, leurs voisins, et dans sa propre maison – aurait une quelconque incidence sur sa vie. Quelle vie ? Il n'y aurait plus de vie sur laquelle influer. Par conséquent, *The Week* contenait-il un seul article susceptible de retenir son attention de plus en plus erratique et, de façon terrifiante, en fin de course ? Et si aucun article ne méritait qu'elle y consacre du temps aujourd'hui, y en avait-il jamais eu ?

The Week n'était pas seul en cause. Elle ne s'expliquait pas pourquoi cette prise de conscience lui avait pris tant de temps, mais elle commençait à deviner que le *Guardian* et le JT de la BBC, *News at 10*, mentaient – bien qu'il ne s'agisse pas de ces *fake news* d'aujourd'hui. La plupart des informations étaient exactes, dans une certaine mesure, et elle ne doutait pas que ceux qui les transmettaient en fonction de l'intérêt du public agissaient en toute sincérité. Elle n'en avait pas moins l'impression d'avoir été induite en erreur. Aucun de ces journalistes ne semblait avoir couvert ce qui comptait vraiment. Il n'était pas évident de définir en quoi cela consistait, mais elle était de plus en plus convaincue que l'essentiel, quel qu'il soit, ne tournait pas autour d'accords commerciaux sur la vente de poulets javellisés, de ministère des Affaires étrangères fantôme ou des modalités de divorce des super riches.

Cette crise des… valeurs, qui concernait ce qu'elle allait faire de sa vie alors qu'elle n'en avait pas, ou n'en aurait plus d'ici peu, vu le peu de temps qu'il lui restait (la crise elle-même, du gâchis : consacrer un temps de plus en plus compté à s'agiter et à s'égarer) atteignait un point critique dès lors qu'était abordé le sujet qui, depuis trois ans, constituait l'épicentre des émotions les plus extrêmes.

La fièvre avait gagné tout le pays, le monde entier plutôt, mais Kay en avait fait une obsession personnelle. Le fait que, d'une manière générale, elle taise ses sentiments ne faisait que les exacerber. Pourtant, tandis que son prochain départ personnel reflétait étrangement l'imminence d'un autre départ – ou pas, c'était selon – plus important et surtout plus massif, elle avait l'impression de se dédoubler. La Kay qu'elle avait toujours été suivait chaque rebondissement de la querelle avec la même fascination qui la gagnait lorsqu'elle regardait un des thrillers de la série *Jason Bourne*. Chaque média, chaque discussion enflammée autour d'un dîner, chaque échange virulent sur Facebook nourrissait la version des événements selon laquelle cette impasse incarnait le tournant historique le plus important depuis la Deuxième Guerre mondiale. Il en allait de l'alignement de l'âme même de son pays avec de grandes puissances. Depuis 2019, le débat était devenu à ce point envahissant et épuisant que la plupart de ses compatriotes souffraient d'un burn-out complet, prétendant être si dégoûtés par toute l'affaire qu'ils ne voulaient plus en parler. Et pourtant, ces mêmes gens se servaient de cet aveu de lassitude comme d'un préambule à des discours interminables sur ce qu'ils mettaient un point d'honneur à ne pas nommer. C'étaient eux qui affirmaient que tel ou tel résultat mettrait définitivement la démocratie à l'épreuve ou provoquerait la mort de la démocratie ou remettrait en cause la démocratie, mais, en tout état de cause, la « démocratie » était évoquée par les deux partis à une fréquence qui finissait par vous faire douter de la signification du mot.

Et puis, il y avait l'autre Kay, la nouvelle Kay, une femme avec laquelle elle aurait bien fait plus ample connaissance si elle en avait eu le temps. Il se trouve que cette Kay se fichait éperdument de la « démocratie ». Rebelle, elle affirmait tout bas que, quelle qu'en soit l'issue, on n'aurait pas trouvé plus insignifiant que ce Brexit.

Ce qui explique que Kay Wilkinson se soit réveillée le jour de son soixante-dix-neuvième anniversaire en pleine contradiction. Pur hasard, Kay était née le 29 mars, date à laquelle le Royaume-Uni était sommé de quitter l'Union européenne depuis deux ans. Une semaine auparavant, avec un sens de la douche froide accompli, la Grande-Bretagne avait annoncé que, pour l'instant, elle ne bougerait pas d'un pouce. Les deux Kay étant en désaccord, elle hésitait entre joie, tristesse et indifférence.

— Je suppose que tu es aussi soulagée que moi, lui dit Cyril, qui l'avait emmenée dans un petit bistrot du quartier. (Pour une raison obscure, elle trouvait triste qu'il ait commandé du poulet.) Même si un pauvre sursis de quinze jours n'est pas très rassurant.

— Oh, la date sera de nouveau repoussée, répondit Kay d'un ton neutre.

Elle avait envisagé de lui faire un aveu ce soir-là - qu'avait-elle à perdre quand il ne lui restait plus qu'un an à vivre ? - mais changea soudain d'avis. Elle n'avait pas envie de gâcher cette supposée dernière année par des reproches et des regrets.

— Sans doute, concéda-t-il. Cet accord de retrait n'a ni queue ni tête et je ne vois pas comment il passerait avec ce Parlement, même avec une chance insolente. Theresa May est incompétente mais c'est une anti-Brexit convaincue et ça finit par se voir.

Son mari parlait avec son assurance habituelle. Lui ne s'était pas dédoublé. Depuis le référendum, il ne décolérait pas contre leurs compatriotes imbéciles qui tentaient de façon sidérante de commettre un « suicide national ». Si le Royaume-Uni se faisait hara-kiri, c'était une atrocité ; si eux deux se flinguaient, c'était un acte de générosité sociale.

— C'est assez original... (plus personne n'utilisait ce mot dans le sens d'« étrange », mais un des rares plaisirs de vivre dans le couloir de la mort était de se libérer des tyrannies linguistiques de l'époque)... de voir des gens se crêper le chignon à longueur de temps pour savoir s'il faut « quitter » l'UE ou y « rester ». Ils me donnent l'impression de débattre de notre propre dilemme.

— Depuis quand avons-nous un dilemme ? intervint-il sèchement. Nous avons pris une décision et nous nous y tenons. Mais, en ce qui concerne le Brexit (il prononça le néologisme nauséabond avec dégoût), rien n'est joué. Les probabilités d'un second référendum augmentent de jour en jour. C'est le seul moyen de sortir de ce blocage. Et, la prochaine fois, les bas du front ne donneront pas de coups de bâton aux Britanniques civilisés que nous sommes. C'est ce qui est arrivé à Polly Toynbee pour s'être penchée sur de simples données démographiques : un grand nombre de gâteux ayant voté « pour » en 2016 sont morts depuis, alors que des jeunes aux idées plus larges ont maintenant l'âge de voter, par conséquent un nouveau référendum verrait la victoire écrasante du « contre ». Les réactions que son édito a suscitées étaient délirantes. On lui a fait dire qu'elle voulait la mort de ces vieux électeurs ou qu'elle était ravie qu'ils soient morts...

— Puisque cela démontrait son propos et aussi par intérêt électoral, je pense qu'elle était ravie.

— Tout ce qui compte, c'est que Toynbee ait raison d'un point de vue statistique. Regarde mon père. Je ne m'en réjouis pas, mais sa mort a un aspect positif : il ne peut plus voter pour cette stupidité crasse une deuxième fois.

Deux ans auparavant, la mort de Norman à quatre-vingt-dix-neuf ans avait attristé Kay à double titre. Elle l'aimait bien, et pas simplement parce qu'il était la preuve vivante qu'on pouvait rester énergique à un âge avancé. (Il était tombé d'une échelle et s'était cassé le fémur, après quoi il avait décliné rapidement. C'était la sortie idéale : en taillant un magnolia qui s'étalait.) Mais elle avait apprécié également que sa longévité vienne contrarier l'exécution du contrat qu'ils avaient signé en 1991. Comme Cyril ne pouvait envisager de faire subir le deuil de son existence à son père, aussi longtemps que Norman avait survécu, il avait fait office de police d'assurance. Aujourd'hui, cette police était caduque.

— J'aurais préféré que vous n'ayez pas gâché vos derniers mois passés ensemble à vous disputer à propos de l'UE, regretta-t-elle en faisant signe au serveur pour la troisième fois de rapporter du pain. (Depuis une dizaine d'années,

Cyril et elle étaient devenus invisibles dans les restaurants.) À ce propos, c'est comme ça qu'on va fêter mon anniversaire ? En parlant du Brexit ? Parce que, au cas où tu l'aurais oublié, dans un an exactement, on n'ira pas non plus voter à un second référendum.

— Dans ce cas, le mouvement du People's Vote a intérêt à se reprendre rapidement.

— Mais le fait d'être toujours aussi passionné ne... ne signifie-t-il rien pour toi ? s'étonna-t-elle, marchant sur des œufs. Le fait d'être un farouche partisan du « contre » ? Ton engagement depuis 2016... Je ne voulais pas t'en parler, je n'avais pas envie que tu te sentes encore plus mal, mais pendant un temps, tu étais devenu ennuyeux, grincheux et acariâtre, comme un vrai vieux. Tu essayais de donner le change mais je voyais bien qu'en voyage, dès le premier jour, tu comptais le temps qu'il restait jusqu'à notre retour. On aurait dit que tu perdais tout intérêt pour quoi que ce soit. Tu n'as pas touché à l'iPad que Simon t'a offert pendant près d'un an jusqu'à ce que je te force à apprendre comment t'en servir, ce qui se résumait grosso modo à l'allumer. Tu as même fini par ne plus lire le *Guardian*. Alors tu as beau râler contre ce référendum, il t'a donné un nouveau souffle. Tu as retrouvé ton énergie d'antan, comme si tu étais plus près de soixante ans que de quatre-vingts. Jusqu'à ta voix, qui est plus affirmée. Pendant des années, tu es resté à la maison pendant que je faisais mes petites marches, mais rien ne t'aurait empêché d'aller manifester en faveur du « non » samedi dernier à Parliament Square. Franchement, avec le dos que tu as, j'avais peur que tu te fasses piétiner.

Cyril rompit le dernier morceau de pain avec rage.

— La colère est stimulante.

— Je dis simplement que... tu es tellement investi aujourd'hui... si déterminé à aider à inverser ce truc... dont tu ne souffriras pas des conséquences...

— Vas-y, balance !

— C'est juste que... eh bien tu n'as pas du tout l'air d'un type prêt à renoncer à la vie !

— Je ne suis pas prêt, pas tout à fait. Tu l'as dit toi-même, il nous reste toute une année, si Dieu le veut, et j'ai bien l'intention d'en faire très bon usage. Mon but est que nous retrouvions notre Créateur après avoir participé au retour en grâce de ce pays au sein de l'Union européenne. Cette alliance est quand même l'une des plus grandes réussites historiques de l'Occident. À ce propos, j'ai consulté nos comptes et nous n'avons pas atteint notre plafond de dépenses. J'ai donc fait un don important à la campagne de People's Vote. Il nous reste de quoi couvrir nos achats courants des douze prochains mois.

La serveuse finit par arriver - sans le pain - et vida d'un coup toute la demi-bouteille de cabernet restante dans leurs verres, espérant sans doute que les petits vieux la descendent sans s'en rendre compte et en commandent une autre.

Cyril leva son verre avec empressement et trinqua avec Kay.

— Joyeux anniversaire, ma caille ! Je reconnais que c'est agréable de pouvoir fêter deux événements heureux en même temps, la naissance de ta belle personne et la prorogation de l'article 50.

— C'était bizarre d'entendre les présentateurs parler sans arrêt du « 29 mars ». J'avais l'impression que Radio Four m'organisait une fête surprise.

— Tu peux me croire sur parole, c'est le début de la fin pour ces rustres du « pour ».

Loin d'accuser ses quatre-vingts ans encore une fois, Cyril faisait preuve ce soir-là d'une telle vivacité qu'ils allaient peut-être finalement commander une deuxième bouteille. Ou au moins un porto.

— Tu n'as jamais envisagé de repousser notre date de départ ? glissa Kay sur un ton taquin. Juste un tout petit peu ? On est plutôt en bonne santé et aucun de nous deux n'a encore rangé les serviettes de toilette dans le four.

— Tu joues avec le feu, ma caille. Tu te renies.

Il plaisantait, mais à moitié.

Cyril avait raison. Elle jouait effectivement avec le feu. Il avait aussi raison en disant que la date du Brexit ayant été repoussée à la dernière minute, ce report était un coup potentiellement fatal porté à toute cette entreprise. Chaque fois qu'on ajourne une décision gravée dans le marbre, elle perd de sa consistance. Au cours de l'immense pagaille post-référendum, le slogan asséné par la Première ministre, « Brexit signifie Brexit », une affirmation vide de sens reprise par le groupe de pression Quitter Signifie Quitter, avait rappelé à Kay la devise implicite et tout aussi intransigeante de son mari : « Quatre-vingts signifie quatre-vingts ». Au cours des deux dernières années, la répétition incessante du mantra soporifique de Theresa May avait fini par devenir contre-productif. Évidente, à l'instar de toute tautologie, sa formule avait introduit un doute qui, comme le prouvait le report au 12 avril accordé par l'UE la semaine précédente, était parfaitement fondé. Puisque « Brexit signifie Brexit », qui aurait dû être une évidence, n'en était finalement pas une car il fallait la marteler – il se pouvait au bout du compte que « Brexit ne signifie pas Brexit ». Résultat, le non-événement du jour fit naître l'espoir chez Kay d'un report de son propre départ. Un délai constituerait peut-être un premier pas vers une renégociation totale du projet, parce que la date butoir (la bien nommée) de Cyril, à la fois non négociable et déterminée par le compte en dizaines, allait devenir caduque. En effet, qu'allait-il se passer avant le 12 avril ? L'article 50 serait de nouveau prorogé. Si la limite arbitraire fixée par Cyril se déplaçait ne serait-ce que d'un jour ou deux, son quatre-vingt pourrait ainsi devenir quatre-vingt-un, puis pourquoi pas quatre-vingt-treize et demi. Ce qui expliquait que le camp du « pour » soit, aujourd'hui, anéanti et que le moral de Kay, quelles que soient ses convictions politiques, soit au beau fixe. Ce qui peut être retardé une fois peut l'être indéfiniment.

Pour compenser un saumon trop sec, Kay commanda le fameux verre de porto. En fait, elle en commanda deux et, à vingt-trois heures vingt-cinq, les vieux schnocks invisibles sur la banquette dans l'angle firent la fermeture. Cyril l'avait bien accusée de se renier quand elle avait tenté d'obtenir une petite rallonge de leur temps sur terre. Conclusion, à moins que, pour cause d'ébriété, elle ne fasse une chute mortelle sur le chemin du retour, c'était le dernier anniversaire qu'elle pouvait être certaine de vivre intégralement.

Dire que l'année suivante fila à toute vitesse serait un euphémisme. Le nouveau combat politique de Cyril le maintenait globalement en bonne forme, et Kay avait bien conscience qu'il surjouait ses quelques infirmités. Certes, il avait vraiment mal au dos, mais n'était-ce pas lui qui avait refusé de se faire opérer ? Il s'ingéniait à oublier ses prothèses auditives à dessein, car faire répéter sa femme quatre fois : « Tu veux une autre tartine ? » lui donnait l'air encore plus vieux. Si incroyable que cela puisse paraître, il était encore très alerte. (Quelle étrangeté que, par convention, un adjectif signifiant simplement « agile » ne s'applique qu'aux personnes âgées. Elle l'avait vérifié dans le dictionnaire et la définition n'avait strictement rien à voir avec des croulants incapables de faire des galipettes.) Et pourtant, il s'affalait avec ostentation dans son fauteuil pour lire, toujours avec ostentation il traînait derrière elle lorsqu'ils marchaient sur le trottoir et, sans moins d'ostentation, il poussait grognements et cris de consternation en cas d'inconfort, alors qu'il avait gardé un sang-froid de jeune homme en se cognant le doigt de pied. À l'automne, il lui arriva de solliciter l'aide d'un des enfants pour ranger les meubles de jardin dans la cabane à outils même s'il était parfaitement capable de le faire tout seul.

« L'action est toujours égale à la réaction ; c'est-à-dire que les actions de deux corps l'un sur l'autre sont toujours égales et de sens contraires. » Kay avait la lèvre supérieure si raide qu'elle aurait pu difficilement se servir d'une paille. Et pour tout dire, dès qu'elle levait le bras droit selon un angle d'un peu plus de quarante-cinq degrés, elle ressentait une vive douleur à l'épaule, mais elle se contentait d'avaler des comprimés d'ibuprofène dans le dos de Cyril. Toutes les nuits, elle se débarrassait des crampes qui la torturaient en marchant en silence après être sortie du lit sans réveiller son mari. Ses articulations comme son dos faisaient entendre une cacophonie de bruits inquiétants, même si ces craquements et autres crissements internes n'étaient pas audibles par les autres ; elle laissait cette pub vivante pour le pop-corn qu'elle était devenue tourner en boucle sans commentaire. L'arthrose qui lui déformait les orteils, forcément, était très douloureuse, si bien que sa promenade du dimanche le long de South Bank s'était transformée en punition et qu'elle s'accordait désormais une pause-café avant de faire demi-tour. Mieux valait ne pas admettre devant Cyril qu'elle avait diminué de moitié son trajet habituel. Elle lui cacha que son généraliste lui avait trouvé une tension artérielle effrayante et elle transvasa ses médicaments dans un ancien flacon de comprimés contre l'acidité gastrique. C'est ainsi que, tout en souffrant des mêmes atteintes physiques que n'importe quel quidam de bientôt quatre-vingts ans, Kay Wilkinson était en apparence un modèle de perfection fonctionnelle. (Elle était alerte.) Elle refusait d'apparaître aux yeux de son assassin de mari comme un vieux tacot goulu en carburant dont il faudrait remplacer tant de pièces qu'il se révélerait moins onéreux de l'abandonner à la casse et d'acheter un véhicule neuf.

À mesure que les mois défilaient, elle se dissociait de plus en plus. La séparation entre les deux Kay était devenue permanente et elle avait pris l'habitude de s'observer de très loin, comme si elle s'entraînait à être morte. Il est courant de regarder d'un œil vide l'intérieur d'un frigo en se demandant ce qu'on peut bien y chercher, mais Kay le savait très bien : la boîte noire du porte-savon, au fond à gauche, qui restait toujours impeccable, ce qui l'amenait à se demander si Cyril ne la nettoyait pas avec dévotion lorsqu'elle s'absentait pour faire des courses. Le parallélépipède de carton semblait lui rendre son regard avec une pointe de suffisance : un objet si petit et cependant plus puissant que ses détenteurs, qu'il s'apprêtait à effacer du globe dans… cent quatre-vingt-quatre jours ? Non, le compte à rebours était implacable : dans cent quatre-vingt-trois jours.

La panique avait atteint son apogée. Compte tenu de l'inestimable valeur de sa vie, fallait-il consacrer une partie de celle-ci à un documentaire sur le déclin de la biodiversité en Amazonie, sachant qu'elle ne serait pas là pour pleurer l'extinction du singe-araignée aux joues blanches ? Sans doute pas. Malgré son âge, Kay avait continué à accepter des petits jobs de décoration d'intérieur, la plupart pour des amis. Elle avait néanmoins abandonné la réfection du rez-de-chaussée de la maison de Glenda en plein milieu, et leur amitié en avait pâti, en raison d'un accès soudain d'impatience au moment de choisir entre boutons et barres pour les tiroirs du nouvel îlot de cuisine. Avait-elle vraiment envie de passer sa dernière année sur terre à se demander si les luminaires devaient être résolument modernes ou plutôt de style victorien ? Non, non et non. Mais, chaque fois que Kay évaluait telle ou telle activité avec rigueur, aucune ne réussissait le test. À la question : laquelle valait vraiment qu'elle y consacre du temps ? La réponse était : aucune.

Pendant ce temps, Cyril se jetait à corps perdu dans la campagne en faveur d'un second référendum, il distribuait des tracts et postait d'innombrables diatribes sur les réseaux sociaux que, jusqu'ici, il avait toujours accusés d'être un bruit de fond. Il prêta main-forte à la rédaction de la pétition de la British Medical Association dénonçant de futures restrictions et taxes douanières sur les médicaments importés d'Europe et les dangers que cette éventualité ferait courir aux patients du NHS. Il fit un autre don au mouvement People's Vote, qui amputa leur budget, même s'ils ne devaient s'attarder sur terre que jusqu'au mois de mars suivant, obligeant Kate à économiser à une période de leur vie où ils auraient été en droit de se gaver de saumon fumé, d'œufs de caille et de cognac. Cyril développa une haine farouche envers Boris Johnson, en qui il avait toujours vu un opportuniste débraillé et sans envergure. Une fois le Tory ébouriffé partisan du « pour » devenu Premier ministre, il l'éleva au rang de démagogue diabolique au double jeu (l'allitération étant en soi un « Boris-cisme »). Cyril participa à un autre défilé organisé par le mouvement People's Vote jusqu'à Parliament Square en octobre, qui aurait, paraît-il, réuni un million de participants.

Dans le même temps, cette interminable impasse législative avait rendu Kay indifférente, elle n'essayait même pas de comprendre telle ou telle bêtise à propos de la dissolution du Parlement qui serait ou non « judiciarisable », ou bien non « illicite », ce qui, pour une raison obscure, n'était pas identique à « illégale » ; en comparaison, faire des choix d'aménagement de cuisine était passionnant. Le spectacle de son mari militant de tout son être pour que soient inversés les résultats de ce référendum imbécile la rendait perplexe. Pour Kay Wilkinson, le fait que le Royaume-Uni reste ou non membre de l'UE – ou de l'OTAN ou des Nations unies ou du Commonwealth – se situait au même niveau que sa participation ou non au concours de l'Eurovision. Dans quelques mois à peine, ils projetaient de se suicider, auquel cas il n'y aurait plus d'UE, d'OTAN, de Nations unies, de Commonwealth ou de concours de chansons. Adieu Royaume-Uni. Il n'y aurait plus de pies, de ciels bleus ou non, plus d'œufs de caille, de trombones, d'amis à bout de nerfs, de cyberespace, de bottes en caoutchouc, d'acariens dans les matelas, de bons de réduction de six livres sur un achat de quarante livres chez Tesco à utiliser avant le 7 novembre de cette année, ni d'eczéma du cuir chevelu, de concepts indéfinissables tels que le « populisme », de couleur « orange brûlée », de mots comme « dissolu » qu'elle n'avait jamais réussi à définir, ni d'émotion du nom d'« exubérance » – et non seulement le mot mais aussi ce sentiment de joie éclatante n'existerait plus. Les « institutions supranationales » disparaîtraient, ainsi que leurs noms, les employés prétentieux et surpayés qui les géraient, leurs idées, leur acronyme ou leurs budgets opaques. Il n'y aurait plus de démocraties ni de parlements, dissous ou non dissous. Pour résumer, il n'y aurait plus de Kay ni de Cyril et, par conséquent, tous les éléments qui s'agrégeaient pour former l'univers tel qu'ils le percevaient disparaîtraient. Elle avait l'impression que cela échappait complètement à Cyril.

En y mettant tous ses efforts, Kay finit par arriver à la conclusion que la lutte sans merci à laquelle se livraient les partisans du « pour » et ceux du « contre » – son mari n'aurait pu trouver mieux – constituait pour lui une distraction précieuse qui le détournait de son conflit intérieur. Cyril lui faisait penser au plus velléitaire de leurs petits-enfants, qui s'enfermait dans sa chambre pour jouer aux jeux vidéo alors qu'il aurait dû rédiger sa dissertation sur *Les Hauts de Hurlevent*. Cyril avait tout de suite adhéré à la crise politique, qui venait remplacer tout ce qu'il avait fait vœu d'abandonner d'ici peu, à savoir : les passions arbitraires, fugaces et irrationnelles du monde des hommes. Elle était exaspérée qu'il ne replace pas ce conflit dans un contexte historique (l'Angleterre, en tant que nation, existait depuis un millénaire, or elle n'était membre de l'UE que depuis quarante-six ans), mais il ne faisait aucun doute que la dernière chose dont Cyril eût envie était une mise en perspective. Le Brexit était grisant car c'était l'obsession du moment. Cet imbroglio était devenu l'ancre qui le rattachait au présent, une ancre à laquelle il s'accrochait aussi aveuglément qu'à un lampadaire par grand vent. « Laisser tomber », comme elle l'avait dit à son soixante-dix-neuvième anniversaire, ce qui, en ce moment, absorbait leurs voisins, signifiait aussi laisser tomber tout le reste. S'il s'impliquait autant, c'était parce que le sujet clivant du jour, qui avait toutes les chances d'être dérisoire d'ici cinquante ans, voire seulement deux ou trois, était devenu le symbole même de l'engagement.

À l'automne, Kay commença à se pencher sérieusement sur l'organisation de leur cérémonie commémorative commune. Parce que Cyril n'était pas le seul à vouloir à tout prix un point d'ancrage, elle fut bientôt absorbée par le projet. Elle éplucha des recueils de poésie, en particulier ceux dont elle avait été sommée d'apprendre les vers à l'école – « Marguerite, pleures-tu/ Sur l'or du bois dévêtu ?... L'homme est né pour les taches et toi/C'est Marguerite que tu pleures » – mais le prénom d'une autre, « Marguerite » en l'occurrence, risquait de déconcerter l'assemblée, et puis le sujet du poème n'était pas très gai. Elle écouta en boucle les playlists de Spotify consacrées à la fin des années 1950 et au début des années 1960, à l'époque où Cyril et elle, ayant atteint leur majorité, s'étaient mariés : Roy Orbison, Shirley Bassey, the Everly Brothers, Tommy Bruce and The Bruisers et parfois, des morceaux aussi stupides que *Itsi bitsi, petit bikini*, qui pouvaient lui faire verser des larmes de nostalgie. Elle parcourut méthodiquement un livre de cantiques de l'Église d'Angleterre, pensant que les fidèles parmi les plus traditionalistes apprécieraient des hymnes plus graves. En faisant défiler l'immense collection de photos de famille que Hayley avait eu la gentillesse de numériser, elle se mit en quête d'une photo adéquate pour orner la couverture du livret et peut-être aussi pour être exposée sur un lutrin devant l'autel après avoir été agrandie. Elle hésitait entre un cliché où les enfants figureraient et un autre plus romantique d'eux deux seulement. Se posait également la question de savoir s'il fallait choisir une photo récente (traduction : déprimante) ou une plus ancienne qui témoignerait de leur belle jeunesse. (Le jour où ils avaient signé l'achat de la maison de Lambeth, Cyril brandissait avec un visage triomphant le titre de propriété du haut du perron. Avec un pincement au cœur, elle reconnut la robe élégante au long col asymétrique, qu'elle avait à peine eu le temps de porter car elle était enceinte de quatre mois de sa fille Hayley. Qu'était devenue cette robe ?) Elle consigna le déroulement de la cérémonie dans un tableau Excel, notant à quel moment son avant-dernière petite-fille pourrait chanter la perte de ses grands-parents, tout en faisant la démonstration de son talent naissant à l'alto.

Kay passa des heures d'affilée à rédiger son adieu d'outre-tombe et, soucieuse de n'oublier personne, elle écrivit une notule personnalisée non seulement à ses trois enfants et à leurs conjoints, mais aussi à ses cinq petits-enfants, ses cousins encore en vie, son frère Percy et son mari, les enfants et la femme de Percy dont il était séparé, ainsi qu'à ses quatre plus proches amies – puis, inquiète que Charlotte le prenne mal, elle en fit sa cinquième amie la plus proche.

Elle se lança, ensuite, dans un brouillon expliquant leur choix de se donner la mort alors qu'ils étaient encore sains de corps et d'esprit, elle s'efforça de rendre hommage au raisonnement de son mari qui voulait qu'il faille sacrifier un petit bout de leur grand âge « pas encore pourri » pour en garder le contrôle. Elle posa comme postulat que la société occidentale encourageait la longévité à n'importe quel prix, et fit valoir qu'une vie plus courte bien vécue jusqu'à la fin était forcément plus séduisante qu'une existence fertile gâchée par une sénescence prolongée. Elle évoqua son père et la douleur de voir l'image qu'elle aurait pu en garder détruite par un dingue violent et paranoïaque et elle réveilla le souvenir du déclin plus sobre de sa mère, qui avait néanmoins transformé une femme sensible et intelligente en l'invitée stupide, maladivement polie, d'un thé qui s'éternisait. Elle revint en détail sur le NHS, récupéra des statistiques sur Internet et démontra à ses amis le poids terrible que faisait peser le nombre croissant de patients âgés diminués sur le système de santé, auquel Cyril et elle avaient consacré une grande partie de leur vie active.

Hélas, si enrichissante sur le plan personnel que se révélât la rédaction de ces textes, au moment où elle mettait la dernière main à ses adieux, ceux-ci comptaient trente et une pages, ce qui prenait (après chronométrage) quatre-vingt-douze minutes à lire, et ce avant le moindre interlude musical ou la plus courte prière funèbre. L'exposé de leurs motivations pour le communiqué avait lui aussi pris la taille d'un petit livre et le coût de sa seule impression serait exorbitant ; elle n'avait pas envie de léguer ce genre de dette aux enfants, surtout une fois qu'ils auraient découvert que la majeure partie des « biens » de leurs parents avaient déjà été liquidés et que, hormis des fonds symboliques destinés aux petits-enfants, il n'y aurait pas d'héritage. Pire, en relisant sa prose, elle s'aperçut que son message pouvait être mal interprété, qu'on pouvait y voir une condamnation de l'égoïsme et des vues à court terme de tout individu choisissant de vivre au-delà de quatre-vingts ans. Son exposé semblait rendre les « super vieux » coupables de vivre. Son ton était autoritaire, froid et sectaire. Seules quelques digressions avaient des accents de sincérité.

Ce départ précoce présentait au moins un avantage : ils rempliraient un bon nombre des bancs de St Mark. Leurs amis n'étaient pas tous morts. Ils avaient quantité de parents éloignés. Beaucoup de patients reconnaissants se rappelleraient leur généraliste à la longue carrière. Kay continuait de recevoir des cartes de Noël de malades souffrant d'ostéoporose et de dérèglement thyroïdien dont elle s'était occupée du traitement à St Thomas. Et il y avait tous les clients satisfaits dont elle avait égayé la vie en changeant leurs rideaux. Elle pouvait aussi solliciter les membres de l'ancienne chorale masculine de Cyril ainsi que tous leurs homologues, propriétaires volubiles, membres de leur association de quartier. À ce propos, Cyril avait fait le plein de nouvelles connaissances grâce à la campagne du People's Vote. En fin de compte, l'établissement de cette liste de participants – pour épargner un casse-tête aux enfants, elle avait ajouté les adresses postales et électroniques – était très gratifiant. Le couple avait mené une vie utile et bien remplie.

Si Kay trouvait le projet passionnant, obtenir de Cyril qu'il participe à l'élaboration de la cérémonie commémorative était une mission impossible, surtout depuis que le Parlement avait accepté l'organisation d'élections législatives le 12 décembre. Tout ce qui ne concourait pas à démettre Boris et sa clique imbécile favorable au « pour » ne pouvait retenir l'attention de son mari plus de deux minutes.

— Dis-moi, tenta-t-elle, pour la procession, tu préfères *I Wanna Go Home* de Lonnie Donegan ou bien *Save the Last Dance For Me* des Drifters ?

Cyril continua ses diatribes sur Twitter. Sous l'influence apaisante du petit oiseau bleu, il s'était peu à peu convaincu que non seulement Boris s'acheminait vers une défaite ignominieuse, mais que les travaillistes avaient de sérieuses chances d'obtenir une majorité confortable.

— Je me demande si ce n'est pas pousser le bouchon un peu loin d'inviter notre ancien dentiste, ajouta-t-elle. Je n'ai pas son adresse personnelle, mais je suppose que le cabinet où il travaillait ferait suivre un faire-part. (Toujours pas de réponse.) Pardon d'insister, mais ça ne me semble pas normal d'être la seule à dire au revoir à toute la famille quand tu ne te fends même pas d'un adieu. Les enfants vont être blessés. Alors quand vas-tu te décider à pondre quelque chose ? Ça n'a pas besoin d'être très long, mais il faut que ce soit personnel…

Cyril l'interrompit en refermant son iPad d'un coup sec.

— Écoute, ça fait des semaines que tu es sur cette messe. Je crains que tu n'aies oublié un détail important : on n'y sera pas.

Le soir du 12 décembre, les Wilkinson dînèrent tôt et firent la vaisselle en vitesse. Cyril alluma la télé, puis il s'installa dans son fauteuil habituel avec une bière et un bol de cacahuètes goût barbecue pour fêter le résultat des élections.

— Même si finalement c'est un Parlement minoritaire, annonça-t-il avec plaisir, les travaillistes et le Parti nationaliste écossais auront largement assez de députés pour former un gouvernement et ce sera cuit pour le Brexit.

À vingt-deux heures, sur BBC One, le carillon familier de Westminster retentit. Assis devant une ancienne photo de Big Ben sans ses échafaudages, le présentateur annonça d'un ton grave les résultats incontestables du sondage effectué à la sortie des urnes pour le compte de la chaîne : victoire des conservateurs avec une majorité de quatre-vingts sièges.

Cyril devint blême. Il s'effondra, les bras ballants, les jambes molles, accusant soudain plus que son âge. L'amertume de sa bière sembla douloureusement appropriée.

Car l'avenir immédiat était déjà écrit. Il n'y aurait pas de second référendum. Tous les candidats conservateurs s'étaient engagés à soutenir l'accord de retrait modifié de Boris, accord qui passerait comme une lettre à la poste au Parlement. Le Royaume-Uni quitterait l'Union européenne à vingt-trois heures le 31 janvier. Aucun report ni appel ne serait possible. Les partisans du « contre » avaient perdu. Kay était disposée à considérer comme un présage le caractère définitif de cet événement et l'angoisse qu'il générait. Rien de tel qu'une date butoir ferme et définitive.

Après cette soirée, Cyril devint apathique. Sa dépendance au drame politique qui semblait ne devoir jamais se terminer avait frôlé l'addiction. Kay ne pouvait s'empêcher de penser au film *L'Éveil*, dans lequel des patients comateux se voient prescrire un médicament qui leur permet de marcher et de parler à nouveau comme n'importe qui, jusqu'à ce que le médicament ne fasse plus effet. Pour Cyril, les travaillistes ayant fait leur pire score depuis 1935, le médicament ne faisait plus effet.

Le Royaume-Uni quitta l'Union européenne fin janvier sans tambour ni trompette. Lorsque le Premier ministre s'adressa à la nation ce soir-là, les médias les plus importants, y compris la BBC, refusèrent de retransmettre l'allocution en totalité. Quelques braillards agitèrent des drapeaux autour de Parliament Square, mais les malheureux n'eurent même pas le droit de boire. Soulagée d'être débarrassée de cette affaire, Kay se demandait déjà comment on avait pu se battre pour une appartenance à une union commerciale. Penaud, le pays semblait se remettre d'un violent caprice d'enfant. Chacun, quel que soit son bord, avait l'air un peu gêné d'avoir piqué une crise pareille pour désigner celui qui aurait le joujou.

Juste après ces effroyables élections législatives, Kay avait craint que Cyril n'arrive totalement anéanti à son fameux anniversaire, le 29 mars. Mais à mesure que les deux premiers mois de 2020 s'écoulaient inexorablement, son état d'esprit, lugubre, devint songeur, puis mélancolique. Il était sans doute préférable que l'excitation de sa croisade se soit dissipée. Il s'était servi de la diversion du Brexit pour éviter de penser à leur propre sortie – Cyrexit et Kayexit, en quelque sorte –, cependant, aborder un tel chemin de croix sans prendre le temps de réfléchir n'aurait pas été digne de son intelligence.

Distraite de façon compréhensible par l'imminence d'un pacte suicidaire pour lequel elle devait se montrer à la hauteur, Kay fut plus lente que la plupart des Britanniques à entendre les rumeurs qui circulaient à propos d'une épidémie en Chine. Au début, elle les ignora ; veillant à ne pas gâcher son dernier hiver sur terre en tremblant de fièvre dans son lit, elle s'était fait vacciner contre la grippe à l'automne. Alors que l'infection commençait à se propager, à Seattle, en Lombardie, elle avait le sentiment de ne pas être concernée, même quand l'OMS annonça qu'il s'agissait d'une pandémie. Toute sa vie, elle avait vu ces maladies contagieuses surgir puis disparaître partout dans le monde. Elles constituaient une énième épreuve dans la conduite des affaires humaines, qu'elle serait heureuse de laisser bientôt à d'autres.

Confrontée à un moment de vérité brutal, Kay n'avait pas la moindre envie de s'aventurer au-delà du supermarché du coin, ce qui l'amena à se demander si les voyages qu'ils avaient effectués à l'étranger avaient été des diversions et, si oui, de quoi une virée à Malte les avait-elle distraits ? Pourtant ses compatriotes moins versés dans l'introspection continuaient de se précipiter ici ou là, il était donc inévitable que cet agent pathogène hautement contagieux débarque un jour ou l'autre au Royaume-Uni. Effectivement, le 1er mars, le présentateur de *Today* déclara que le nombre de cas confirmés en

Grande-Bretagne était de cinq. Le 2 mars, le même présentateur annonça qu'il était désormais de trente-six.

Trois jours plus tard, on recensait un premier mort. Le 8 mars, trois autres. Même si les Wilkinson déploraient en théorie tout décès, ils avaient des sujets de réflexion plus urgents. Que laissaient-ils derrière eux ? Avaient-ils blessé ou délaissé quiconque dans leur famille élargie ou parmi leurs amis et pouvaient-ils encore présenter des excuses avant qu'il ne soit trop tard ? Et cerise sur le gâteau : leur pacte n'allait-il pas leur exploser à la figure ?

Même si trois décès et moins de trois cents cas en Grande-Bretagne ne troublaient pas outre mesure les époux, il n'en allait pas de même dans le reste du monde, où l'on s'inquiétait sérieusement. Au début de la deuxième semaine de mars, il se produisit quelque chose de désagréable à la Bourse de Londres. Heureusement pour Kay et Cyril, le grand avantage de ne plus avoir d'argent était qu'ils se fichaient de le perdre.

Au cours de la semaine où l'indice boursier FTSE 100 s'effondra, semaine au début de laquelle il restait exactement vingt et un jours aux Wilkinson avant l'extinction des feux, Kay vit pour la première fois une de ses sorties annulées. Ce jeudi-là, Glenda et elle avaient projeté d'aller à Borough Market acheter les premières têtes d'ail sauvage de la saison, de se balader jusqu'à la Tate Modern, de traverser le Millennium Bridge, de faire un saut à la cathédrale St Paul, puis de flâner sur le Strand et de rejoindre Covent Garden où elles s'offriraient un dîner de poisson bien mérité au Ivy. C'était un périple très agréable qu'elles avaient déjà effectué. Mais, le mercredi, au moment où la Banque d'Angleterre baissait son taux directeur de presque rien à moins que rien et où le nombre de décès dus au Covid-19, puisqu'il était ainsi nommé, s'élevait à onze, Glenda se décommanda. Kay éclata en sanglots.

— Ma chérie, pourquoi tu te mets dans un état pareil ? fit Glenda, déconcertée. C'est juste que ce coronavirus semble avoir une dent contre les vieux et Boris préconise de rester à distance les uns des autres. Je ne suis pas peureuse, mais il me semble plus raisonnable de ne pas bouger. On peut reporter notre balade quand tout ce tumulte se sera calmé et comme ça on profitera deux fois plus de notre virée. Et puis, la météo sera meilleure.

— À ton avis, il faut combien de temps pour que « le tumulte se calme » ? geignit Kay.

— Dieu seul le sait. Quelques semaines ? Franchement, une quinzaine de jours ou un mois devant Amazon Prime Video, tu ne vas pas en mourir ?

Sur ce, les sanglots de Kay redoublèrent.

En moins de deux jours (alors que l'indice FTSE 100 plongeait à nouveau jusqu'à son plus bas niveau depuis 1987 – quelle joie d'avoir liquidé leurs actions), tous les rendez-vous que Kay avait programmés avec minutie pour son dernier mois, y compris les dîners d'adieu avec les trois enfants réunis, furent aussi annulés. Amis et famille se tenaient à distance pour le bien du couple, car tout individu de plus de soixante-dix ans devait être « protégé » d'une maladie dont les victimes avaient en moyenne plus de quatre-vingts ans – ce qui fit dire à Cyril :

— Je reconnais que ce virus a bon goût, démographiquement parlant.

— On n'aura peut-être pas besoin de se servir de cette boîte noire dans le frigo, glissa Kay (évoquer frontalement la chose était si rare que cela semblait transgressif). Le jour de mon anniversaire, il suffira de sortir dans la rue et de respirer à pleins poumons.

— Vu notre situation, lâcha Cyril dans son dos tandis qu'elle était penchée au-dessus de l'évier, tu peux me dire pourquoi tu continues de te laver frénétiquement les mains ?

— Oh, soupira Kay, qui avait déjà commencé à chanter *Joyeux anniversaire* dans sa tête, ainsi que Boris avait conseillé à ses compatriotes de le faire, et ce deux fois de suite avant de mettre fin à ce geste prophylactique.

Mais Cyril avait raison. Éviter une infection mortelle pour être en état de se suicider était pour le moins incohérent.

— Ce sont sans doute tous ces messages à la télé, expliqua Kay avec un pauvre sourire en se séchant les mains. La propagande fonctionne.

Pendant des mois, Cyril avait été laconique et renfermé. Et dans l'ensemble, le coronavirus ne changea pas grand-chose à son comportement. Mais il passait ses journées sur Internet et l'énergie que dégageait sa silhouette penchée sur son iPad avait changé de fréquence. Celle-ci pulsait désormais dans un registre plus aigu. Bien que le moment soit mal choisi pour une nouvelle tocade, il n'était pas loin de s'y adonner.

La semaine suivante, Boris découragea gentiment ses compatriotes d'aller au restaurant et au théâtre. Face au dollar, la livre atteignit son cours le plus bas depuis 1985. Les écoles fermeraient ce vendredi. La Banque d'Angleterre baissa à nouveau son taux directeur, cette fois de moins que rien à moins que rien, mais officiellement. Au grand dam de la population, la BBC interrompit le tournage de *EastEnders*.

Toute l'affaire donnait le tournis. En à peine dix jours, le paysage politique et culturel s'était transformé, à croire que quelqu'un avait appuyé sur la touche « avance rapide » de la télécommande du pays. Aux informations, les présentateurs cessèrent soudain de prononcer le mot « Brexit », lequel, en l'espace de vingt-quatre heures, vit sa chance de surgir dans une conversation banale aussi réduite que celle des termes « armure » ou « hydromel ». En un geste définitif séparant l'ancienne ère de la nouvelle, comme s'il abaissait un rideau de fer entre la rugosité du présent et la douceur du passé, Boris abandonna les cajoleries et brandit le marteau. Les pubs, les théâtres, les salles de sport, les cinémas et les restaurants devaient fermer – ils étaient effectivement « non essentiels ». Dans son allocution, le Premier ministre annonça que tous les Britanniques avaient ordre de rester chez eux, à moins d'avoir un impératif, les seuls motifs admis étant au nombre de quatre. Le confinement général eut pour effet de réduire les libertés individuelles d'une façon encore plus drastique que pendant la Deuxième Guerre mondiale, au cours de laquelle, si Kay et Cyril disaient juste, sortir de chez soi était resté légal.

— Je suis donc obligée de passer les six derniers jours de ma vie assignée à résidence, maugréa Kay, après avoir éteint la télévision. J'avoue, je suis en colère. Et pas seulement parce que tous nos dîners, les occasions de dire au revoir, même à nos propres enfants, sont annulés. J'ai l'impression d'être mise sur la touche. Comme si on nous privait de nos derniers instants, comme si on leur ôtait toute valeur. Derrière cette avalanche de chiffres qu'on nous assène tous les soirs au JT, qui remarquera que deux vieux de plus ont cassé leur pipe ?

Cyril, toujours assis dans son fauteuil habituel, regardait ses mains d'un air renfrogné sans répondre.

— Et je sais que ce n'est pas rationnel, mais je me sens bizarrement exclue, poursuivit-elle. Ce genre de catastrophe à effet boule de neige me rappelle, de façon douloureuse, à quel rythme effréné ce monde continuera de tourner sans nous... Tu n'as pas l'intention de me répondre ? Il ne nous reste plus beaucoup de temps pour nous parler.

— C'est disproportionné, annonça Cyril de façon énigmatique.

— Quoi ?

— Ce confinement. J'ai étudié le dossier. Cette cassandre de l'Imperial College, ce gringalet qui a prédit que, sans mesures draconiennes, il y aurait cinq cent dix mille morts au Royaume-Uni. Ce type est un grand malade. Cette mauviette de Ferguson a peut-être Boris dans sa manche, mais il a surestimé la mortalité du virus dans les grandes largeurs. Si, au cours des siècles, on n'a jamais réagi à la contagion en confinant tout un pays, c'est que ce n'est pas une bonne idée.

Au moins, leur dernière semaine serait calme. La circulation était inexistante. Le jardin résonnait de chants d'oiseaux. Peu d'avions laissaient leurs traînées dans le ciel.

Lorsque Kay aborda le menu de leur Cène, Cyril fut assez aimable pour manifester de l'intérêt.

— J'adore tes saucisses-purée, dit-il avec la pointe de tristesse qui imprégnait ses paroles depuis de nombreux jours. Faisons ça.

Une requête facile à satisfaire, a priori. Et pourtant Kay rentra les mains vides de sa visite au supermarché.

— On se serait crus au Venezuela ou en Union soviétique, raconta-t-elle, incrédule, à son mari. Tous les rayons étaient vides, presque aucun produit frais. Les gens sont devenus dingues. Comme si c'était la fin du monde. J'avais envie de leur crier : « Vous ne comprenez rien ! Ceux qui font face à la fin du monde pour de bon, c'est mon mari et moi – ce week-end ! »

Heureusement, ce vendredi-là, les personnes âgées purent bénéficier d'un créneau horaire pour faire leurs courses, entre sept et neuf heures du matin – heures au cours desquelles le supermarché fut bondé. Signe irréfutable de la gentrification d'un quartier autrefois miteux et mal fréquenté, à sept heures vingt il ne restait déjà plus de penne ni de pesto. Mais Kay réussit au moins à trouver un paquet de saucisses.

Ce dernier dimanche matin, émerger du sommeil pour mieux y replonger était si délicieux qu'ils paressèrent au lit jusqu'à midi, puis se levèrent à regret. Avoir quatre-vingts ans ne ressemblait à rien de ce qu'elle avait imaginé bien des années auparavant. Elle avait mal ici ou là mais, sinon, elle ne se sentait pas différente de la petite fille de dix ans qu'elle avait été. La semaine précédente avait marqué l'arrivée officielle du printemps et, pour une fois, le temps était au diapason. En tirant les rideaux de la chambre pour faire entrer le soleil, elle remarqua que les lisières en velours bordeaux étaient décolorées. L'habitude de se projeter étant à ce point ancrée en elle, Kay se promit, par réflexe, de changer pour une teinte plus moderne – jaune canari, décida-t-elle. Les bourgeons des camélias s'illuminaient dans le jardin ; des papillons surgissaient devant ses yeux. Kay eut l'impression qu'on se moquait d'elle.

— Joyeux anniversaire, susurra Cyril en se blottissant contre sa nuque, vêtu uniquement de sa chemise.

— Sera-t-il joyeux ? demanda-t-elle.

— Au moins, les enfants ne nous tanneront pas pour fêter tes quatre-vingts ans, répondit Cyril. S'ils avaient organisé une fiesta, ils auraient risqué de se faire arrêter.

— Tu as vu, on est passés à l'heure d'été cette nuit. On a perdu une heure. Il n'est pas midi, mais treize heures déjà, c'est horrible et injuste, non ? Se faire voler ce jour-là !

— On ne perd jamais une heure, pas plus qu'on n'en gagne une à l'automne. Le temps est constant. On ne peut ni l'emprunter ni le donner.

— Pinailleur, répliqua-t-elle affectueusement.

Cet après-midi-là, faire la cuisine revêtit un caractère sacré et ne s'apparenta pas du tout à une corvée. Une fois toutes les pommes de terre pelées, Kay en fut navrée. Sous la lame, elles lui avaient paru plus fermes, plus rondes, plus évocatrices que jamais ; même les pommes du crumble semblaient plus croquantes, plus acides et, d'une certaine façon, plus présentes au monde, exigeant de prendre leur place légitime sur la planche à découper, résistant à son couteau. L'odeur de beurre et de cannelle sur le dessus du crumble était divine. Le menu était délibérément « ordinaire », dans la droite ligne de ce qu'ils avaient cuisiné tout au long de leur mariage. En effet ils avaient souvent mangé des saucisses au chou au dîner, non par souci d'économie mais parce qu'ils aimaient ce plat de leur enfance. À dire vrai, elle ne raffolait pas du saumon fumé.

Hayley et Simon avaient appelé pour lui souhaiter un anniversaire « bien à l'abri » – la sécurité ayant été mystérieusement promue au rang de vertu cardinale. Elle n'avait pas eu le courage de leur dire que, malgré les intentions louables du gouvernement, s'il y avait un endroit aujourd'hui où elle était en réel danger, c'était chez elle, cloîtrée avec son mari. Hayley comme Simon avaient semblé consternés d'être retenus aussi longtemps au téléphone. Plus tard, ils comprendraient et lui en seraient reconnaissants, mais sur le moment, ils avaient dû la trouver insistante. Roy ne l'avait pas appelée. Peut-être que, en temps voulu, il s'en mordrait les doigts. Ou pas.

À la fin de l'après-midi, elle fit une pause dans le jardin, s'installa dans l'un des fauteuils que Cyril était allé chercher dans la cabane à outils, bien emmitouflée dans son pull gris car l'air était encore vif. Le soleil avait tenu et la lumière avait des reflets dorés. Elle avait pris *The Week* mais resta là sans le lire. C'était incroyable de ne pas s'être rendu compte plus souvent que rester assise, regarder et réfléchir étaient des activités en soi, qui plus est des activités satisfaisantes. Cyril sortit à son tour et la prit par les épaules, et tous deux admirèrent les premières feuilles des azalées.

Ils étaient d'une génération qui avait reçu de la belle vaisselle en cadeau de mariage. En disposant les assiettes élégantes, au centre crème, avec un bandeau émeraude et un liseré argenté, Kay se félicita d'avoir eu, dans sa jeunesse, le bon goût de choisir un motif simple dont ils ne se lasseraient pas. Ils auraient dû utiliser le service plus souvent, sinon tous les jours. Il était conçu pour douze personnes et elle ressentit une soudaine envie de briser une des assiettes en trop comme un Grec insouciant, simplement parce qu'elle le pouvait. Elle s'en abstint, mais l'idée était tentante.

— C'est quoi ? s'enquit-elle, l'air de rien, en plaçant de nouvelles bougies dans les bougeoirs alors qu'il restait dix bons centimètres des précédentes. Dans la boîte noire, c'est quoi exactement ?

— Du sécobarbital, répondit-il sur le même ton. Plus connu sous le nom de Seconal. Tu ne te rappelles pas ? C'est ce somnifère qui avait été retiré du marché à cause de risques de surdosage.

— C'est douloureux ?

— Absolument pas. Fatigue, la tête qui tourne un peu et la vision qui se brouille. C'est très paisible.

Kay alla au salon mettre une des playlists des années 1960 qu'elle avait trouvées en préparant leur cérémonie commémorative et elle baissa le volume de façon à ce qu'ils puissent parler. À l'apéritif, ils burent un xérès, une fois encore un amontillado sec avec un zeste de citron vert, accompagné de deux fromages forts et de crackers si fins qu'au lieu de se fendre, ils se brisaient. Ce soir, ils pouvaient s'empiffrer sans crainte de grossir, mais Kay préféra grignoter un tout petit bout d'ardrahan sur un coin de cracker, suivi d'une unique olive niçoise de la taille d'un petit pois, dont elle suça le noyau.

— Oh, j'adore cette chanson, dit-elle lorsque passa *(Sittin' on) The Dock of the Bay* d'Otis Redding, et elle se mit à chanter en chœur.

Cyril fit de même ; il n'aurait jamais dû quitter sa chorale avec un aussi joli timbre. La mélodie simple était ensorcelante, elle se précipita pour remettre la chanson. Cette fois, ils dansèrent. Au soir de son quatre-vingtième anniversaire, elle avait l'impression ridicule d'être une jeune fille. Sa robe longue froufroutante était d'un blanc virginal, comme celle d'une mariée ou d'une demoiselle d'honneur prête à franchir le pas. Elle avait vraiment réussi ce salon, se félicita-t-elle tandis que le papier peint à motif d'orchidées défilait devant ses yeux. Ces deux bouts de canapé disparates s'avéraient également du meilleur effet.

Ils dînèrent. Le fromage lui avait aiguisé l'appétit et, malgré la nature de la soirée, qui aurait pu les ensevelir sous un linceul, Kay avait faim. L'écrasé de pommes de terre était bien meilleur avec de la crème épaisse entière. Les saucisses étaient croustillantes mais pas carbonisées, et les feuilles du chou cabus au beurre et à la fleur de sel avaient gardé leur brillant et leur croquant. D'ailleurs, à la lueur des bougies, toutes les couleurs apparaissaient sublimées, le visage de Cyril encadré par la bibliothèque ressemblait à un Rembrandt – à croire qu'elle avait avalé des comprimés d'un autre genre que ceux du frigo.

Voici donc ce qu'était une vie sans conséquences. Elle avait pensé devoir se préparer, se promettre dans sa tête : *Allez, vas-y, accouche, c'est ta dernière chance de cracher le morceau !* ou du moins prendre une profonde inspiration, mais elle avoua sans effort ce qu'elle avait à dire tandis qu'elle entamait une deuxième saucisse.

— Ça fait un moment que je voulais t'en parler, mon chéri, déclara Kay en découpant un morceau bien doré, j'ai voté « pour ».

Les couverts de Cyril se figèrent.

— C'est une plaisanterie ?

Kay rit.

— D'une certaine façon. Qu'est-ce qui n'est pas une plaisanterie aujourd'hui ? Je suis blessée que tu ne trouves pas ça drôle. Au beau milieu de l'endormissement de tout le pays, pendant une pandémie mondiale, je suis étonnée, sinon impressionnée, que tu prennes encore ça autant à cœur. Quand je pense à toutes tes sinistres prédictions selon lesquelles le Brexit allait conduire à un « suicide économique ». Aujourd'hui, le Royaume-Uni se suicide vraiment en apposant un panneau « en congés » sur tout le pays. Continuer de s'énerver pour savoir si trois chèvres peuvent passer la frontière nord-irlandaise sans encombre me paraît surréaliste, pour ne pas dire plus.

— En 2016, tu avais l'air de prendre le référendum très au sérieux. Mais qu'est-ce qui t'a pris ?

— Une bouffée délirante. Un coup de tête au bureau de vote. J'ai coché la mauvaise case. J'ai trouvé ça terriblement rafraîchissant, comme un grand verre d'eau un jour où il fait chaud.

— Tu as réduit en miettes l'avenir de ton pays par caprice ?

— Mon chéri, on ne va pas se disputer ce soir, surtout pas ce soir. Ce n'était pas un caprice. Je l'ai fait parce que je n'étais pas censée le faire. Parfois, je me demande si tu me connais vraiment. Je n'aime pas qu'on me dise ce que je dois faire. Même si c'est toi. Sans doute surtout si c'est toi, dit-elle sans acrimonie.

— Toutes les conversations qu'on a eues... (l'expression qui se lisait sur son visage donnait forme humaine à ce « recalcul » qu'annonce le GPS lorsqu'on ne suit pas ses instructions)... J'ai toujours pensé que tu soupesais nos arguments pour mieux les renforcer. Que tu te faisais l'avocat du diable.

— Franchement, ça fait longtemps que j'ai du mal à supporter ces bureaucrates pédants de Bruxelless. Ils sont de la même trempe autoritaire que ceux qui nous imposent de ne pas bouger de chez nous.

— Alors, pendant tout ce temps, la maison hébergeait une cinquième colonne, lâcha-t-il d'un air dégoûté.

— Oui, et toutes les insultes dont tu agonisais les « ignorants sectaires » et autres « lamentables petits Anglais repliés sur eux-mêmes », tu me les jetais à la tête ! dit-elle joyeusement. Mais je suis très surprise que tu te cramponnes à ta haine du Brexit jusqu'au bout.

— D'abord, j'ai découvert que plus de la moitié de mes compatriotes étaient des rustres autodestructeurs. Et aujourd'hui, je constate en plus que ce sont des moutons, soi-disant des « Anglais nés libres », mais capables d'accepter une assignation à résidence illimitée sans un bêlement de protestation. Qui prennent pour parole d'Évangile les prévisions délirantes d'un épidémiologiste mineur et alarmiste parce que, après tout ce temps, ils ne savent toujours pas comment se servir d'Internet tout seuls. C'est peut-être plus facile d'abandonner un pays que je ne reconnais plus.

— Et une femme que tu ne reconnais plus ?

Il tendit la main pour prendre celle de Kay au-dessus du plat de pommes de terre seulement à moitié vide ; elle en avait fait une trop grande quantité.

— Il n'y a rien qui puisse rendre tout ça plus facile, ma caille, dit-il, les yeux embués.

Toute la journée, Kay avait été en proie à une étrange sensation de flottement, comme si elle survolait le sol à quelques centimètres de hauteur, tel un hydroglisseur se déplaçant sur les vagues sans toucher l'eau. Ce vertige, ce détachement, ce manque de sérieux étaient tout à fait déplacés, à croire que le principe directeur qui présidait aux décisions importantes qu'ils avaient prises pendant des années n'était qu'une blague. Tandis qu'elle sirotait le fond de sa flûte de champagne, cette sensation de lévitation pétillante se mélangea aux bulles qui montaient jusqu'à son nez, mais le petit crépitement ne venait pas de son verre ; elle avait l'impression d'être elle-même le champagne, de s'élever en l'air, *pip, pip, pip*. Pendant tout ce dîner, elle qui aurait dû être morte de peur et d'angoisse était incapable de se souvenir d'une soirée récente aussi réussie avec son mari.

— Avec toutes ces catastrophes dont nous menacent le FMI, la Confédération de l'industrie britannique et la Banque d'Angleterre, commença-t-elle en se levant pour ouvrir une bouteille de cabernet hors de prix qu'elle ne laisserait pour rien au monde à Roy, je suis déçue de ne plus avoir la possibilité de savoir si quitter l'UE se révélera être un désastre ou pas. Puisque nous sommes en « période de transition », les premiers effets ne se feront pas sentir avant l'année prochaine. Et voilà que la mise sur « pause » due au coronavirus introduit une confusion qui empêchera peut-être de connaître le seul impact du Brexit. À ce propos, je suis aussi terriblement déçue de ne pas pouvoir assister à la fin de la pandémie. Fera-t-elle des millions de morts ? L'économie mondiale va-t-elle sombrer dans une récession dramatique ? On ne sait même pas si Boris va s'en sortir.

Boris venait juste d'être testé positif, tout comme le ministre de la Santé et le prince Charles.

— Si ce bouffon mordait la poussière, ce serait une des rares bonnes choses de cette maladie.

— Tu ne le penses pas vraiment.

— Bien sûr que si, rétorqua Cyril avec humeur.

— Peu importe Boris. D'un côté, et à mon grand étonnement, je trouve facile de ne plus être concernée par ce qui se passe, c'est-à-dire que je peux sans hésiter me détacher de la suite des événements. D'un autre côté, je trouve atrocement difficile de cesser de m'y intéresser. J'ai un peu l'impression d'être au milieu d'une flopée d'intrigues incroyables et de devoir soudain rendre les romans commencés à la bibliothèque. Ça ne t'embête pas de ne pas savoir si Donald Trump sera réélu ?

— Pas particulièrement, répondit Cyril. Trump n'est pas notre problème. Et si ce charlatan continue à squatter la Maison Blanche, j'aime autant l'ignorer. De toute façon, il y aura quelqu'un, la nature a horreur du vide.

— Excuse-moi, mais même en pleine fin du monde, du moins la nôtre, il y a certaines urgences.

Elle embrassa la main de Cyril, la serra rapidement puis partit aux toilettes. Dans l'intimité de ces dernières, elle ressentit la même bouffée délirante de dernière minute qui l'avait conduite à cocher la « mauvaise » case sur son bulletin de vote en 2016. Elle regretta soudain de ne pas avoir brisé cette assiette au moment où elle en avait ressenti l'envie, ne serait-ce que pour profiter de ce pouvoir que Cyril voulait qu'ils exercent tous deux avant la fin de la soirée. Au lieu de balancer le service de son mariage contre un mur pour se défouler, elle trouva plus efficace de sortir son téléphone de sa poche et d'appuyer sur l'icône des messages. Elle n'avait aucune assurance que ce geste servirait à quelque chose, mais Cyril avait prétendu qu'ils prenaient un « risque calculé », alors, comme une joueuse de poker, Kay joua un joker.

Cet acte impulsif n'eut pas que des avantages : lorsqu'elle se rassit à table, les couleurs saturées avaient changé le grain du tableau, ce n'était plus un Rembrandt mais un Hockney.

— On parlait de Trump ! reprit-elle avec une gaieté accrue en replaçant sa serviette sur ses genoux avant de les resservir en vin. J'aimerais bien savoir ce qui va arriver à cet abruti. En fait, j'aimerais connaître la fin de toute une série d'histoires. Est-ce que le coronavirus va connaître un pic puis diminuer comme n'importe quelle bonne vieille infection ou est-ce que ce sera la fin de la civilisation que nous connaissons ? Est-ce que la crise migratoire en Europe va reprendre ? Est-ce que l'engagement du Royaume-Uni en faveur de la « neutralité carbone » en 2050 et son coût exorbitant auront une quelconque incidence sur le changement climatique ? Ce fameux changement climatique aura-t-il finalement lieu mais de façon différente de celle qu'on imagine ? Et que va-t-il se passer dans les vingt ans à venir - sûrement des choses horribles que personne aujourd'hui n'a même envisagées ?

Cyril la considéra avec une circonspection naissante. Parler de choses et d'autres était sans aucun doute déroutant. Il se faisait tard. Faire le résumé solennel de deux vies bien remplies et d'un mariage réussi aurait été plus approprié que ces phrases vides à propos du changement climatique.

— On débarrasse ? proposa Kay.

— Pour quoi faire ?

— On a toujours débarrassé.

— Ce soir, c'est la fin des toujours.

Elle se leva pour aller déposer le reste des saucisses sur le plan de travail à côté du frigo.

— Je ne veux pas que ça se perde.

— Et pourquoi pas ? Qui va les manger ?

— Un des enfants, peut-être...

— Un des enfants va découvrir ses parents morts d'une surdose de Seconal et fouiller le frigo pour voir s'il y a des restes ?

— Pas Hayley sans doute, qui fera sa tragédienne, reconnut Kay. Mais Simon est pragmatique, même s'il s'est devenu trop snob pour s'attaquer à des restes, et Roy a toujours faim.

— Laisse tomber ces deux gros morceaux de saucisse qui ont toutes les chances de pourrir et couperaient l'appétit à n'importe qui, trancha Cyril.

— Oui, j'ai pensé la même chose, dit Kay en enveloppant le chou de film alimentaire. À ton avis, les gens vont mettre combien de temps avant de remarquer qu'on ne sort plus ? D'autant qu'il y a cette histoire de « distanciation sociale » et de « protection » ? Une fois, j'ai accepté un boulot de déco dans une maison où un vieil homme était mort, on l'avait retrouvé seulement après qu'un voisin s'était plaint de la puanteur à la mairie. L'odeur ne partait plus et la valeur de la maison avait chuté de moitié.

— Et alors ? On n'est quasiment plus propriétaires de cette maison. Elle est hypothéquée.

— Mais je n'ai pas envie de faire de frayeur aux enfants. Ce n'est pas très délicat. Hayley prétendra souffrir de stress post-traumatique toute sa vie. Je me demande donc si on ne devrait pas déposer une petite note pour informer la police dans la boîte aux lettres de l'autre côté de la rue.

— Depuis sa privatisation, Royal Mail, ce n'est plus ce que c'était, sans parler de la police de Londres après toutes les coupes budgétaires infligées par les conservateurs. Quand ils verront qu'on ne répond plus au téléphone, Hayley ou Simon passeront à la maison ou contacteront directement les secours. Je ne pense pas qu'un mot soit plus efficace que ce que fera le hasard.

— Tu as sans doute raison, concéda Kay en ramassant les assiettes avant de les mettre dans le lave-vaisselle. Je reconnais que ça peut paraître idiot de tout ranger. Mais j'aime bien l'ordre et nos petites habitudes, et je n'ai pas envie de passer ma dernière soirée sur terre au milieu d'un capharnaüm.

C'était un argument que Cyril pouvait entendre. Il rangea la moutarde, puis, comme à son habitude, il essuya les plans de travail.

— Crumble et porto ? proposa-t-elle une fois que la cuisine fut impeccable.

Pendant que Cyril allait chercher la bouteille, elle jeta un coup d'œil à la pendule. Il était déjà vingt-deux heures cinquante-cinq – on frôlait les vingt-trois heures – et elle sentait que son mari insisterait sur l'exactitude avec laquelle son quatre-vingtième anniversaire devrait se conclure. Même réclamer une heure de plus parce que le passage à l'heure d'été lui en avait volé une n'avait aucune chance d'aboutir ; cela ouvrirait la porte à ces reports sans fin qui avaient retardé la date de sortie de l'UE l'année précédente.

Lorsqu'ils s'installèrent au salon, l'humeur de Kay s'assombrit. Cet après-midi-là, elle avait préparé le dîner dans un état euphorique, mais elle n'avait pas été très attentive. Le dessus du crumble était un peu brûlé, les pommes trop cuites et elle aurait dû se forcer à préparer elle-même la crème anglaise. Ce pauvre spectacle serait-il vraiment le dernier des desserts qu'elle aurait concoctés dans toute sa vie ? Hayley avait la bonne idée de vivre non loin, dans le quartier du Borough. Mais il lui arrivait de céder à la tendance du moment qui voulait qu'on se « libère des écrans », se rappela Kay avec morosité, et elle éteignait parfois son portable pendant plusieurs jours.

Les instructions pour leur cérémonie commémorative, que Kay avait imprimées, étaient disposées sur la table basse à côté d'une clé USB contenant des fichiers à disposition de la famille. Pour une femme qui aimait l'ordre, même si la pile de feuilles était bien rangée, leur contenu partait dans tous les sens. Elle avait proposé un choix de musiques trop vaste et, avant le dîner, avait même griffonné *Dock of the Bay* sur le dessus, comme si ces vingt-trois morceaux en réclamaient un vingt-quatrième. Elle avait bien essayé de sabrer son texte d'adieu mais n'avait réussi qu'à y ajouter de nouveaux éléments indispensables, rendant le texte encore plus indigeste. De la même manière, en voulant adoucir le ton moralisateur du livret sur le déroulement de la cérémonie, elle s'était montrée condescendante (nous prenons nos responsabilités, mais est-ce trop vous demander de prendre les vôtres ?). Par ailleurs, quand Cyril s'était enfin décidé à rédiger ses adieux personnels, il avait refusé de tomber dans le pathos et s'était lancé dans de grands discours sur les coûts pour le NHS, le futur « taux de dépendance des personnes âgées intenable sur le plan économique », le poids sur les plus jeunes contribuables, toutes choses dont elle avait déjà parlé dans son texte et qui rendaient leurs témoignages redondants. Bien pire, pendant le confinement, qui pouvait durer plusieurs mois, les obsèques étaient restreintes à une poignée de personnes espacées de deux mètres. Nul ne chanterait ni ne lirait quoi que ce soit, ou même ne serait présent, et le couple serait incinéré avec la même négligence que son crumble.

Hélas, tandis que Kay ruminait son dessert raté et la crème anglaise industrielle quelconque, un geste saccadé lui échappa et elle renversa son verre de porto, éclaboussant de vin cuit les papiers et utilisant trois ou quatre minutes, sur les vingt-huit qui lui restaient à vivre, à éponger sa maladresse. Le porto avait aussi taché sa jolie robe blanche. Même si elle ne voulait pas perdre davantage de temps à se changer, être découverte constellée de taches rouges lui apparaissait indigne.

Cyril partit chercher la bouteille de porto pour la resservir, mais sur le plateau qu'il rapporta de la cuisine, elle vit aussi une carafe d'eau et deux gobelets. Il disposa le tout au milieu de la table basse avec le visage sévère du prêtre distribuant la communion.

— J'ai mis un temps fou à me rendre compte que je ne comprends toujours pas à quoi rime tout ça, lança gaiement Kay. Je trouve difficile d'abandonner quelque chose quand on ignore encore ce que c'est. J'ai peut-être quatre-vingts ans, et je ne mérite peut-être pas de vivre plus longtemps, mais je n'arrive toujours pas à cerner ce que signifie être vivant et encore moins être mort. Je ne sais pas ce qu'est cet endroit, ou même s'il est réel, et encore moins ce qu'on est censés y faire et, si j'ai perdu mon temps, je ne peux toujours pas te dire ce que j'aurais dû faire à la place. Je ne sais pas plus qu'à cinq ans ce qui est important. Je continue d'avoir le sentiment qu'il y avait un truc à saisir, or j'aurais du mal à m'y atteler maintenant qu'il me reste (elle vérifia l'heure à sa montre) quatorze minutes !

Cyril venait de se lancer dans un flot de fadaises à la *Jonathan Livingston le goéland*, d'où il ressortait qu'on ne pouvait vraiment comprendre ce que l'on possédait qu'au moment où on allait le perdre, quand la porte d'entrée s'ouvrit à la volée et claqua en se renfermant. Hayley déboula dans le salon. Kay ne put s'empêcher de penser que c'était bien dommage qu'à seulement quarante-huit ans leur fille ressemble à un tonneau. Elle qui était mince comme un fil à l'université.

— Maman ! s'écria Hayley en s'agenouillant devant sa mère pour lui prendre la tête entre ses mains.

Elle portait un invraisemblable masque fait maison à motif de smiley pour le moins incongru.

— Regarde-moi ! Tu as avalé quelque chose ? Dis-le-moi vite pendant que tu peux encore. Tu as pris quoi ?

Étouffée entre les bras de sa fille, Kay ne put voir le visage de Cyril que du coin de l'œil. En une fraction de seconde, elle lut à son expression qu'il savait manifestement faire la différence entre une simple divergence d'opinions politiques et une véritable trahison personnelle. Jamais pendant leur mariage il ne lui avait lancé de regard aussi impitoyable.

— Tu lui as dit !

— Ma chérie, arrête de me donner des claques, implora Kay tandis que des sirènes hurlantes se rapprochaient de la maison. Je suis réveillée, tout le monde va bien, aucun de nous n'a pris quoi que ce soit de dangereux, à moins de compter le crumble raté.

C'est le moment où elle regretta de ne pas avoir fait un saut à l'étage pour se changer, car sa robe blanche éclaboussée évoquait cette démence que le plan de Cyril était destiné à éviter.

Des coups impatients furent frappés à la porte d'entrée.

— Qui ça peut bien être ? demanda Kay.

— À ton avis, maman ? répondit Hayley. J'ai appelé les urgences, évidemment !

— Les secours ! Ouvrez !

Nouveaux coups frappés à la porte.

Kay se rendit compte qu'elle continuait de serrer comme une idiote le pied de son verre de porto qui, fortement ébranlé par les claques et autres secousses infligées par Hayley, avait de nouveau répandu tout son contenu sur sa robe. Quand elle tendit la main pour poser le verre sur la table basse, une douleur insoutenable dans l'épaule droite lui rappela fort à propos cette décrépitude que Cyril lui aurait épargnée. En voulant se précipiter vers la porte, le seul fait de se lever du canapé lui prit un temps fou. Avec des orteils déformés par l'arthrose, on ne se « précipitait » pas. Hayley la devança pour faire entrer les secouristes.

— Nous avons reçu un appel concernant une tentative de suicide, tonna une voix masculine.

— Ma mère prétend qu'elle n'a rien pris, dit Hayley, mais je ne sais pas s'il faut la croire.

Lorsque Kay parvint dans l'entrée, couverte de porto, que les secouristes auraient pu prendre pour du sang, elle fit un bien piètre témoin en réaffirmant que ni elle ni son mari n'avaient ingéré de produit toxique si ce n'était de la crème anglaise industrielle. S'ensuivit un tohu-bohu à propos de lavage d'estomac ou a minima d'hospitalisation pour observation.

— Hayley, c'est vrai que j'avais des doutes et, tout compte fait, je suis heureuse de te voir, souligna Kay. Mais tu n'aurais pas dû déranger ces gentils secouristes qui ont sûrement des situations plus urgentes à gérer en temps de pandémie. Je ne veux pas de tout ce pataquès !

— Madame, commença un des secouristes à travers son masque, lui-même protégé par une visière en plexiglas qui lui couvrait tout le visage (les deux hommes portaient non seulement des gants chirurgicaux bleus mais aussi une combinaison protectrice qui les enveloppait des pieds à la tête, comme s'ils s'apprêtaient à partir dans l'espace), avez-vous des armes à feu dans la maison ?

— On n'avait évidemment pas l'intention de se servir d'un pistolet, rétorqua Kay. Ce ne doit pas être joli à regarder.

— Maman, si c'est vrai que tu n'as rien pris, où est le flacon ? Où sont les comprimés ?

— Je ne suis pas sûre de vouloir te le dire, répondit Kay avec raideur. Je n'ai pas envie de partir tout de suite, d'accord, mais c'est notre affaire si nous...

— Maman ! glapit Hayley en secouant violemment sa mère par les épaules - cette scène nourrirait sans doute pendant des semaines l'appétit dévorant de sa fille pour le drame. Où sont les comprimés ?

Son épaule droite lui faisait si mal qu'elle devait être démise ; ne serait-ce que pour arrêter sa fille, Kay capitula.

— Dans le frigo. Une boîte noire au fond à gauche sur la clayette du haut.

Hayley revint de la cuisine, les mains vides et le regard noir.

— Elle n'y est pas.

— Alors demande à Cyril. C'est lui le maître de cérémonie.

— Si je comprends bien, papa est le meurtrier ! s'exclama Hayley. Encore un docteur Kevorkian ! Ou un Harold Shipman ! Il t'a lavé le cerveau pour que tu acceptes de l'accompagner dans une de ses lubies socialistes de dingue ! Cette absurdité lui ressemble tellement que ça me rend malade !

Mais, lorsqu'elles retournèrent au salon, Cyril avait disparu. Ainsi que l'un des gobelets. La maison était grande, beaucoup trop grande pour les besoins du couple dont les enfants étaient partis et, quand ils finirent par le retrouver dans la cabane à outils, il était trop tard.

Tout de suite après, Kay ne put se résoudre à cuisiner pour elle-même et quand elle eut fini le ragoût apporté par les Samson, elle se rabattit sur les restes de saucisse et d'écrasé de pommes de terre – qui s'était bien conservé malgré la crème fraîche. Mais elle n'eut pas le loisir de s'apitoyer sur son sort sans rien faire car elle n'avait plus d'économies et sa retraite ne pouvait couvrir l'énorme réhypothèque. À la mi-mai, les transactions immobilières étaient à nouveau autorisées et s'installer sous un nouveau toit fut une distraction bienvenue. Roy ne put s'empêcher de se montrer particulièrement désagréable au sujet de la vente, sur le produit de laquelle il avait compté pour financer sa vie dissolue après le décès de ses parents. Au début, se séparer de la plupart de leurs affaires fut douloureux mais peu à peu se transforma en soulagement. Déménager dans un deux-pièces du quartier de Kennington lui permit de faire la connaissance de son voisin de palier, un divorcé qui, au récit de son veuvage (qu'elle agrémenta sans doute d'une touche de manipulation qui le rendait intéressant), déclara de façon irrésistible :

— Je ne sais pas qui de vous deux m'impressionne le plus : lui pour l'avoir fait ou vous pour ne pas l'avoir fait.

À sa propre surprise, plus qu'à celle des enfants, elle entama une relation avec Ellis dans le courant de l'année. À leur âge, faire une cour prolongée équivalait à une longue marche sur une petite jetée. Cette nouvelle relation ne fut ni meilleure ni pire mais différente. Impossible de reproduire un mariage qui avait tenu cinquante-sept ans mais, comme le disaient les enfants, Ellis était moins « dirigiste » et lui confiait les rênes, y compris quand elle prit la décision radicale de faire abattre le mur entre leurs deux appartements. La tension artérielle excessive de Kay était devenue difficile à endiguer par les médicaments car elle alternait avec des phases de baisse. Mais elle apprit à s'allonger au moment où elle se sentait défaillir et une des libérations qu'apportait l'âge était une indifférence aux raisons pour lesquelles tel ou tel mécanisme du corps se mettait à dérailler. Car si l'un ne se détraquait pas, alors c'était au tour d'un autre. L'état de son épaule droite empirant, elle se fit opérer et ce fut dans l'ensemble une réussite. Ses orteils continuaient de la faire souffrir mais les trottinettes électriques à quatre roues se révélèrent amusantes à conduire et Ellis et elle organisèrent des courses dans le hall de leur immeuble, devenant plus enquiquinants encore que les jeunes qui faisaient des rodéos à vélo sur le parking. Un après-midi, partie pour faire un saut dans le quartier de Elephant and Castle – des témoins désolés firent remarquer que le feu pour les piétons était déjà rouge depuis un moment mais, sur sa trottinette, Kay était devenue une risque-tout –, elle tenta sa chance une fois de trop. Elle se retrouva projetée contre un lampadaire par le type même de l'individu en camionnette blanche. Sa fin fut peut-être moins « paisible » que celle jadis promise par Cyril, mais elle fut rapide. Kay avait quatre-vingt-douze ans.

3

Le postulat de l'individu en camionnette blanche revisité

ELLE EMBRASSA la main de Cyril, la serra rapidement puis partit aux toilettes. Dans l'intimité de ces dernières, elle ressentit la même bouffée délirante de dernière minute qui l'avait conduite à cocher la « mauvaise » case sur son bulletin de vote en 2016. Elle regretta soudain de ne pas avoir brisé cette assiette au moment où elle en avait ressenti l'envie, ne serait-ce que pour profiter de ce pouvoir que Cyril voulait qu'ils exercent tous deux avant la fin de la soirée. Au lieu de balancer le service de son mariage contre un mur pour se défouler, elle trouva plus efficace de sortir son téléphone de sa poche et d'appuyer sur l'icône des messages. Elle n'avait aucune assurance que ce geste servirait à quelque chose, mais Cyril avait prétendu qu'ils prenaient un « risque calculé », alors, comme une joueuse de poker, Kay joua un joker.

Les pouces prêts, elle se rappela l'exaspération de Hayley, plus jeune, face à sa passivité au sein de son couple. La mère et la fille avaient eu des conversations fructueuses sur le fait que, en tant que membre de la génération tristement qualifiée de « silencieuse », Kay n'avait pas été gratifiée de l'estime de soi que les femmes de l'âge de Hayley considéraient comme acquise. Ce fut grâce aux encouragements de sa fille qu'elle avait tenu bon face à Cyril lorsqu'elle avait voulu s'inscrire à cette formation à Kingston. (Son mari avait qualifié de désertion son retrait du NHS à cinquante-cinq ans et avait insisté lourdement pour qu'elle y reste dix années de plus. Il avait décrété ensuite que la décoration d'intérieur était une « activité frivole ». Lui faire accepter son projet avait tourné à l'épreuve de force.) Ce soir, confier son sort au hasard, en jetant une bouteille à la cybermer, dans l'espoir qu'un promeneur sur une plage la ramasse, n'était pas plus honorable que de laisser l'entière décision à son mari. Après tout, quel slogan incisif avait donné la victoire au camp du « pour » au référendum ? « Reprendre le contrôle ».

— Écoute-moi bien, dit Kay en se rasseyant à table avant de reboucher la bouteille de cabernet entamée et de donner au bouchon une petite tape supplémentaire de fin de festivités. Cette soirée fut distrayante mais c'est aussi du grand n'importe quoi, alors je dis stop.

— Pardon, de quoi tu parles ?

Les gens se servent souvent de l'incompréhension non pour que vous clarifiiez ce que vous avez dit mais pour exiger que vous disiez autre chose.

— On est dans l'aberration la plus totale et le ridicule. La pandémie rend cette comédie d'autant plus stupide. On est en train de jouer à j'avale-du-poison alors que le monde extérieur se barricade, terrorisé à l'idée d'être malade et de mourir. Ce confinement sinistre est censé protéger les personnes soi-disant vulnérables, à savoir les plus âgées comme nous justement. Sans aucun respect pour les sacrifices des plus jeunes à notre égard, on se donne volontairement la mort - je trouve ça ingrat. Je le comprendrais si on se tordait de douleur ou qu'on affrontait les souffrances interminables d'une maladie en phase terminale ou qu'on soit devenus des débiles bredouillant comme mon père...

— Auquel cas, on n'aurait pas les ressources intellectuelles...

— Oui, oui, c'est un cercle vicieux, sauf qu'on n'est pas fous. Je perds mes clés ou je ne me rappelle plus qui a écrit *Le Messager*, mais j'avais les mêmes trous de mémoire à vingt ans. Certes, on a mal ici ou là, mais rien qui mérite d'en finir. Bref, ce sera épouvantable pour les survivants, même si les défunts ne sont plus des perdreaux de l'année. Ce n'est pas juste pour les enfants, ni pour nous et encore moins pour moi.

— On a tous les deux pris un engagement. Personne ne t'a forcée.

— C'était ton idée et je l'ai acceptée. Comme toujours.

— Tu ne vas pas recommencer.

— Je t'aime profondément mais tu peux te montrer trop autoritaire.

— Et toi, réagir autant au quart de tour. Cela ne dénote pas plus d'indépendance d'esprit qu'une obéissance aveugle. Et c'est pour me contrarier que tu ne m'as pas caché avoir voté « pour ».

— Tu ne vas donc jamais faire une croix là-dessus ? Parce que, pour une fois, on parle de quelque chose de beaucoup plus important que le Brexit. J'ignore ce qui se passe après la mort, mais il est hautement probable qu'il ne se passe rien. L'unique avantage de la mort, c'est qu'elle signe l'arrêt des souffrances, or on ne souffre pas. Du moins nos petits bobos ne supportent pas la comparaison avec les cas graves qu'on a si souvent vus au cours de nos carrières respectives. Tu as dit toi-même que ton grand projet était un pari. Imagine alors ce sur quoi on pourrait parier si on suivait une logique statistique froide de flambeur professionnel. On peut faire un pari gagnant - peut-être d'un petit peu ou de beaucoup : on gagnera davantage de vin, de crumpets au beurre, de jolis couchers de soleil, sans parler de voir grandir nos deux plus jeunes petits-enfants et du plaisir coupable de regarder de temps à autre une mini-série médiocre. Comme ces jeux à gratter qui te garantissent de gagner à chaque fois, ne serait-ce qu'une livre ou deux. Ou bien faire un pari perdant. On perd, point : on perd tout, toute notre mise. Gagner quelque chose ou perdre tout ? Comme disent les jeunes : « lol ».

— Tu ne sais pas du tout de quel prix nous paierions ces quelques couchers de soleil supplémentaires...

— Cette proposition n'a jamais été réaliste, le coupa-t-elle en déposant la bouteille rebouchée sur le plan de travail, et je regrette d'y avoir adhéré un temps. Elle a quelque chose d'infantile et l'un de nous deux doit redevenir adulte. Quant à ce soir, je n'ai pas l'intention de faire une overdose de quoi que ce soit de plus mortel qu'un crumble trop cuit.

Kay ramassa les assiettes en retenant une grimace de douleur à cause de son épaule.

— Je me disais que, pour une fois, on aurait pu faire l'impasse sur la vaisselle, plaisanta Cyril - c'était sa façon de détendre l'atmosphère.

— Ça m'est égal, répondit Kay en rangeant les couverts dans le lave-vaisselle le manche en bas, alors que Cyril les mettait toujours dans l'autre sens. J'aime bien faire la vaisselle. C'est bien l'objet de tout ce pataquès, non ? J'apprécie plus la vie que toi. C'est encore plus vrai depuis que tu as pris ta retraite. Je suis sûre que tu m'en as voulu d'avoir un deuxième métier dans lequel je me suis fait une place et qui m'a apporté bien du plaisir. Pendant ce temps, tu lisais ton *Guardian* d'un air sombre, un œil sur la pendule, dans l'espoir qu'une autre heure pesante ait chassé la précédente. Tu as donc imaginé cet exercice de nivellement par le bas qui m'a entraînée dans les tréfonds de ton pessimisme et de ton nihilisme.

— Ce n'est ni gentil ni vrai, objecta Cyril. Quand je t'ai fait part de ce plan pour en finir, je travaillais à plein temps dans mon service, où je suis resté encore treize ans. Tu étais toujours à St Thomas et je ne « t'en voulais pas » d'un deuxième métier que tu n'avais pas encore envisagé. Cette façon peu charitable d'expliquer mes motivations est infondée, une pure invention.

— Je m'en fiche. Tu sais quoi ? J'aime m'exprimer et dire ce qui me plaît. Même cette dispute avec toi vaut mille fois un évanouissement de « fatigue » sur le canapé en commençant à avoir « la vision qui se brouille ». Ça m'est même égal de dire des choses qui ne sont pas vraies ou pas gentilles tant que je peux dire quelque chose. Je n'ai peut-être jamais apprécié cela à sa juste valeur auparavant : parler, simplement parler, est une joie.

— Tu prends cette décision arbitraire pour nous deux ? Parce qu'il m'a fallu des années de concentration, de réflexion et de détermination pour me préparer à ce moment.

— Je veux bien le croire, répliqua-t-elle. Ton projet sinistre à la noix s'est substitué à des choses plus positives. Certes, j'ai fait la cuisine, mais cette soirée était censée être le couronnement de ton grand œuvre. Un mystère de la Passion tout de bravoure et de noblesse. Or la véritable bravoure, comme la véritable noblesse, implique de perdre ce que tu aimes progressivement comme tout le monde et de prendre ce qui vient comme tout le monde et de mourir au moment où tu t'y attends le moins, alors que tu n'en as pas envie, comme tout le monde.

— Il y a longtemps que tu n'avais pas été aussi loquace.

— C'est « l'effet sursis ». Comme dans ces vieux films en noir et blanc, quand le téléphone sonne enfin dans la prison à minuit moins deux. On ne le voit pas à l'écran mais je pense que le détenu, déjà attaché sur la chaise électrique, se transforme lui aussi en moulin à paroles quand il apprend que sa peine a été commuée.

Les mains autour de la flamme, elle souffla les bougies, puis se lécha le pouce et l'index pour éteindre les mèches rougeoyantes avec un petit *chh*, comme un hommage à un superbe dîner de plus. L'odeur de cire et de brûlé dégagée par les mèches était entêtante.

— Et si je veux quand même le faire ? demanda Cyril.

— Ça te regarde. Mais je préférerais que tu t'en abstiennes. Par ailleurs, reconnais-le : sans moi, tu perdrais la symétrie et la grandeur du geste. Tu apparaîtrais comme un énième vieux qui, à force d'être isolé, aurait déprimé. Ton coup d'éclat aurait l'air mesquin sinon minable, voire idiot. Je serais obligée de dire à Simon : « Non, tu ne peux pas parler à ton père parce qu'il vient de se suicider sans motif valable. » Ton décès serait quand même triste mais tu passerais pour un dingue. Tu ne transmettrais pas de message percutant. Tu ne ferais pas figure de modèle. Pour la bonne raison que, pardon, mais c'est la réalité crue, il n'y aurait pas de couverture médiatique, pas en ce moment où les hommes de ton âge tombent déjà comme des mouches, frappés par le Covid-19. Moyennant quoi, tu peux oublier l'idée que des milliers, sinon des millions de tes collègues socialistes utopistes suivraient ton exemple héroïque à quatre-vingts ans et que le sacrifice de masse des vieux pourrait devenir le salut du NHS. Tu crois que je ne sais pas quel genre de fantasmes grandiloquents te passe par la tête ? En résumé, mon chéri, ton geste ne renverrait pas une bonne image de toi. Et je crains que ton souvenir en soit terni. L'agacement et la déception prendraient le pas sur toute mélancolie. Je me rappellerais ton insistance lourde et butée à t'en tenir à ton plan, ton refus de changer d'avis ou d'écouter la raison, en clair, de m'écouter, comme un abandon, une trahison et une injure.

— Mais si je le faisais… Tu appellerais les urgences ?

Elle réfléchit en nettoyant les flûtes à champagne, qui n'allaient pas au lave-vaisselle.

— Oui, sans doute. Mais il y a le risque que tu ne t'en sortes pas en grande forme.

— Tu ne l'aurais jamais fait ? s'enquit-il d'un ton lugubre, toujours affalé sur sa chaise.

La question la coupa dans son élan.

— Je n'en suis pas certaine. Certains jours, peut-être. Ce matin, presque. J'ai adoré nos vacances, dépenser tout notre argent. L'idée de ne pas être plus vieille que je ne le suis aujourd'hui m'a plu. Le déni m'a plu. Pourquoi pas ? La peur de vieillir ne facilite pas les choses. (En retirant le plat de pommes de terre, elle se pencha à son oreille.) Ce soir, il se peut même que tu m'aies fait un cadeau, que tu en aies eu ou non l'intention. Je suis heureuse d'être en vie. Comme j'en ai le droit. (Elle l'embrassa sur le front.) C'est mon anniversaire.

Kay poussa un soupir de soulagement seulement après que Cyril se fut enfin levé pour nettoyer le plan de travail. Elle rangea la nourriture. Il restait presque assez de chaque plat pour un autre dîner.

Le lendemain matin au petit déjeuner, Kay continua de savourer le sentiment rare d'être aux commandes de son couple, sans parler de cette sensation d'exister, tout simplement. Elle devait se dépêcher de sortir faire des courses parce que, avant un certain changement de plan, elle n'avait eu aucune raison de stocker ; au contraire, elle s'était efforcée de réduire ses provisions à quelques centaines de grammes de sucre, une boîte de pâte de haricots rouges achetée sur un coup de tête au supermarché asiatique près d'Elephant and Castle et un paquet de lentilles corail (qui avaient malheureusement perdu leur couleur à la cuisson). Mais, grâce à un rapide saut un peu plus tôt au Marks and Spencer voisin, dont les rayons n'avaient pas été entièrement pillés par des stockeurs compulsifs, elle pouvait déguster des crumpets extra-moelleux.

— Je ne dis pas non plus qu'il faille jeter les comprimés aux toilettes, déclara Kay en attendant que le beurre fonde dans les petits trous. On pourrait en avoir besoin en cas de catastrophe médicale. Elles n'ont qu'à rester où elles sont. Je me suis faite à cette boîte et, puis, je trouve que c'est un bon moyen de se rappeler qu'il faut profiter de la vie.

Depuis qu'ils s'étaient levés, Cyril avait l'air penaud. L'ayant suppliée de lui accorder quelques minutes supplémentaires au lit, il semblait ne plus avoir envie de mourir, tout comme elle.

— Oh là là, je viens de me souvenir, s'exclama-t-il. Hier soir, pendant que tu étais aux toilettes, je suis allé à la boîte aux lettres poster un mot pour la police. J'expliquais où nous trouver et qu'on... enfin tu vois.

— Pourquoi prévenir la police ? Pour l'odeur ? Ou pour épargner les enfants ?

— Pour épargner la maison. J'ai dit à la police que les Samson avaient la clé. Tu as choisi une porte d'entrée magnifique avec tous ces vitraux taillés en diamant. Je ne supportais pas l'idée que les flics la défoncent au bélier.

Kay fut touchée. Au début, Cyril s'était opposé à sa seconde carrière, mais, avec le temps, il était devenu fier de son talent.

— Ça veut dire qu'ils risquent d'entrer d'une seconde à l'autre ? J'imagine la scène et elle est bizarre.

— En semaine, cette boîte est relevée à onze heures, précisa Cyril. Je ne pense pas que la police reçoive mon mot avant demain ou après-demain au plus tôt. Ce qui nous laisse le temps de détourner leur attention ou au moins de trouver quoi leur dire : « Pardon, mais on est des poules mouillées. » Après quoi, on sera enregistrés dans leur fichier comme dangers pour nous-mêmes. Ce qui ne fera pas bon effet si Roy se met un jour en tête de nous faire interner contre notre volonté dans je ne sais quel trou à rats pour vendre la maison.

— Ce serait tout Roy, soupira Kay. Mais il n'est que onze heures moins le quart. Pourquoi je n'essaierais pas d'intercepter la factrice ? Elle m'a toujours semblé adorable et je pourrais peut-être la convaincre de me rendre la lettre.

Kay se posta à côté de la boîte rouge quelques minutes avant onze heures. Comme prévu, la jeune Somalienne ravissante qui avait distribué leur courrier tout au long de l'année écoulée se pointa pile à l'heure en poussant son chariot, sa clé à la main. Elle portait un masque en papier sur le menton et des gants chirurgicaux en latex bleu.

Kay, qui n'avait pas l'intention de lui dire la vérité, inventa une histoire tarabiscotée d'où il ressortait que leur couple était persuadé d'avoir été victime d'arnaques (ce qui arrivait constamment ces temps-ci ; le nombre de retraités mis sur la paille par des escrocs sans scrupule était scandaleux). Mais mari et femme n'ayant pas communiqué, la somme que Cyril avait retirée sur leur carte de crédit - pour son anniversaire, qui avait eu lieu la veille, et, oui, merci beaucoup pour vos bons vœux - était en fait parfaitement légitime...

Son histoire ne tenait pas debout. On n'écrivait évidemment pas à la police pour dénoncer des retraits frauduleux sur une carte bancaire mais on le signalait directement à sa banque. Par bonheur, une personne jeune supposait d'emblée qu'une vieille bique ne comprenait rien aux démarches administratives. Par ailleurs, la jeune factrice l'écoutait seulement de l'oreille distraite que l'on accorde aux personnes âgées qui divaguent, ce qui arrangeait bien les affaires de Kay dans ce cas précis. La jeune femme semblait d'autant plus pressée de s'éloigner de l'octogénaire que celle-ci avait déjà l'air contagieuse.

Kay indiqua la lettre.

— Là ! C'est elle. La bleu clair avec *M. et Mme Cyril Wilkinson* embossé sur le rabat.

Même si la jeune femme ne reconnaissait pas la femme rabougrie à qui elle apportait son courrier tous les jours, l'enveloppe caractéristique plaidait en sa faveur. Il n'y avait que les vieux pour acheter du papier à lettres en relief.

Après avoir marmonné qu'il était théoriquement illégal de toucher à du courrier posté, la jeune femme capitula, sans doute pour se débarrasser de la mamie et de son flot de paroles.

Euphorique d'avoir réussi sa mission et peut-être euphorique tout court parce qu'elle sentait la brise printanière lui caresser les joues, pressée de manger un deuxième crumpet avec du beurre, et toujours amoureuse de son abruti de mari, même s'il abordait les problèmes complexes de façon affreusement méthodique, Kay brandit l'enveloppe du bras gauche, encore en forme, et traversa la rue en vitesse vers leur maison, sans regarder. Un individu en camionnette blanche la projeta trois mètres plus loin, en plein dans un lampadaire, et ce fut terminé. Elle avait quatre-vingts ans et un jour.

4

Cyril change d'avis de façon inattendue

— J'AI MIS UN TEMPS FOU à me rendre compte que je ne comprends toujours pas à quoi rime tout ça, lança gaiement Kay. Je trouve difficile d'abandonner quelque chose quand on ignore encore ce que c'est. J'ai peut-être quatre-vingts ans, et je ne mérite peut-être pas de vivre plus longtemps, mais je n'arrive toujours pas à cerner ce que signifie être vivant et encore moins être mort. Je ne sais pas ce qu'est cet endroit, ou même s'il est réel, et encore moins ce qu'on est censés y faire et, si j'ai perdu mon temps, je ne peux toujours pas te dire ce que j'aurais dû faire à la place. Je ne sais pas plus qu'à cinq ans ce qui est important. Je continue d'avoir le sentiment qu'il y avait un truc à saisir, or j'aurais du mal à m'y atteler maintenant qu'il me reste (elle vérifia l'heure à sa montre) quatorze minutes !

Tout au long de ce monologue insensé, fruit, sans aucun doute, de l'hystérie, Cyril fit preuve de patience.

— Je doute qu'on comprenne ce qu'est la vie tant qu'on ne l'a pas perdue, dit-il d'une voix apaisante en lui caressant la main. Peut-être sommes-nous obligés de sacrifier notre vie pour la comprendre. Quelle que soit la nature de ce que tu penses être censée « saisir », cela risque de t'échapper jusqu'à l'ultime révélation.

Kay fronça les sourcils.

— Pour vivre, il faut mourir ?

Cette traduction était sommaire, alors qu'il pensait avoir formulé sa philosophie de façon plutôt poétique pour un médecin. Il trouvait quelque chose de poignant à la façon dont sa femme sursautait et semblait tendre l'oreille au moindre bruit venant de l'extérieur - une sirène dans le lointain, le cri d'un renard - sans cesser de jeter des regards affolés vers l'entrée, comme si elle espérait qu'un ange descendu de l'au-delà vienne la sauver à la dernière minute. Il est sans doute impossible de prévoir comment quelqu'un réagira face à l'inconnu absolu. Kay paniquait - ce qui était sans doute la norme.

De son côté, Cyril était calme et lucide. Il ressentait cette présence au monde qui le traversait si souvent lorsqu'il dormait auprès de sa femme, mais rarement pendant la journée. Une sensation profondément jubilatoire d'être centré, unifié, d'un seul bloc, et ses pensées, généralement bruyantes, étaient étales.

Lorsque Cyril souleva le couvercle de la boîte noire, un *pff* délicieux s'en échappa, semblable à la libération de l'air d'un récipient sous vide. Il secoua le flacon pour faire tomber les comprimés sur la table basse et les disposa de sorte qu'ils forment une grille parfaite. Kay l'observa, avec une terreur extrême, arranger les comprimés comme s'il installait un jeu de go de voyage.

— De quoi as-tu peur, ma caille ? demanda-t-il doucement.

Kay avait beau émettre une fréquence qui n'excédait pas celle du filament d'une ampoule à incandescence, elle n'en tremblait pas moins.

— De faire une bêtise.

— Mais c'est notre destin. Celui de chacun. Par conséquent, ça ne peut pas être une erreur, à moins que la conception de l'univers ne soit une erreur.

— Et si c'était une erreur ?

Elle essayait de gagner du temps. Il s'était rarement senti aussi éloquent, pourtant il connaissait cette expression d'agacement sur le visage de sa femme.

— Tu te sentiras partir en douceur, affirma-t-il. Tu n'as aucune raison d'avoir peur. Je ne ferais jamais rien qui puisse te faire souffrir.

Elle lança un autre regard désespéré et incompréhensible en direction de l'entrée.

— C'est la meilleure façon de tirer sa révérence, martela-t-il. À nos conditions, chez nous, quand nous sommes encore sains d'esprit et capables de nous reconnaître mutuellement, de nous embrasser pour nous dire au revoir. Avant que nous tombions dans la déchéance et l'humiliation. Avant de coûter un bras à nos compatriotes pour survivre à l'état d'imitations grotesques de ce que nous étions jeunes ou comme de simples outres à souffrances. Nous contrôlons nos destinées. Rappelle-toi ce qui est arrivé à tes parents.

— C'était il y a longtemps, le souvenir de leur déclin est moins net. Et puis, je n'ai aucune envie de le raviver. Pourquoi je le ferais ?

— Pour l'instant, tu ne te rappelles pas leur lamentable décrépitude parce que tu ne veux pas. Bientôt, tu oublieras de le faire parce que tu ne le pourras plus.

— Tu as sans doute raison. Comme toujours et sur la plupart des sujets, bien sûr. Je regrette d'avoir voté « pour ». Je ne sais pas ce qui m'a pris. Je suppose que le résultat sera désastreux pour l'économie et tu sais, je n'imaginais pas un seul instant que le camp du « pour » gagnerait…

— Arrête avec cette histoire de Brexit, la conjura-t-il avec un sourire en lui caressant la joue. Pas pendant nos dernières minutes sur cette Terre.

— Pardon, dit-elle, gênée. Je parle pour ne rien dire. Voilà peut-être à quoi se résume tout ce pataquès.

— Chut. Tu continues d'en parler. Parle de maintenant. Pense à maintenant. C'est tout ce qu'il reste.

— Au moins, on fait ça ensemble. Et ça change tout, du moins pour moi. (Elle passa la main sur cette cuisse qu'elle avait, pendant cinquante-sept ans, caressée, serrée et effleurée du bout des doigts jusqu'à une partie de l'anatomie de Cyril plus excitante.) Ça ne rend pas les choses faciles, mais plus faciles, beaucoup plus faciles.

— De cette façon, aucun de nous deux ne sera obligé de vivre sans l'autre, même pour une courte durée, dit-il. J'ai toujours eu peur que, s'il t'arrivait quelque chose, je m'écroule. Que je ne sois plus capable de manger, de me laver, de faire des courses, encore moins de dormir. Je me suis imaginé dans la peau d'un de ces veufs en gilet marron mangé aux mites et en pantoufles éculées, qui regardent dans le vague pendant des heures. Et qui sentent mauvais.

— Tu me promets que ça ne fait pas mal ? s'inquiéta-t-elle d'une voix de petite fille.

— Oui.

Quelque chose céda, se dénoua, se libéra, lâcha prise. Elle laissa retomber ses épaules, prit une profonde inspiration et regarda Cyril dans les yeux avec une confiance qui le fit se sentir bizarrement coupable.

— Jusqu'ici, j'ai eu de la chance, mais c'est vrai que j'ai des gènes calamiteux. Et je ne supporte pas l'idée de te gâcher la vie, comme mon père avec ma mère, au point que tu te mettes à me détester et à oublier les bons souvenirs. Ce dîner était divin et notre vie aussi.

C'est elle qui remplit le gobelet d'eau. Elle l'embrassa avec fougue, comme ils le faisaient pendant des heures à l'époque où ils sortaient ensemble, puis elle s'écarta à regret, comme à cette même époque, se rappela-t-il, au moment où ils devaient retourner à leurs études médicales. Ce baiser déclencha une formidable vibration qui fit résonner toute une vie passée à deux, comme si leur mariage était une cymbale dont elle venait de frapper le bord avec brio, d'un coup de maillet à tête de feutre.

Elle tendit sa main ouverte, laissant Cyril décider du nombre de comprimés. Elle les avala tous en même temps avec un peu d'eau.

— Tu restes avec moi ? demanda-t-elle. Jure-moi de me tenir dans tes bras jusqu'à la fin.

— Je te le jure, répondit Cyril en l'attirant au creux de son épaule, le bras passé autour de ses omoplates saillantes.

Même si c'était paradoxal, il se sentait le devoir de la protéger. Il attendrait qu'elle soit en sécurité ou que le concept de sécurité ne les concerne plus pour prendre sa propre dose. Quand on y réfléchissait, c'était une forme de sécurité absolue : parvenir à un état où même la personne la plus affreuse ne pouvait plus vous faire subir quoi que ce soit. Il venait de sauver sa femme de tous les affronts du monde.

— J'espère que Hayley ne pensera pas que c'est sa faute, marmonna Kay avant de piquer du nez.

C'était le médicament. Elle divaguait.

En théorie, ce fut paisible, mais il n'aurait pas choisi ce mot pour décrire l'instant où il sentit d'instinct qu'elle n'était plus de ce monde. Même le corps pourtant léger de sa femme lui sembla lourd, pesant, son poids était presque écœurant, comme quelque chose dont on voudrait à tout prix se débarrasser. Et il n'émanait pas du cadavre – ce que son corps bien-aimé était devenu – une sérénité apaisante, mais, au contraire, il le transportait d'horreur. En tant que médecin généraliste, il avait vu quantité de gens mourir, mais c'étaient des patients, tenus à une distance clinique nécessaire, et aucun de ces décès ne l'avait plongé dans cet état.

Il la souleva en la prenant sous les bras avec toute la tendresse possible, sachant que l'effort physique requis pour hisser un « poids mort » était considérable. (Le lexique de la létalité prit soudain son sens ; une pensée particulièrement absurde pour un médecin lui traversa l'esprit : « C'était donc ça. ») Du mieux qu'il put, il la cala de l'autre côté du canapé dans une position avachie, sans parvenir à lui fermer la bouche. Même s'il ne l'avait pas vraiment formulée, l'idée lui avait trotté dans la tête, à savoir que, si Kay partait la première, il serait motivé pour la suivre. Il n'était pas naïf au point de s'imaginer qu'il se précipiterait pour rejoindre sa femme sur un nuage de dessin animé parsemé de harpes, mais accueillerait volontiers cette possibilité offerte d'échapper sur-le-champ au chagrin. Il aimait profondément sa femme et ces comprimés disposés soigneusement sur la table allaient lui éviter de vivre plus de quelques minutes dans un monde de désolation privé de la présence de Kay.

Mais ce n'est pas ce qui se produisit. Il se passa pourtant quelque chose : un grand soulèvement qui partit d'une région de son être qu'il connaissait à peine. Cette force jaillit spontanément ; son irruption fut si involontaire que la seule comparaison qui lui vint à l'esprit fut le vomissement, bien que la sensation ne soit pas aussi désagréable. Cet afflux – cette substance – cette énorme chose informe ne lui était pas extérieure ou étrangère ; c'était lui. Elle avait toujours été là à attendre et à observer de l'intérieur, sorte de devin enfoui qu'il n'aurait quasiment jamais eu à consulter. Sous l'emprise de cette entité plus vaste, plus forte, plus primitive qui l'habitait apparemment depuis toujours, Cyril regarda la carafe, puis sa main. Mais il ne put verser l'eau dans le gobelet. Ce geste de tous les jours semblait irréalisable sur le plan physique, comme si la connexion neurologique entre son cerveau et son bras était rompue. De même qu'il lui était impossible de prendre ces comprimés dans sa main et de les avaler. Ce n'était pas simplement rebutant, mais impossible. Il croyait de tout son être à ce contrat qu'il avait signé avec sa femme, il n'avait donc pas été hypocrite. Il était intimement convaincu que pour servir à la fois son intérêt et celui de son pays à long terme, il devait tenir cet engagement, vieux de trente ans, de se supprimer à l'âge de quatre-vingt-un ans.

Mais il ne voulait tout simplement pas le faire.

Le docteur Cyril J. Wilkinson demeurait un professionnel compétent et lucide qui avait accumulé des informations inestimables sur les forces et, également, les faiblesses du cinquième plus gros employeur du monde. Il était un puits de connaissances sur la petite et la grande histoire, sur les débuts et les années suivantes de l'un des projets sociaux parmi les plus ambitieux qu'un État ait porté. Pourquoi n'y avait-il pas songé auparavant, pendant qu'il perdait son temps à contempler des mangroves en Australie ? Il était temps qu'il écrive ses mémoires. Il n'avait jamais été tout à fait satisfait du système d'unités semi-autonomes du NHS, qui avait eu pour conséquence la très controversée « loterie » : l'offre de soins dans certaines régions étant plus importante que dans d'autres. Le NHS était trop dépendant de personnels venus de l'étranger, or attirer des médecins et des infirmières de Roumanie, de Bulgarie, du Pakistan et d'Inde privait ces pays de leurs propres soignants. L'abandon de la formation des médecins généralistes avait été un scandale, car, dans l'impossibilité d'obtenir un rendez-vous auprès d'un médecin référent, de nombreux patients avaient été amenés à s'adresser aux urgences pour des pathologies bénignes, ce qui s'était révélé plus coûteux. Le livre qu'il allait écrire inonda son cerveau comme une hormone de grossesse et, au bout de trente secondes, il lui sembla l'avoir déjà conçu. Le coucher noir sur blanc se résumerait à une simple formalité.

Quant à Kay, il n'y avait rien à faire. Elle avait fait un choix, un choix prudent qui plus est ; son ADN était, en effet, gangrené par la démence, alors que son père à lui, le vieux salaud, était resté sain d'esprit jusqu'à quatre-vingt-dix-neuf ans. Il n'avait pas contraint Kay. Elle avait rempli son verre elle-même et tendu la main pour qu'il y dépose les comprimés, qu'elle avait avalés de son plein gré. Ce n'était en rien un homicide, mais une simple bifurcation à l'intérieur d'un projet jadis commun.

Cela dit, le fait que sa femme ne sache jamais qu'il avait changé d'avis était un immense soulagement pour Cyril.

Sa capacité à penser méthodiquement dans un moment pareil était pour le moins choquante, mais, ce soir, il avait déjà appris sur lui quelque chose qu'il ignorait auparavant. Cet aspect calculateur de sa personnalité, qu'il découvrait, levait le voile sur bien d'autres qu'il n'aurait jamais imaginés. Il devrait prévenir les autorités en temps voulu, néanmoins ce coup de fil larmoyant pouvait attendre le lever du jour. Entre-temps, il valait mieux effacer toute trace pouvant faire soupçonner un acte criminel. Il s'entendait déjà pleurer dans le gilet d'un policier gêné mais plein de respect : « C'est vrai que ces dernières semaines, elle était déprimée, mais je ne me doutais pas qu'elle avait le moral aussi bas... Elle a dû descendre dans la nuit, comme ça lui arrive parfois quand elle ne parvient pas à dormir, en général pour lire sans me déranger – même si je lui ai toujours dit que ça ne me gênait pas qu'elle garde sa lampe de chevet allumée... Et puis, ce matin, je l'ai trouvée sur le canapé ! » Il n'aurait aucun mal à paraître bouleversé, car il l'était.

Cyril ramassa les comprimés qui restaient sur la table basse et les remit dans le flacon qu'il rangea à son tour dans la boîte noire. Boîte qui retrouva son emplacement d'origine, dans le coin au fond à gauche sur la clayette supérieure du frigo – qui sait si, plus tard, il n'aurait pas besoin d'une porte de sortie – puis il la masqua avec le pot de confiture d'oranges faite par Kay en 2018 (une production vintage) et un pot de sauce à la menthe dont le contenu fonçait. Il rangea son gobelet propre dans le placard. Il nettoya à l'éponge les taches collantes de porto sur la table basse ainsi que deux ou trois autres sur le tapis. Il glissa la clé USB contenant les documents de Kay relatifs à la cérémonie du souvenir dans un mug rempli de crayons et de stylos à l'étage, où elle n'attirerait pas l'attention. Il feuilleta la sortie papier et en retira son propre adieu, ainsi que les explications de Kay à l'origine de leur décision de rendre l'âme de concert. Il brûla ces pages dans l'insert, puis retira à la pelle les bouts de papier carbonisés et les mélangea aux cendres dans le seau. Il conserva le déroulement de la cérémonie et l'adieu de Kay, qui révélait sans ambiguïté ses intentions désespérées. Les gouttes de porto sur le bord des pages ajoutaient une touche de désarroi émotionnel convaincant.

Mais il ne permettrait pas que sa belle soit manipulée par des ambulanciers ou des policiers, voire photographiée, dans une jolie robe blanche tachée de rouge. Il déboutonna avec amour la robe dans le dos, puis la fit glisser sur ses hanches. En l'embrassant dans la nuque pour se faire pardonner son impertinence – son corps était encore chaud – il lui ôta également ses dessous, prit un instant pour contempler avec tristesse cette femme toujours séduisante malgré l'âge et dont il connaissait chaque centimètre de peau aussi intimement que la sienne. À l'étage, il trouva dans sa commode une chemise de nuit ravissante mais simple, un vieux cadeau de Noël de sa mère mais qu'elle n'avait jamais porté parce qu'ils dormaient toujours nus et enlacés. Derrière la porte de leur chambre, il prit le peignoir extraordinaire qu'il avait trouvé pour elle sur eBay et qu'elle adorait : il était en satin noir avec une ceinture rouge et des épaules rembourrées à la mode des années 1940, et serait allé comme un gant à Joan Crawford. Il eut du mal à lui enfiler cette tenue et, malgré tous ses efforts, le peignoir semblait toujours de guingois, mais elle était beaucoup plus présentable – et convaincante en femme descendue lire au salon en laissant son mari au lit.

Enfin, il lava leurs assiettes à dessert et mit le reste de crumble au frigo avec la brique de crème anglaise entamée.

— C'est toi, le grand malade. Alors pourquoi tu n'es pas mort ?

À l'issue de la cérémonie en Zoom (l'interdiction de se réunir restait en vigueur), tous les participants s'étaient déconnectés avec tristesse, sauf Hayley, ce qu'il trouva de mauvais augure. Depuis qu'elle avait appris la terrible nouvelle, sa fille semblait non seulement furieuse mais détentrice d'un secret inavouable, ce qui visiblement lui procurait une satisfaction intense.

— Je me rends compte que la disparition de ta mère a été très difficile pour toi, Hayley, dit-il en prenant soin de ne pas s'adosser à la partie du canapé où il avait rhabillé Kay. Mais tu devrais t'inspirer de sa vie, une vie bien remplie et merveilleuse. Tu sais, elle avait commencé à oublier certaines choses... J'imagine qu'après la démence qui a rongé Papy et Mamie Poskitt, elle a voulu nous épargner.

Hayley n'était manifestement pas intéressée par les explications habiles qu'il avait servies aux autres participants virtuels.

— Dans son discours à la noix « Adieu, j'ai été heureuse de vous avoir connus » que Simon a lu sur Zoom, suis-je la seule à avoir trouvé carrément étrange que maman ait pensé à dire au revoir à ses quatre meilleures amies, mais pas à son mari ?

— Elle a sans doute considéré que ça ne regardait que nous.

— Par ailleurs, poursuivit Hayley, maman ne perdait pas la boule. Elle réagissait au quart de tour.

— Elle était douée pour dissimuler ses trous de mémoire. C'était pire que ce que tu crois.

— Elle avait gardé la même vivacité d'esprit. Je ne comprends pas que tu salisses sa mémoire en prétendant qu'elle était gâteuse.

— Tu as du chagrin. Si ça te fait du bien de t'en prendre à moi pour l'évacuer, je veux bien te servir de défouloir, à condition que tu gardes toujours à l'esprit que, moi aussi, je l'ai perdue.

— Mouais. Alors, peux-tu m'expliquer ?

— Comme je viens te le dire, elle oubliait des choses ! Cette conversation tourne en rond...

— Papa, parmi les nombreuses choses que maman n'a pas oubliées, il y a le texto qu'elle m'a envoyé ce soir-là. Elle a été très claire sur vos plans post-crumble.

Hayley s'interrompit pour laisser l'information le pénétrer, tandis qu'il balançait entre meurtrissure et horreur. Il était anéanti que Kay ait pu trahir sa confiance et horriblement blessé que, au cours de la dernière nuit de sa vie, elle ait commis un acte d'une telle déloyauté. Cependant cette divulgation de leur pacte modifiait sa grille de lecture des événements qui avaient suivi.

— D'habitude, je prends mon téléphone pour régler le réveil quand je me couche, reprit Hayley. Mais, pendant le confinement, John ne va pas à l'université et on fait la grasse matinée. C'est terrible, mais quand je suis montée lire au lit, j'ai laissé mon téléphone à la cuisine. C'est là qu'il était quand maman m'a envoyé son texto. Un stupide petit changement d'habitude dont les conséquences m'accompagneront toute ma vie. Alors, je repose la question : pourquoi tu n'es pas mort ?

Il baissa la tête.

— Je n'ai pas pu.

— Maman a toujours été plus courageuse que toi.

— C'est difficile à expliquer, mais je pense que le problème n'a rien à voir avec le fait d'avoir peur.

— Alors, si ce n'est pas de la lâcheté, c'est de l'égocentrisme. Et c'est le pompon, sachant que c'est toi qui as proposé cette sinistre comédie ! Sur le coup de minuit, le soir de son anniversaire, la date butoir des quatre-vingts ans, l'altruisme de façade et la bien-pensance derrière ce raisonnement : tout le truc est signé Cyril J. Wilkinson !

Depuis longtemps, Hayley laissait parler son côté autoritaire et, même si Cyril adorait sa fille, il trouvait son harcèlement déplaisant.

— Tu pourrais au moins être réconfortée de savoir que ta mère n'était pas seule en ses derniers instants, mais dans mes bras. Elle est morte en sachant qu'elle était aimée...

— Je pourrais le dire à la police, tu sais.

— Leur dire quoi ? Je n'ai enfreint aucune loi.

— Tu viens de reconnaître devant moi que tu l'as regardée mourir. C'est bien de la non-assistance à personne en danger. Ce n'est peut-être pas un meurtre, mais ça y ressemble. En plus, tu as menti aux flics. Tu n'étais pas au premier étage dans ton lit. Elle n'a pas pris ces comprimés en secret. Tu l'as aidée. Et au Royaume-Uni, l'assistance au suicide est totalement illégale.

— La plupart des cas ne font jamais l'objet de poursuites...

— Franchement, qu'est-ce que tu as réussi au juste ? Tu as tué ma mère. Et maintenant, tu es tout seul. C'est ce que tu voulais ? Tu en avais marre d'elle ?

— Ne sois pas ridicule. De plus, il n'y a aucune preuve d'un acte criminel. Personne ne voudra mener une enquête et tu ferais bien d'en faire autant.

— Elle m'a envoyé un texto parce qu'elle avait manifestement envie d'être sauvée des griffes de mon fanatique de père. Qui n'a même pas eu la décence de mettre à exécution son projet stupide.

— On dirait que tu aurais préféré que ce soit moi qui meure.

— Oui, tu as raison (Hayley approcha son index de l'écran, prête à cliquer sur le bouton rouge « quitter ») et la vérité fait mal.

Avant même de se mettre d'accord pour quitter ce monde main dans la main le 29 mars 2020, Kay et Cyril avaient depuis longtemps adopté l'idée romanesque et banale qui voulait que, si l'un des deux mourait, l'autre le suivrait tout de suite après. Réflexion faite, cette promesse mutuelle n'était pas rare chez les vieux couples. La perspective de vivre dans la solitude, voire de continuer à passer de bons moments, apparaissait comme une trahison. Il était acquis pour chacun que la perte de l'autre impliquait la perte de l'envie de vivre.

Mais il se trouve que Cyril parvint à vivre sans sa femme. Il n'arrivait pas à déterminer si cela donnait une mauvaise image de lui. Le fait qu'il puisse continuer à vivre seul était, d'une certaine façon, attristant, car cela risquait de faire apparaître l'histoire d'amour de sa vie comme secondaire ou facilement remplaçable. Il n'empêche, il n'était pas inutile de se rappeler qu'il ne s'était pas créé tout seul et ne pouvait donc être tenu responsable de sa nature. En outre, cette volonté de tenir le coup à tout prix ne se résumait pas à un égoïsme mesquin ou, comme l'avait dit Hayley, à de l'égocentrisme. Depuis son plus jeune âge, Cyril détenait une force – qui, elle non plus, ne devait rien à lui-même – dont il se servait en bien ou en mal. Dans l'ensemble, il avait mis cette énergie au service de sa longue et éminente carrière médicale, au cours de laquelle il avait aidé des milliers de gens ordinaires à moins souffrir, à profiter d'une meilleure qualité de vie, à vaincre la maladie. Mais cette même force avait aussi envoyé sa femme tête baissée vers un jour J décidé par ses soins.

Avec le recul, il reconnut que Hayley avait raison : son grand projet n'avait eu d'autre résultat que cette tragédie. Peut-être que sa proposition avait toujours été un peu trop radicale. Le problème était que, parvenus à l'année improbable de 2020, aucun des deux époux n'était souffrant. Une date butoir aussi rigoureuse aurait sans doute été tenable à condition que tous les habitants du pays pour qui sonnait le glas des quatre-vingts ans tirent le rideau. Mais personne ne l'avait fait. Le protocole d'accord était donc fragile. Il est vrai que Cyril avait toujours été buté, or, désormais, il n'avait pas de compagne plus souple que lui pour le faire bénéficier de sa modération et de son influence. Kay avait été plus capricieuse ; bon sang, quand il repensait à cette impulsion absurde qui l'avait conduite à voter « pour » ! Par conséquent, il ne doutait pas un seul instant que, s'il l'avait implorée de renoncer à leur projet plutôt que d'insister pour s'en tenir à leur plan initial au soir de cet anniversaire fatidique, elle aurait remis joyeusement les comprimés de Seconal dans le flacon et se serait brossé les dents.

Sa vie de veuf ne fut pas aussi chaleureuse et distrayante que la précédente. Le vent glacé qui soufflait sur ses journées se refroidit davantage car Hayley, comme prévu, ne tint pas sa langue et ses trois enfants lui imputaient désormais la responsabilité de la mort de leur mère. Sans compter que leur amour filial avait sans doute penché en faveur de Kay depuis le début.

Même lorsque le confinement fut levé, les visites de ses enfants et de leur progéniture se firent rares.

Il en vint rapidement à apprécier que Kay ait plus que minoré les charges domestiques qui pesaient sur elle – et qu'elle accomplissait avec légèreté, d'instinct et sans se plaindre. Mais les tâches sans intérêt qu'il avait imaginées insurmontables se révélèrent une bouée de sauvetage. Laver son linge, nettoyer la cuisine et faire les courses remplit ses journées et leur donna un cadre. Il se mit à détester l'intrusion de ces corvées monotones uniquement lorsqu'il commença à rédiger ses mémoires.

Il fut vite absorbé par son projet, au point d'oublier sa situation financière précaire (pour ne pas dire catastrophique). Après avoir payé ses impôts et ses dépenses quotidiennes, sa retraite tout entière ne pouvait couvrir la réhypothèque considérable qui avait financé les contributions caritatives du couple, ses largesses parentales et ses vacances. La garantie décès versée par l'État lui accorda un sursis, mais, une fois cette allocation de misère épuisée, il laissa s'empiler les courriers de la banque sans les ouvrir. Vivre en partant du principe qu'il n'y avait pas d'avenir était devenu une habitude.

Cyril n'avait rien contre le progrès, il n'était donc pas entouré de piles de carnets à spirale noircis de notes gribouillées frénétiquement. Sur son ordinateur, la taille des fichiers pour chaque chapitre allait croissant. Il réussit à circonscrire ses souvenirs d'enfance pendant la guerre et d'adolescence à la vie spartiate de l'époque. (Le rationnement dura jusqu'en 1954. Là, on pouvait parler d'« austérité », un mot galvaudé durant les années 2010. Cyril n'était pas très partisan de la *bedroom tax*, mais les prétendants à l'allocation logement sanctionnés pour une chambre inoccupée pouvaient encore s'acheter du beurre.) La télévision britannique se vautrait déjà depuis longtemps dans l'histoire de cette période et il n'allait pas nourrir davantage la nostalgie écœurante de cette Angleterre courageuse, pleine de ressources et guindée. Mais une fois parvenu au récit de sa vie active, son opinion sur ce qui marchait ou ne marchait pas au sein du NHS grignota son disque dur comme la levure mange le sucre.

Sous le titre provisoire d'*En adéquation*, le manuscrit aurait pu rester vaguement sous contrôle, même si Cyril envisageait déjà un second tome ; cependant, à l'approche de l'étape des deux cent mille mots, il bifurqua vers le Brexit et tomba dans un trou noir. Il imagina se sortir de ce puits par l'écriture en le comblant de ses opinions fécondes sur la question. Ensuite, il eut dans l'idée de se plonger dans l'impréparation, l'alarmisme irresponsable des épidémiologistes et l'hystérie disproportionnée du public en partie à l'origine de la débâcle du coronavirus. Enfin, il révélerait à ses lecteurs le pacte qu'il avait signé avec sa femme, puis passerait en revue les nombreuses raisons pour lesquelles renoncer à la vie à quatre-vingts ans était une décision raisonnable (l'exposé étant un peu contrarié par le fait que l'auteur avait quatre-vingt-deux ans). Dans les dernières pages, il en dévoilerait la triste issue, terminant ainsi ses mémoires sur un aveu poignant. Mais, afin de parvenir à cette mise à nu paroxystique, il devait débroussailler l'exaspération que l'intransigeance de la Grande-Bretagne dans les négociations commerciales provoquait en lui, la surévaluation sentimentale de la pêche et la terrible mais indicible perte spirituelle engendrée par la sortie de l'Union européenne.

Aux prises avec des difficultés concernant ce « chapitre » digressif qui, malgré ses cent vingt mille mots, ne semblait toujours pas épuisé, Cyril se mit à y consacrer beaucoup plus de temps, penché sur son ordinateur, un sandwich froid au bacon à portée de main, veillant ainsi jusqu'à deux ou trois heures du matin. C'est à peu près à cette heure fatale qu'il ressentit une étrange paralysie dans le côté droit du visage, tandis que l'index de sa main droite ne parvenait bizarrement plus à atteindre le Y sur le clavier. Les lettres sur l'écran se mirent à danser et ses explications approfondies des nombreux défis qui attendaient le continent européen et qui ne pouvaient être abordés que par le biais d'une action concertée supranationale – flux migratoires, terrorisme, autres pandémies – ne voulaient plus rien dire. En se levant pour aller chercher le verre d'eau inutile censé tout guérir, il fut pris d'un vertige, trébucha et s'effondra au sol. Il avait une migraine épouvantable. Les médecins considéraient rarement les avertissements dont ils abreuvaient leurs patients comme ayant un caractère pertinent pour eux-mêmes, si bien qu'il mit plus de temps que n'importe quel individu pour arriver à la conclusion que, oui – c'était une insulte à l'homme de l'art qui aurait dû s'épargner les maux sordides et banals dont souffrait la populace – il était victime d'un AVC. Mais, à ce stade, il avait perdu toute autorité sur ses membres et ne pouvait atteindre de téléphone.

— Il faudrait peut-être le débrancher.

— Ce n'est pas un peu précipité ?

— Quel est le pronostic ? Il récupérera un jour ?

— Ses affections sont particulières. Cependant, à l'âge de votre père, les probabilités d'une nette amélioration sont minces. Les lésions sont importantes.

— Si je comprends bien, on devrait patienter, attendre que son état se stabilise.

— Attendre ? Attendre quoi ? Tu as entendu le mec. Il a zéro chance de s'en sortir. Et donc, il faut en finir. On le débranche.

— C'est exactement ce dont il avait peur. Ça frise la poésie. D'une certaine façon, c'est la vengeance suprême. Beaucoup mieux que s'il mourait. Rester immobile à jamais avec strictement rien à faire si ce n'est méditer sur ses péchés.

— Je m'excuse pour ce qui doit apparaître comme de l'insensibilité de la part de ma sœur, docteur Evans, mais vous ne savez pas tout. Elle a ses raisons.

— Il est inutile de prendre des décisions importantes sur-le-champ. Je vous laisse passer quelques instants avec votre proche.

Une porte se referma.

— Il se foutait de notre gueule, non ?

Cyril ouvrit les yeux en battant des paupières. Il y avait une tache au plafond, due à un dégât des eaux, qui avait la forme de la Norvège. D'un côté, il avait envie de savoir ce que ses enfants disaient quand ils le pensaient inconscient et, de l'autre, il valait peut-être mieux qu'il ne le sache pas. Hélas, coasser « Je vous entends » était à l'évidence impossible en étant intubé.

À la place, Cyril agita frénétiquement le bras pour indiquer à ses visiteurs qu'il était réveillé. Rectification : agiter le bras était bien son intention mais, en réalité, celui-ci resta immobile le long de son corps et ses enfants continuèrent à discuter. Il essaya de tourner la tête pour au moins les voir, mais ce fut également impossible. Quelle consternation d'activer des commandes neurologiques que, d'ordinaire, on n'avait même pas conscience de solliciter et de les voir vous ignorer royalement. La perte d'autorité était vertigineuse. Il se sentait tel le président à vie brusquement déchu d'un pays jusqu'alors soumis, dictateur redouté dont chaque souhait était exécuté servilement sous peine de mort, qui se transformait soudain en détenu pitoyable et insignifiant aux sous-vêtements sales, dont les ordres ne suscitaient plus que des rires.

— Combien de temps ce toubib va nous faire poireauter avant de décréter que papa est un légume ? demanda Roy. La validation peut prendre un sacré bout de temps et ma situation serait carrément meilleure si la succession était réglée et la baraque vendue. Elle doit valoir un bon paquet maintenant.

— Désolé d'avoir à te le dire, petit frère, répondit Simon, mais je suis passé à Lambeth l'autre jour pour prendre le courrier et il se trouve que les parents ont réhypothéqué la maison et que papa n'a pas payé les traites. Les enveloppes de la banque n'ont pas été ouvertes mais il était sur le point d'être expulsé.

— Comment peut-on être expulsé de sa propre maison ? geignit Hayley, horrifiée.

— Ce n'est pas sa maison, mais celle de la banque. Et ce n'est pas tout. J'ai fouillé dans ses relevés, il ne reste pratiquement plus rien sur ses comptes ou bien ils sont à découvert. Résultat, Roy, il n'y a pas de succession.

— Enculé !

La boule de drap qui s'enfonçait dans le haut de son dos lui faisait mal mais Cyril était incapable de l'aplatir. Sa main droite semblait trouver désopilant qu'il lui demande de gratter un point qui le démangeait sur les fesses. À titre d'expérience, il fit un effort intense pour remuer ses doigts de pied mais, constatant que le drap ne frottait pas dessus, il dut reconnaître qu'ils ne bougeaient pas.

— L'autre truc que j'ai trouvé, reprit Simon, c'est un manuscrit diarrhéique sur son ordinateur.

— *Diarrhéique, mon œil !* enragea Cyril en silence.

— L'histoire de sa vie, continua Simon. Un texte si long qu'à côté les romans de Karl Ove Knausgård ont la taille d'un prospectus. Cela dit, vous n'allez pas me croire mais le passage qui apparaissait à l'écran au moment de son AVC était consacré sur des centaines de pages à l'Union européenne.

Hayley poussa un grognement.

— Comme si quelqu'un avait encore envie de parler de l'UE.

— N'empêche, je me demande s'il ne faudrait pas sauvegarder les fichiers, dit Simon. Ce chef-d'œuvre est la dernière chose qu'il a laissée. Il a peut-être un intérêt historique…

— En tout cas pas pour moi, rétorqua Hayley. Franchement, aucun d'entre nous n'aura envie de le lire.

— Vas-y, imprime-le, se moqua Roy. J'ai épuisé mes réserves de PQ du confinement.

— Quel vaniteux ! s'exclama Hayley. C'est tout lui de se répandre comme ça – sûrement dans l'espoir que cette somme à sa gloire soit publiée, qu'elle reçoive des critiques dithyrambiques et que non seulement elle devienne un best-seller mais qu'elle fasse partie du programme des facs de médecine. Il avait peut-être raison dès le début en projetant de mourir à quatre-vingts ans. Il fait un vieillard de merde. Être âgé, c'est avant tout s'effacer et accepter d'avoir fait son temps. De toute sa vie, papa n'a jamais fait preuve d'humilité cinq minutes.

— Hé ! Vous croyez qu'il a laissé un testament ? s'enquit Simon.

— *Évidemment !* hurla Cyril. *Tiroir du milieu du meuble de rangement dans le bureau, pochette souple rouge sur le devant !*

— Quand tout se passe normalement, il y en a forcément un, répondit Hayley. Mais comme maman et lui pensaient procéder à leur grandiloquent double suicide avant que celui-ci ne se transforme en meurtre, il ne s'est sans doute pas donné cette peine.

— Putain ! s'écria Roy. Il cligne des yeux.

Les trois ingrats se regroupèrent autour du lit de leur père pour le regarder. Même si sa progéniture d'âge mûr n'était pas franchement affectueuse, ce fut un soulagement de voir autre chose que la Norvège. Cyril cligna des yeux frénétiquement.

— Vous pensez que c'est involontaire ? demanda Hayley.

— Difficile à dire, répondit Simon. Ça peut être un tic.

Cyril cligna des yeux à toute vitesse ; s'arrêta ; cligna de nouveau à toute vitesse ; puis s'arrêta et garda le regard fixe. C'était nouveau pour lui et il ne savait pas trop comment procéder pour faire comprendre qu'il clignait des yeux « exprès ».

— Il y aurait toujours quelqu'un là-dedans ? s'étonna Roy.

— Beurk, lâcha Hayley. C'est dégueu.

— Papa ? appela Simon. C'est toi ?

Cligne-cligne-cligne-cligne-cligne.

— Papa ? appela de nouveau Simon. Si tu m'entends et que tu me comprends, cligne des yeux une fois pour dire oui et deux fois… oublie. Cligne deux fois pour dire oui. Si c'est non, tu ne répondras pas évidemment.

Cligne-cligne.

— Je sais que c'est cruel, ironisa Hayley, mais il y a quelque chose de savoureux à cette histoire, s'il est toujours dans le coup et pas dans un brouillard comateux, bien sûr. Tu vas vraiment pouvoir méditer sur tes péchés maintenant, hein, papa ?

Cyril ne se serait jamais figuré que le temps passait aussi lentement. Une malheureuse demi-heure se transformait en un immense désert temporel ; il s'imaginait se traînant de dune en dune, alourdi par le poids de son équipement et de ses chaussures remplies de sable. À part les visites d'une infirmière de temps à autre et celles encore plus occasionnelles de Simon, le plus respectueux des trois, il vivait sans repères - c'est-à-dire, sans les points forts d'une journée ordinaire. Nourri par intraveineuse, il ne prenait pas de repas. Hydraté par un tube, il ne buvait plus le café tonifiant du petit déjeuner ni le thé de l'après-midi. On lui avait posé une sonde urinaire ainsi qu'un bock à lavement, qui lui firent apprécier à leur juste valeur les ponctuations bienvenues et les urgences contrôlées des visites aux toilettes. Il ne pouvait dormir sans somnifère et, encore, à peine trois ou quatre heures. Matins, après-midi et soirs étaient des abstractions. Les conditions météorologiques n'avaient aucune importance. Parfois, une infirmière allumait la télévision mais, incapable de changer de chaîne ni même de l'éteindre, il souffrit très vite de ce flot de paroles ininterrompu.

Dans le temps, il avait savouré les occasions de réfléchir – dans le métro en ayant choisi délibérément de ne pas lire, ou lorsqu'il profitait d'une pause inattendue dans sa journée de travail après qu'un énième patient lui avait posé un lapin et qu'il pouvait enfin rester seul avec ses pensées. Mais, désormais, être seul avec ses pensées était devenu son boulot à plein temps. Maintenir une idée en circulation dans sa tête s'avérait un fardeau. Lui qui avait joué avec le fantasme d'être un intellectuel fut profondément déçu en découvrant sa petite forme mentale, car les exercices cérébraux auxquels il se livrait tenaient davantage de tentatives maladroites pour se hisser sur des agrès que de l'épreuve olympique de gymnastique. C'était officiel : il n'avait pas l'esprit créatif. (*Voilà*, rêvait-il de dire à Hayley. *Ce n'est pas de l'humilité, ça ?)* Il pouvait évidemment solliciter ses souvenirs marquants, mais même des temps forts comme le « oui ! » de Kay à sa demande en mariage ou les hommages vibrants qu'il avait reçus à son pot de départ étaient parcellaires, comme de vieux films muets qui tressautent avec des sous-titres idiots bourrés de points d'exclamation et une pellicule constellée de taches. Il n'aurait jamais soupçonné que ses facultés de remémoration étaient aussi faibles. La mémoire des hommes était épouvantable. Au mieux, il parvenait à faire remonter des instants figés par une photo. Non seulement il se fatigua très vite des quelques clichés stockés dans son disque dur interne sur lesquels il pouvait cliquer en pensée, mais les images se déformaient, au point que les visages sur les photos de son mariage semblaient le lorgner et devenaient grotesques.

Soumis à un examen scrupuleux, ses précieux souvenirs d'enfance pendant la guerre ne résistèrent pas non plus. Pendant l'opération Pied Piper, à l'automne 1939, sa mère avait été évacuée vers le Kent avec Cyril nouveau-né. Quand, au bout d'un certain nombre de mois, le ciel ne leur était pas tombé sur la tête, elle était rentrée à Birmingham avec son bébé. Au moment où les Allemands commencèrent à vraiment faire du grabuge, Betsy Wilkinson, devenue intrépide, laissait son aîné avec sa jeune sœur pendant la journée pour aider à la fabrication de munitions. Bien que les bombardements sur Birmingham aient été intenses, elle préféra l'effort de guerre à la sécurité de sa famille et refusa d'être évacuée une seconde fois - une décision dont Cyril avait toujours fait l'éloge. Pourtant, les images en vrac qu'il gardait de cette période étaient truffées d'anachronismes ; dans un de ces fragments amplement revisités, lors d'une permission pendant la campagne d'Italie, son père dans son bel uniforme posait un bras rassurant autour des épaules de son fils tandis que tous deux regardaient la « télévision » au salon. Cyril s'était même bercé de l'illusion qu'il gardait des flashs de leur évacuation dans le Kent - il avait emmagasiné des baisers rapides sur un quai de gare, une famille bienveillante qui les attendait à l'arrivée avec des biscuits au chocolat - mais bon sang, il n'avait que huit mois. Le « souvenir » précis de sa mère insistant pour emporter sa boîte à couture adorée mais encombrante dans l'abri anti-aérien possédait une voix off féminine : il se rappelait seulement qu'on le lui avait raconté. Le fracas, les grondements, la poussière du Blitz qu'il avait en tête étaient des constructions faites à partir de la légende familiale, qui avaient embelli au fur et à mesure. Les bombardements avaient été réels, mais ses souvenirs des attaques étaient inventés.

Il y eut aussi la période où il parcourut inlassablement toutes les maisons et appartements qu'il avait occupés : la petite maison de son enfance à Birmingham, celle, plus grande, dans laquelle la famille avait déménagé quand il avait seize ans, la résidence universitaire de l'Imperial College London, son premier studio avec Kay... En se concentrant, il parvenait à faire remonter le souvenir d'un canapé vert défoncé datant des premières années de leur mariage et dont l'image lui avait longtemps échappé, ou du papier peint à motif de roses de sa chambre d'enfant. Il se repassa les habitacles, les carrosseries et les commandes de toutes les voitures qu'il avait eues – la Ford Cortina qui datait de son mariage, la Morris Minor Traveller de l'époque où les enfants étaient petits... N'ayant jamais été un dandy, il se surprit lui-même à se remémorer avec exactitude des vêtements qu'il avait portés au fil des ans, du drôle de short en velours avec des bretelles bleues attachées à des boutons en cuivre qu'il arborait à l'école primaire au costume trois-pièces à fines rayures et coupe cintrée, accompagné d'une cravate classique rouge, qui lui servait d'uniforme professionnel dans les années 1980. Au cours d'une autre phase, il se focalisa sur des plats, se repassant en boucle comme un automate de cafétéria le hachis Parmentier de sa mère ainsi que le célèbre gratin de chou-fleur au fromage de Kay. Pourtant, il n'avait jamais été très porté sur la nourriture et revenait sans cesse avec tristesse aux saucisses-purée du dernier anniversaire de Kay. En rédigeant ses mémoires, il avait épuisé ses réflexions sur le NHS ; en outre, qui se souciait de l'opinion sur le sujet d'un être inerte au fond d'un lit ? Il aurait pu songer au destin de l'univers mais il n'avait pas la fibre philosophique et toute réflexion de ce genre dégénérait en un mélange de colère, de rancœur et de désespoir qui donnait au monologue de Kay lors de sa dernière soirée – « J'ai mis un temps fou à me rendre compte que je ne comprends toujours pas à quoi rime tout ça » – des accents shakespeariens.

Néanmoins, il ne se résumait pas à un pur esprit, comme ces cerveaux qui flottaient dans des bocaux chez les savants fous des films de science-fiction des années 1950. Cela aurait été abominable, mais peut-être plus enviable que de continuer d'habiter un corps sur lequel, à l'exception des paupières, il ne pouvait plus exercer aucun contrôle. En revanche, le cabinet de torture qu'était ce corps continuait d'exercer un contrôle sur lui. C'est ainsi que, s'il avait une crampe, il ne pouvait étirer le muscle incriminé pour la faire passer. Il avait les lèvres sèches mais n'était pas en mesure de passer la langue dessus. Si la température dans l'hôpital baissait, il lui était impossible de tirer le couvre-lit jusqu'à son menton ; au contraire, si la température augmentait, il était dans l'incapacité de le rejeter d'un coup de pied. Il pouvait cligner des yeux, mais ne pouvait faire semblant de dormir. Une mouche était une catastrophe ; elle lui marchait sur le visage en toute impunité. Quelle découverte inopportune : se rendre compte à quel point il était vital de pouvoir repositionner ses jambes dans un lit. Même la capacité de se curer discrètement le nez se révélait être le summum du luxe.

En théorie, Cyril n'était pas entièrement privé de la faculté de communiquer, mais la mascarade qui tenait lieu de conversation en espéranto de la paupière dépendait entièrement de la patience surhumaine de quelqu'un d'autre. Les infirmières avaient l'habitude de poser des questions banales qui appelaient un oui ou un non, comme : « Ça va ? », mais les nouvelles et les intérimaires oubliaient souvent si « non » se disait avec un ou deux clignements. Tout le monde savait qu'il était conscient, mais sa petite marge de manœuvre pour le prouver aux membres du personnel était très mince, si bien que la plupart discutaient entre eux sans tenir compte de lui.

Au début, il avait joué avec l'idée de reprendre la rédaction d'*En adéquation*, puisque, en théorie, il pouvait cligner des yeux pour désigner une lettre avec l'aide d'un tableau alphabétique. Mais s'efforcer d'indiquer un N (cligne), un H (cligne), un S (cligne) lui rappelait la corvée de chercher « Panorama » dans l'appli de télévision à la demande BBC iPlayer : s'escrimer à taper une lettre après l'autre sur le clavier de l'écran en se servant des boutons directionnels de la télécommande. De plus, un retour à ses mémoires n'aurait été envisageable qu'avec l'aide d'un saint prêt à faire courir lentement un doigt d'avant en arrière sur les trois rangées de lettres de l'alphabet pour ne choisir qu'un W, et qui cela aurait-il pu être ? Ses enfants avaient montré non sans brutalité le peu d'intérêt qu'ils portaient à la mise en prose de la vie de leur père. La probabilité que l'un d'entre eux s'occupe de faire publier le livre était inexistante. Le problème n'était pas seulement logistique. Se remettre à son manuscrit aurait nécessité une volonté qui s'amenuisait. Avec le recul, il avait du mal à croire qu'il avait gaspillé ses dernières forces à plancher sur l'UE. Les raisons pour lesquelles cette énorme bureaucratie bruxelloise avait un jour compté pour lui n'étaient plus aussi évidentes.

Le seul sujet qui pouvait l'absorber entièrement, c'était le quatre-vingtième anniversaire de Kay, dont il se repassait le film mentalement. Ayant esquivé l'analyse approfondie de cette nuit-là depuis, il s'était sans doute plongé dans ses mémoires pour ne pas avoir à accepter ce qu'il avait fait. Ce que Kay avait fait ? Ce qu'il avait fait. Privé de la moindre distraction, il finit par admettre qu'il avait vécu dans un état permanent d'autocondamnation sans appel depuis le moment où le poids mort de la tête de Kay s'était affaissé sur son épaule. À partir de cet instant, il s'était haï avec beaucoup plus de virulence que ses enfants n'en avaient montré. Même s'il se refusait à le reconnaître, le verdict avait été instantané : il n'avait peut-être pas tué sa femme, techniquement parlant, mais il aurait très bien pu le faire. Non seulement elle lui manquait, mais il regrettait amèrement d'avoir laissé l'idéologie prendre le pas sur l'amour de sa vie.

Personne ne serait jamais témoin du remaniement grossier de cette version des événements. Allongé sur le dos, seul et suffocant, la gorge à vif à cause du tube du respirateur, non seulement Cyril se pardonna, mais il se félicita. Certes, elle lui manquait. Mais il l'avait épargnée. Kay ne serait jamais clouée sur un lit pour l'éternité, les yeux fixés sur une tache d'eau en forme de Norvège. Déposer ces comprimés dans sa main ouverte avait été l'acte altruiste le plus pur qu'il ait jamais accompli. Car, lorsqu'il imaginait le corps flasque de sa femme dans ses bras, il ne ressentait plus de la culpabilité, mais de l'envie.

À compter de cette révélation, la seule ambition de Cyril fut qu'on débranche l'appareil qui le maintenait en vie. Parvenir à cet objectif fut grandement empêché par le fait que Marshall Evans, le chef du service dans lequel il était hospitalisé, était une de ces chiffes molles qui avait toujours à la bouche cette métaphore vaseuse de la fameuse « pente savonneuse ». Catholique attaché, comme il se devait, au « caractère sacré de la vie », le neurologue avait déjà été très mal à l'aise à l'idée de retirer le respirateur, même à l'époque où Cyril semblait avoir sombré dans un état végétatif. Une fois que les clignements d'yeux eurent prouvé que le patient était bien présent, le « caractère sacré de la vie » s'en trouva renforcé. En tant que généraliste, Cyril avait croisé nombre de semblables d'Evans – le genre de médecin qui milite pour garder en vie aussi longtemps qu'il était médicalement possible des nouveau-nés manifestement non viables, alors que, à l'évidence, les bébés souffraient et mouraient de toute façon. C'était le même genre de personnes qui dépensait des dizaines de milliers de livres chez le véto pour un chien de quinze ans perclus d'arthrose. En outre, Cyril devinait chez son médecin une fascination professionnelle malsaine pour un cas rare de coma éveillé qu'il ne connaissait jusqu'ici qu'en théorie. Evans n'abandonnerait pas facilement un spécimen aussi intéressant. Avec ce type, même une assistance passive au suicide n'irait pas de soi.

Par conséquent, Cyril ne laissa aucune place à l'ambiguïté. Tandis qu'une infirmière passait un doigt sur le tableau alphabétique pour transcrire chaque lettre choisie d'un clignement de paupière, il ordonna sans détour au docteur Evans : D... É... B... R... A... N... C... H... E... Z () M... O... I (). Néanmoins désireux, comme à son habitude, de souligner son statut d'ancien collègue de « notre » NHS, il commit l'erreur de développer : M... O... N () H... O... S... P... I... T... A ... L... I... S... A... T... I... O... N () C... O... Û... T... E () U... N... E...() F... O... R... T... U... N... E...() J... E...() S... U... I... S...() U... N() M... O... N... O... P... O... L... I... S... E... U... R () D... E...() L... I... T (). À partir de cette préoccupation parfaitement rationnelle que tout avocat d'un système de santé national durable aurait considérée comme primordiale, le neurologue conclut que le patient souffrait d'une « faible estime de soi » révélatrice d'une dépression (*Qui ne serait pas déprimé en étant enterré vivant ?*). Cyril n'était donc pas en état de décider de son droit de vie ou de mort.

La famille ne fut d'aucune aide. À présent certain qu'il n'allait pas bénéficier d'un héritage, Roy n'était ni pour ni contre. Simon fut le plus correct des trois, mais en tant que financier de la City et conservateur par-dessus le marché, il n'était pas porté sur la réflexion ; pour faire simple, il n'avait aucune envie de prendre la responsabilité éthique d'un parricide. Quant à Hayley, elle était sadique et voulait à tout prix que son père vive un enfer aussi longtemps que possible pour le punir du « meurtre » de sa mère.

Les victimes d'AVC affligées d'un syndrome d'enfermement ne vivaient pas plus de quelques mois en général. Pourtant, si Cyril en tant que personne avait perdu l'envie de vivre, Cyril en tant qu'organisme se montra exceptionnellement robuste. Il vécut jusqu'à l'âge de quatre-vingt-treize ans.

5

Le principe de précaution

— EN L'ESPACE D'UNE HEURE, elle m'a raconté trois fois le même concert de musique de chambre à St Mark. Elle n'a pas arrêté de me demander comment « Cyril » se débrouillait à la Barclays et si « Cyril » appréciait son nouvel appartement, j'ai fini par en déduire qu'elle parlait de Simon. Enfin, j'ai découvert une pile de serviettes de toilette toutes propres dans son four. Ce pacte dont tu parlais, mon chéri, conclut Kay d'un air sombre en se levant (elle n'avait fait aucune allusion à la proposition macabre de son mari depuis la première fois où il l'avait évoquée en avril), je suis à fond pour.

C'est ainsi que Kay et Cyril Wilkinson scellèrent leur accord au mois d'octobre 1991. Mais, à peine deux ans plus tard, Kay fut à deux doigts d'y passer à cause d'un individu en camionnette blanche qui, alors qu'elle s'engageait sur un passage piéton, fit une embardée à la dernière seconde et s'encastra dans un lampadaire (il n'était pas beau à voir). Elle avait évité un drame de justesse, si bien qu'elle rentra à la maison consciente du caractère définitif du projet de son mari pour tous les deux, à condition qu'ils aient la chance d'arriver à l'année improbable de 2020.

— J'en tremble encore, souffla-t-elle en allant s'asseoir à la table de la cuisine d'une démarche chancelante. Il est passé si près qu'il m'a tout décoiffée.

— Tu veux quelque chose ? s'enquit Cyril. Un verre d'eau ?

— Je ne veux pas de verre d'eau ! Pourquoi propose-t-on toujours un verre d'eau ?

— C'est quoi, cet énervement ?

— Je ne suis pas énervée, je suis traumatisée. Si j'avais traversé une nanoseconde plus tôt, je ne serais pas là. Quand un avenir alternatif, ou plutôt quand une absence d'avenir, se manifeste avec une telle netteté, il ouvre la voie à un univers parallèle qui est à peu près aussi réel que le nôtre.

Cyril lui servit, en avance sur l'heure, ce verre d'amontillado sec qui accompagnait désormais leurs discussions sur la mort.

— Je ne suis pas sûre de pouvoir boire ça. J'ai un peu mal au cœur.

Il laissa le verre. S'il ne se trompait pas, son contenu s'évaporerait en temps voulu.

— Écoute, mon chéri, j'ai réfléchi, annonça Kay. On n'en parle jamais, comme si l'affaire était entendue une fois pour toutes. Mais j'aimerais revoir tes plans déplaisants pour mon quatre-vingtième anniversaire.

— Ce ne sont pas mes plans, mais les nôtres.

Kay plissa les yeux.

— Hum. Ce n'est pas l'impression que j'ai.

— Je ne peux rien changer au fait que ce soit mon idée. Mais je détesterais que ma proposition soit foulée aux pieds en permanence pour la simple raison qu'elle vient de moi.

— Pourtant, toi seul es capable d'échafauder un projet pareil. Jusqu'au-boutiste, intransigeant, abstrait et arbitraire. Un projet ultra-méthodique pour éviter un avenir obscur, forcément chaotique, complexe et pragmatique. Je comprends que tu n'aimes par l'incertitude, mais tu ne peux pas lui opposer la certitude d'aller droit dans le mur.

— Je ne vais pas m'excuser d'essayer de vouloir donner un sens à nos vies, en accord avec nos convictions. Nous refusons qu'à force d'éviter les sujets qui fâchent, et par conséquent de ne rien prévoir, le NHS se retrouve à dépenser des millions de livres en pure perte pour des souffrances…

— Oh, arrête un peu.

— Je croyais que ça te faisait plaisir qu'on mette nos affaires en ordre à l'avance…

— C'est exactement ce à quoi je pensais, le coupa Kay avant de (finalement) siroter une gorgée de xérès. L'état de ma mère s'est détérioré d'un seul coup et il a fallu improviser. Se dépêcher de trouver un établissement qui n'empeste pas et dont le personnel ne torture pas les patients atteints de démence en les forçant à faire du sport. Tout ce ramdam pour découvrir une fois sur place qu'une énième maison de retraite dans le Surrey a soudain fermé ses portes. Le tout à la dernière minute, comme si c'était une surprise qu'elle soit vieille, ce que quiconque sachant compter aurait pu prévoir. C'est ce que toi et moi devons faire et que personne ne fait : anticiper notre déclin. Arrêter d'imaginer qu'on vivra éternellement et ne pas céder à la prétention qui consiste à se croire différents, et qu'on évitera donc tous les trucs immondes que vivent les autres personnes âgées.

Kay proposa toute une série de mesures qui impliquaient un certain degré de sacrifice, mais bien moindre que celui imaginé par son mari. Cyril fut impressionné.

— Je ne t'en ai jamais parlé, reprit Kay, mais ça fait un moment que j'envisage de prendre ma retraite d'ici deux ans pour passer un diplôme de décoratrice d'intérieur. Je trouve la véranda particulièrement réussie. J'ai beaucoup aimé restaurer cette maison et je pense être assez douée pour le faire chez les autres.

— Prendre ta retraite à cinquante-cinq ans ! s'écria Cyril avec un mouvement de recul. Ça frise la vie aux frais de la princesse. Au regard des taux exponentiels de diabètes de type 2 dans ce pays, choisir des rideaux semble affreusement superficiel.

— En ce moment, ce seraient plutôt des stores. Mais ne t'affole pas. J'ai seulement dit que je l'envisageais. Après cette conversation, je pense que je vais renoncer. Entamer une seconde carrière serait risqué, rien ne garantit que je gagnerais ma vie. Il est sans doute préférable que je reste dix ou douze ans de plus à St Thomas. Cela m'attriste de faire l'impasse sur la décoration d'intérieur, mais c'est plus raisonnable. Et non, merci, plus de xérès jusqu'à vingt heures – ce qui est raisonnable aussi. Il faut que je commence à préparer le dîner. Et pendant que j'y suis...

Elle examina l'intérieur du frigo en s'étirant sur la pointe des pieds.

— On n'aura plus besoin de ça.

Elle laissa tomber sans cérémonie la boîte noire du porte-savon dans la poubelle, où elle atterrit avec un bruit sourd.

À cette époque, Kay et Cyril avaient moins de cinquante-cinq ans, ce qui leur permit de bénéficier de tarifs abordables pour la souscription d'une assurance santé senior ; la plupart des gens attendaient d'avoir soixante ans, âge auquel les primes atteignaient des sommets. Travaillant d'arrache-pied au-delà de la date qu'elle s'était fixée, Kay demeura au service d'endocrinologie jusqu'à soixante-huit ans, et Cyril quitta son service à Bermondsey à soixante-dix ans - l'âge minimum, affirmait-il à qui voulait l'entendre (c'est-à-dire personne), jusqu'auquel tout le monde devrait continuer de travailler si on voulait que l'économie ne prenne pas l'eau. En retardant la liquidation de leurs retraites, ils allaient profiter de versements plus importants le moment venu.

Ils s'étaient également délestés de sommes considérables au profit de caisses de retraite privées. Après avoir été ébranlés par l'éclatement de la bulle informatique, ils transférèrent leurs investissements vers des valeurs plus traditionnelles, ce qui contribua à protéger leur portefeuille des dégâts causés par la crise économique mondiale de 2008. La maison de Lambeth continuant de prendre de la valeur, elle serait leur ultime bas de laine si d'aventure l'un des deux vivait assez longtemps pour recevoir une carte de la reine.

Ils ne firent pas de voyages exotiques. Kay aurait bien aimé visiter le Japon ou l'Australie, mais ce genre de dépenses excessives étaient imprudentes. À la place, ils passèrent une journée à Brighton, visitèrent la cathédrale de Salisbury et s'offrirent de temps à autre un week-end à Scarborough. Ces destinations à l'intérieur de leurs frontières étaient très agréables, même si elles réservaient peu de surprises et qu'il faisait toujours froid.

En attendant, cette politique d'austérité financière fut surtout douloureuse pour leurs parents. La maison de retraite franchement ordinaire qu'ils avaient trouvée pour la mère de Kay ne sentait pas l'urine ni rien de ce genre, mais elle dégageait la même atmosphère qu'un hôtel bas de gamme – tout en chaises en plastique et stratifié imitation bois. Toutefois, lorsque l'argent tiré de la vente de la maison de Maida Vale fut dépensé, Kay insista auprès de son frère Percy pour qu'il participe aux frais. Sous prétexte que son ex-femme offensée avait obtenu une pension alimentaire scandaleuse et que son mari était un apprenti acteur fauché, Percy avala très mal la pilule et les relations entre le frère et la sœur se détériorèrent.

Après la mort de la mère de Cyril, emportée par une pneumonie virale, ils prirent également la décision douloureuse de se séparer de la Jamaïcaine enjouée qui vivait à demeure. Kalisa avait beau faire partie de la famille, Norman se débrouillait très bien tout seul et puis Fiona, la sœur de Cyril, qui ne vivait pas très loin, pourrait passer régulièrement pour voir si tout allait bien. Les économies générées par cette décision s'avéraient indéniables – un salaire à plein temps année après année chiffrait très vite. Elles ne furent cependant pas du goût de Fiona qui, à raison, resta convaincue qu'elle se retrouvait seule responsable de leur père parce qu'elle était la fille. Les relations entre le frère et la sœur se dégradèrent également. Pire, même si Norman semblait avoir supporté la disparition de son épouse avec une résignation remarquable, perdre la joyeuse compagnie de cette femme – qui chantait pendant qu'elle travaillait et ne cuisinait pas que de simples bananes plantain mais aussi des lasagnes aux saucisses tout à fait acceptables – était plus qu'il ne pouvait supporter. Il avait bien plus besoin de Kalisa que ses enfants ne le pensaient. Affaibli par une perte de poids, il contracta la grippe et mourut à quatre-vingts ans – ce qui commençait à sembler jeune.

Les Wilkinson étudièrent minutieusement les offres des résidences pour personnes dépendantes, dont la qualité, les disponibilités et les tarifs variaient du tout au tout. Finalement, ils jetèrent leur dévolu sur un établissement haut de gamme dans le Suffolk, à la sortie d'Aldeburgh – assez proche de Londres pour rendre visite facilement aux amis et à la famille tant qu'ils seraient en état de prendre le train.

La Fin du Voyage était située au bord de la mer, ce qui leur permettrait de se prélasser sur la plage aussi longtemps qu'ils seraient encore mobiles. Les équipements en mettaient plein la vue : une salle de sport, une piscine, une salle de jeux avec deux billards, un salon meublé de canapés rebondis joliment revêtus et aux coussins multicolores. La salle à manger réservée aux résidents valides était aménagée de telle sorte qu'elle ressemble à un restaurant et la carte était aussi variée que celle du Ivy à Covent Garden, et répondait également à toutes les contraintes alimentaires. Ils l'essayèrent au déjeuner et Cyril apprécia grandement sa tourte à la viande et à la bière, tandis que Kay trouvait de bon augure que les frites soient faites maison.

Comme toujours dans les établissements haut de gamme, les résidents étaient répartis en trois catégories. Dans la première, vous étiez capable de vous vêtir, de procéder à votre toilette et de vous nourrir, vous n'étiez pas incontinent et vous ne travailliez pas trop du chapeau, vous aviez alors droit à un appartement privé où vous pouviez faire venir vos meubles et bibelots, et décorer les murs à votre guise. Dès lors que vos besoins médicaux augmentaient, vous commenciez à bénéficier d'une aide plus concrète en entrant dans la deuxième catégorie puis, finalement, vous passiez sous surveillance permanente dans la troisième catégorie. Kay remarqua que les résidents de troisième catégorie étaient dissimulés aux éventuels nouveaux clients. Leur guide entrouvrit une porte pour la refermer aussitôt, impatient de leur montrer le home cinéma.

Vantant les mérites de La Fin du Voyage comme s'il s'agissait d'un country-club huppé, les résidents les plus mobiles dont ils firent la connaissance étaient en général des professionnels dotés d'une excellente culture ou des chefs d'entreprise. Par conséquent, rejoindre ce groupe semblait plein de promesses. Bien que les tarifs soient extravagants, il y avait une liste d'attente – à laquelle ils ajoutèrent leurs noms après avoir versé un acompte important.

À la consternation de Hayley (leur benjamine se refusait à perdre des baby-sitters gratuits à Londres), le couple suivit le conseil de La Fin du Voyage et déménagea à la résidence bien avant d'être frappé par la maladie, à l'âge de soixante et onze et soixante-douze ans. Cette installation précoce leur permit de profiter à temps d'équipements comme le rameur qui, autrement, les aurait nargués. Leur bonne forme physique leur permit aussi de s'intégrer, car l'établissement n'acceptait pas d'arrivants déjà incontinents ou chez qui on avait diagnostiqué une forme de démence. Au début, Cyril se montra grognon et réservé, mais Kay se jeta à corps perdu dans les dégustations de vins, les groupes de lecture, les conférences et visites à des artistes et universitaires. Elle devint la coqueluche de l'établissement. Toute personne énergique était un atout, en l'occurrence quelqu'un qui donnait l'illusion aux pensionnaires d'être ailleurs, même brièvement.

Cinq ans plus tard, le référendum sur le retrait du Royaume-Uni de l'Union européenne généra sa propre énergie, les résidents étant divisés, et les querelles à la salle manger tournèrent au vinaigre. Naturellement, Cyril se montra virulent, au point qu'il fut réprimandé par les membres du personnel, qui lui reprochèrent d'avoir traité ses camarades de « crétins décérébrés » et de « primates sectaires », ce qui était inacceptable. Kay consacra beaucoup d'efforts à aider d'autres résidents à obtenir puis à remplir leur bulletin de vote par correspondance, quelles que soient leurs opinions. Sans oser s'en ouvrir à Cyril, elle envisagea un instant de voter « pour », mais reprit évidemment ses esprits et fit le choix de la raison, garder les choses en l'état semblant plus sûr. Comme elle imaginait que les Britanniques étaient également des conservateurs modérés, le résultat du référendum fut un choc. La prudence calculée qui gouvernait la vie du couple depuis les vingt-trois dernières années avait peut-être fini par rendre inconcevable l'idée d'une prise de risque. Par respect pour l'étroite majorité des électeurs qui souhaitaient prendre ce fameux risque, Kay se montra très ferme : Cyril avait interdiction de faire un don inconsidéré à la campagne pour le second référendum, comme si l'État pouvait forcer les électeurs à donner la « bonne » réponse en les faisant voter indéfiniment jusqu'à ce qu'ils cèdent pour cause d'épuisement. Quoi qu'il advienne du Royaume-Uni, quelle que soit l'issue du scrutin, argumentait Kay, ils ne seraient logiquement plus là le moment venu, et puis ils devaient veiller à leurs économies afin de s'acquitter des frais exorbitants de la résidence, auxquels leur piètre retraite contribuait à peine.

Leur vie d'assistés n'était pas exactement rose. À leur grande surprise, ils se rendirent rarement à Londres, même les premières années, et, au bout d'un certain temps, ils n'y mirent plus du tout les pieds. Quelque chose dans l'atmosphère hermétiquement close de La Fin du Voyage rendait la ville plus distante que sur les cartes. En outre, à l'époque où ils travaillaient tous les deux d'arrache-pied, être en mouvement perpétuel était la norme : passer au supermarché en rentrant du boulot, s'arrêter au magasin de bricolage prendre des carreaux pour la véranda toujours en chantier, accompagner Hayley à son entraînement de *netball*. En revanche, quand les courses, la cuisine, le ménage et la vaisselle étaient pris en charge par une armée de larbins à la sollicitude oppressante, le moindre effort devenait surhumain. Manifestement, moins on en faisait, moins on avait envie d'en faire – le paradoxe faisait inévitablement boule de neige et on finissait par rester assis sur une chaise toute la journée, tous les jours.

À la résidence, Kay s'avéra, sans surprise, la plus sociable des deux, ce qui impliquait parfois de supporter une digression d'une heure sur la livraison « juste à temps » de pièces destinées à l'industrie automobile (les résidents de ces maisons de retraite étaient rarement des gens avec lesquels elle se serait liée d'amitié par ailleurs). Vivre à La Fin du Voyage se situait à la croisée du devoir de juré et de la colonie de vacances, sauf qu'aucun verdict n'était prononcé à l'issue du procès et que le moment déchirant d'échanger des numéros de téléphone avant de se précipiter aux soldes d'avant rentrée scolaire ne venait jamais. Pire, étant donné la nature du groupe, ces nouvelles amitiés se résumaient justement à leur brièveté : ils disparaissaient « soudain » dans les recoins les plus sombres de la résidence après un infarctus ou étaient emmenés sur une civière sans que personne les revoie jamais.

Même s'ils étaient restés actifs et déclinaient les pâtisseries proposées à la salle à manger, les deux époux subissaient la médicalisation constante de la vie qui tyrannisait désormais même les personnes âgées en forme. En sus de la montagne de comprimés à avaler plusieurs fois par jour, les bilans incessants, les analyses de sang, d'urine, les coloscopies, les tests auditifs et ophtalmologiques, les pesées, les analyses de selles, les électrocardiogrammes et les IRM étaient manifestement le prix à payer pour quiconque dépassait sa date de péremption sur terre. Bien qu'ils aient croisé des milliers de patients au cours de leur vie professionnelle, ils avaient passé des années sans consulter de médecin. Les seuls médicaments qu'ils aient jamais pris étaient des cocktails de vitamines, qu'ils avaient abandonnés lorsque la recherche avait prouvé leur inefficacité.

En revanche, aujourd'hui, la pression artérielle fantaisiste de Kay se révélait terriblement difficile à stabiliser et les médecins modifiaient constamment son traitement, chaque changement entraînant une nouvelle ribambelle d'effets secondaires détestables. Une injection de stéroïdes dans l'épaule droite ne lui apporta que deux mois de répit. Elle allait devoir choisir entre se soumettre à une intervention chirurgicale et supporter des douleurs chroniques – or, après l'opération du dos en partie réussie que Cyril avait subie à soixante-quatorze ans, suivie d'un an de rééducation exigeante, le choix optimal était loin d'être évident. L'arthrose qui déformait les orteils de Kay avait commencé par raccourcir les promenades sur la plage avant de les éliminer définitivement. Dès le moment où ils avaient quitté la maison de Lambeth, la vitalité de Cyril avait décliné de façon visible. Même si le référendum avait semblé le réveiller, la sortie du Royaume-Uni de l'Union européenne en 2020 anéantit ce qui lui restait de vigueur. Il accusa son dos d'être responsable de son irascibilité mais le problème était plus vaste qu'une simple sténose.

Stricto sensu, le couple atteignit l'objectif principal fixé par Cyril. Ils avaient planifié leur avenir. En finançant eux-mêmes leur prise en charge, ils ne pesaient pas sur les finances publiques, seulement sur des petites mains généreusement rétribuées pour leurs efforts. Aucun jeune actif ne verrait l'impôt réduire sa paye à pas grand-chose dans le but de soigner la coiffe des rotateurs d'une certaine vieille dame. Le NHS avait beau être sur le point de s'effondrer, personne ne pouvait prétendre en toute honnêteté que les Wilkinson étaient responsables de sa précarité, ne serait-ce qu'un petit peu.

Kay faisait contre mauvaise fortune bon cœur, parce que c'était sa nature, et elle résista sans doute mieux que la plupart des gens au chaos d'une fin de vie en institution. Mais inutile de tourner autour du pot, ni l'un ni l'autre n'était à sa place. Ils s'étaient mis d'eux-mêmes sur la touche, et sans doute prématurément. Le parc était aménagé, les bâtiments satisfaisaient aux normes d'hygiène, le personnel était plein de compassion, mais La Fin du Voyage n'en demeurait pas moins un exil, semblable à ces prisons à ciel ouvert destinées aux criminels en col blanc condamnés pour délit d'initié. Même si, en théorie, ils étaient libres de partir, cette liberté dont ils ne profitaient jamais était synonyme d'incarcération. En effet, l'agoraphobie contagieuse qui faisait partie de la culture de l'établissement entraînait une sorte de syndrome d'enfermement : avec les meilleures intentions du monde, Kay les avait enterrés vivants.

Après s'être essayé à la rédaction de ses mémoires, Cyril abandonna le projet au bout de cinquante pages. Personne ne publierait les réflexions erratiques d'un vieux gâteux, déclara-t-il, et Kay n'aurait jamais imaginé que viendrait le jour où la grandiloquence de son mari lui manquerait. Elle affirmait parfois qu'ils s'étaient trop bien préparés au déclin. Ils avaient cédé à la même prudence délirante qui vous faisait arriver cinq heures à l'avance à l'aéroport, où vous n'aviez rien d'autre à faire que de sucer des bonbons qui provoquaient des caries, boire des cafés qui vous donnaient envie de faire pipi et essayer des lunettes de soleil que vous n'achèteriez jamais. Sa propre stratégie pour le grand âge et celle plus radicale de Cyril pour s'éclipser n'étaient pas si différentes – sauf que Cyril les aurait fait mourir proprement le moment venu tandis que Kay leur faisait dévaler petit à petit une pente interminable et rocailleuse jusqu'à la mort.

C'était adorable de la part de Hayley, de Simon et des petits-enfants de faire la route de temps à autre, mais ils avaient si peu à se dire que chacun était soulagé lorsque ces pesantes visites se terminaient. À mesure que l'hystérie autour du Covid-19 prenait de l'ampleur, leur famille sembla un peu trop pressée d'éviter tout contact avec ses parents âgés « pour leur propre sécurité ».

Appartenant au groupe qui courait le plus grand risque de mourir de la maladie, les résidents étaient pétrifiés. Avant que les visites soient totalement interdites, chaque descendant, tout comme le plombier local, avait droit à la panoplie complète : gel hydroalcoolique, masque et visière, gants en latex et combinaison jetable. L'établissement était frénétiquement nettoyé à de multiples reprises au cours de la journée – rampes, comptoirs et boules de billard inclus. Malgré tout, l'ambiance à La Fin du Voyage se rapprochait de celle du *Masque de la mort rouge* car même des complices de longue date se jaugeaient avec méfiance. Bien avant que Boris décrète un confinement national, les résidents y étaient favorables. Pour ce groupe de personnes aisées et jadis influentes, aucun confinement n'aurait pu être trop strict ou s'étendre sur de trop nombreux mois. Ni même sur trop d'années – en fait, aussi longtemps qu'il faudrait pour produire et distribuer un vaccin cent pour cent sûr et efficace. Car le coronavirus était une pandémie. Après avoir anéanti leurs homologues italiens et espagnols, la maladie s'attaquait désormais aux vénérables piliers de la communauté réfugiée aux abords d'Aldeburgh, qui considéraient ce désastre international majeur comme une menace pour la survie de l'humanité.

La pandémie fournit un nouveau sujet de discussion, qui ranima brièvement la propension de Cyril à exprimer son opinion. Alors qu'il avait été le fer de lance de la position majoritaire au cours des trois ans et demi de revanchisme du camp des « pour », il recueillit peu de soutien (aucun, en fait) dans son combat contre la pensée dominante en matière de coronavirus. Son « sens de la mesure » ne fut pas bien accueilli. Tandis que le nombre de morts grimpait en flèche aussi bien en Grande-Bretagne qu'à l'étranger, les railleries de Cyril Wilkinson étaient largement perçues comme des preuves de mauvais goût.

— Tous ces confinements sont excessifs, annonça-t-il dans la salle à manger, où les convives se turent avant de le regarder d'un œil noir. Tout le monde ici est assez âgé pour se rappeler la grippe de Hong Kong en 1968, qui a décimé quatre-vingt mille Britanniques pendant que le reste du pays continuait à mener sa vie. Et puis, cinquante-huit millions de personnes à travers le monde sont mortes l'an dernier. Quelques centaines de milliers de plus ne sont qu'une goutte d'eau dans la mer.

— Si vous étiez une de ces gouttes d'eau en train de se noyer dans la mer, grogna l'ancien ingénieur en informatique à la table d'à côté, vous ne seriez sans doute pas aussi cavalier.

— J'ai quatre-vingt-un ans et j'ai eu une vie bien remplie, répliqua Cyril. Si j'attrape une cochonnerie qui m'achève, ce sera peut-être dommage, mais pas dramatique.

— Vous manquez de respect envers les victimes de cette crise ! l'accusa l'ancienne P-DG à la table d'en face. J'ai une sœur à Durham qui est déjà au seuil de la mort, si elle est contaminée elle franchira la porte d'un seul coup. Vous n'avez aucune considération pour la vie humaine !

— Je déborde de considération, Carol, répondit calmement Cyril. Par exemple, l'an dernier, un million et demi d'individus sont morts de tuberculose, plus de six cent mille du paludisme sans qu'aucun dirigeant ferme un kiosque à journaux. Les pays en voie de développement vivent avec des maladies mortelles endémiques comme si c'était une évidence et nous nous en fichons parce que cela se passe en Afrique, où la population est censée souffrir.

— Quel ramassis de bêtises prétentieuses, marmonna l'ingénieur en informatique.

Cyril ne faisait que manifester par là son inquiétude de voir un gel économique prolongé entraîner une récession, ou même une dépression, qui provoquerait davantage de morts que le virus. Mais sa préoccupation était perçue, allez savoir pourquoi, comme une volonté de tuer toutes les personnes âgées, bien qu'il fasse lui-même partie du lot. Lorsque le confinement fut déclaré, les autres résidents se mirent à pratiquer la « distanciation sociale » à la mode d'antan : reniflant de manière appuyée et faisant des remarques offusquées de l'autre bout du salon quand Cyril y entrait. Cela dit, ses adversaires n'allaient pas lui battre froid bien longtemps, car leurs jours étaient comptés.

Il était courant dans un couple qu'on se répartisse les tâches et, parmi celles qui incombaient à Kay, endosser le rôle de l'optimiste de service qui savourait la vie dans ses détails les plus pittoresques pouvait se transformer en torture. Elle trouvait injuste de devoir jouer les boute-en-train toute la sainte journée ; être déprimée était certainement un droit humain. Même le jour de son anniversaire. Son quatre-vingtième anniversaire.

À La Fin du Voyage, on ne laissait aucun résident livré à lui-même durant cette journée si importante. Après tout, il ne se passait jamais rien si ce n'était un nouveau diagnostic ou une autre chute catastrophique, et même l'apparition de nouveaux résidents était facilitée par la disparition des plus anciens. Heureux de ces occasions plus festives, bourrés de bonnes intentions mais sans imagination, les membres du personnel avaient organisé une fête pour ce soir-là, où Kay pouvait s'attendre à de banals serpentins, des banderoles dénuées d'humour et un gâteau insipide recouvert d'un glaçage trop épais. Au moins, il y aurait du vin. Il n'en demeurait pas moins qu'elle redoutait cette soirée. Les résidents se fichaient que ce soit son anniversaire et Kay ne pouvait partager la seule raison pour laquelle elle ne s'en fichait pas.

Au déjeuner ce jour-là, à une table réservée dans la salle à manger, elle se laissa tomber sur sa chaise devant une fajita aux champignons sauvages qui avait cessé depuis longtemps de susciter sa curiosité. Si cet endroit était un restaurant, c'était toujours le même restaurant.

— Je me demande parfois si ton idée n'était pas la bonne, en fait, confia-t-elle à Cyril d'un air abattu. Tu sais, s'éclater, dépenser notre argent jusqu'à la dernière livre, et puis tirer notre révérence avec élégance en écoutant de la musique et en avalant nos comprimés avec du champagne.

— Je te signale que c'est toi qui les as balancés à la poubelle, lui rappela Cyril. Tu les prendrais aujourd'hui si nous les avions encore ?

— Bien sûr que non, répondit-elle avec un geste en direction des jolis stores en bois qui coupaient le soleil printanier en tranches dans toute la pièce. Cet endroit est parfait, non ? Il n'y a rien à redire. À la mort de mon père, tu me bassinais avec l'argent. La seule façon de le faire aurait été de s'en tenir à la date prévue comme tu l'avais proposé, et d'être aussi très déterminés...

— Comme je l'avais proposé également.

— Parce que, sinon, ça nous serait toujours apparu comme une bonne idée, mais à remettre sans cesse au lendemain. Tu aurais voulu qu'on s'en tienne à une date de départ stricte ? Si je n'avais pas jeté le Seconal, tu le prendrais maintenant ? Je veux dire tout de suite, aujourd'hui, comme on l'avait prévu avant que je m'en débarrasse ?

— Non, mais je ne sais pas exactement pourquoi.

— C'est le corps qui commande, expliqua Kay. Le corps veut vivre et il est prêt à tout supporter. Il n'a pas de critères. On s'ennuie. Mais pas lui. Notre corps ne sent même pas la douleur. Nous oui, mais nos corps ne se jetteront jamais du haut d'un pont parce qu'ils en ont assez. Quant aux résidents de cet établissement, je te parie que la plupart en tant qu'individus ne veulent plus être ici. Alors que leurs corps, oui. Le corps est tellement décidé à continuer d'avancer vaille que vaille jusqu'à ce que la dernière petite valve se coince qu'il est étonnant que le suicide soit même possible. Je n'en reviens pas que ce corps nous permette de porter à la bouche une overdose de comprimés. Ou d'appuyer sur la gâchette d'une arme dirigée vers sa tempe. On pourrait penser que le doigt s'y refuse. Ce vieil instinct de survie qu'on nous ressert à toutes les sauces – plus fort que nous, plus fort que la raison ou le désir, je trouve renversant qu'on ne prenne jamais le dessus sur lui.

— Tu me fais toujours rire, ma reine d'un jour, conclut-il en l'embrassant. Une bonne raison pour s'attarder davantage.

Au moins, l'avantage d'avoir une assistance médicale sur place permit à Cyril d'être transporté d'urgence à l'infirmerie dès les premiers symptômes de l'AVC qui le frappa l'année suivante. L'activateur tissulaire du plasminogène limita de façon substantielle les lésions au cerveau. Une complète guérison était incertaine, mais un rétablissement important était envisageable pour peu qu'il travaille sérieusement avec les kinésithérapeutes de la maison. Il vécut comme une véritable régression le fait de réapprendre à se brosser les dents, à se nourrir et à aller aux toilettes. Agaçant en effet quand on maîtrise depuis tout petit ces notions physiologiques élémentaires. Pourtant, heureux de tenir un projet quel qu'il soit, Cyril ne ménagea pas ses efforts.

Il réapprit lentement à parler, mais cette fois-ci, reprit son accent *brummie* ainsi que les expressions de son enfance. Il appuyait de nouveau sur les « g », reprochait à Kay de « traîner ses guêtres » et annonçait désormais « je vais à la jaffe » en se déplaçant péniblement vers la salle à manger. (Au début, il pouvait à peine avancer le pied droit de cinq centimètres à la fois et en s'aidant d'un déambulateur, mais il ne voulait surtout pas finir en chaise roulante, si bien que les cinq centimètres se transformèrent en dix.) Irrité de n'être toujours pas capable de tenir sa fourchette, il s'écria devant le kinésithérapeute :

— J'ai l'impression de pisser dans un violon !

Au début, Kay avait été décontenancée, cette façon de s'exprimer ne correspondant pas du tout à son mari depuis presque soixante ans, mais elle finit par être charmée. Ce changement de personnalité se révéla le bienvenu. En Brummie, il avait davantage d'énergie et d'optimisme, et le retour à ses origines régionales fit ressortir sa ressemblance avec feu son bon vivant de père. En gesticulant depuis le lit médicalisé de leur nouveau logis de résidents de deuxième catégorie, il lança d'un air surpris et jovial :

— J'en suis comme deux ronds de flan !

Cela ne faisait aucun doute, Kay acquiesça, dès qu'il la lui indiqua : la tache d'humidité au plafond avait la forme de la Norvège.

6

Home cinéma

— EN SEMAINE, cette boîte est relevée à onze heures, précisa Cyril. Je ne pense pas que la police reçoive mon mot avant demain ou après-demain au plus tôt. Ce qui nous laisse le temps de détourner leur attention ou au moins de trouver quoi leur dire : « Pardon, mais on est des poules mouillées. » Après quoi, on sera enregistrés dans leur fichier comme dangers pour nous-mêmes. Ce qui ne fera pas bon effet si Roy se met un jour en tête de nous faire interner contre notre volonté dans je ne sais quel trou à rats pour vendre la maison.

— Ce serait tout Roy, soupira Kay. Mais il n'est que onze heures moins le quart. Pourquoi je n'essaierais pas d'intercepter la factrice ?

— Ne te fatigue pas. Légalement, à partir du moment où une lettre est postée, elle appartient au destinataire. Et puis, je viens de toaster deux autres crumpets.

Ce sont les crumpets plus que l'aspect juridique de la chose qui la persuadèrent de ne pas bouger. Ces pancakes moelleux à petits trous, les derniers du paquet, étaient encore assez chauds pour que le beurre fonde complètement, or si elle sortait pour faire le pied de grue à côté de la boîte aux lettres, les siens seraient durs et froids à son retour. Après le trauma de la soirée précédente, lorsqu'ils s'étaient tous deux penchés au bord du gouffre, Kay avait envie de se dorloter. Ces temps-ci, la police était sous tension, il était donc plus que probable qu'une malheureuse enveloppe bleue embossée se perde dans le tumulte.

Il est extrêmement rare que les fonctionnaires fassent preuve de négligence, quand bien même on l'aurait souhaité : ils vous rendent souvent service à votre corps défendant. Deux jours plus tard, des coups furent frappés à la porte de façon péremptoire et une clé, qui se révéla être celle confiée aux Samson, glissa dans la serrure. Au moment où Kay se précipitait vers la porte, un policier entra et tous deux firent un bond.

Derrière son masque, le policier dégageait un étrange anonymat et ses gants chirurgicaux lui donnaient un aspect répugnant. C'était un grand gabarit et, même si, à force de discipline, Kay était restée mince, elle vivait parfois sa taille comme un handicap social. Le policier faisait partie de ces spécimens imposants de la dernière génération, qui avaient muté et formaient une espèce à part entière. Il lui donnait l'impression de régresser sur l'échelle de l'évolution, comme si dans la lignée darwinienne, qui allait du singe à l'*Homo sapiens*, Kay était une de ces créatures velues et voûtées qui figuraient en deuxième ou troisième position en partant de la gauche. L'homme était prêt, il affichait le stoïcisme endurci de celui qui s'apprête à découvrir des corps en décomposition.

— M'dame, on nous a signalé un suicide à cette adresse.

Lorsque Kay déclina son identité, il parut agacé de ne pas la trouver par terre dans un nuage de mouches.

— Je vous présente toutes mes excuses, dit-elle. Je crains que ce ne soit une blague de mon mari. Une blague de mauvais goût, certes. Mais voyez-vous, dimanche, c'était mon anniversaire et il...

— M'dame, répéta-t-il en regardant derrière elle. Je peux faire un tour ?

Ce n'était pas une question. En la dépassant au pas de charge pour entrer dans le salon, il sembla flairer l'air. Malheureusement, Cyril était sorti, ce qui augmenta les difficultés de Kay à prouver une fois pour toutes qu'elle n'avait pas fourré son corps dans un coffre.

Le policier était du genre intimidant et il insista pour fouiller les trois niveaux de la maison, suivi de Kay, toute ratatinée dans son sillage, parlant à tort et à travers. Une attitude classique en présence des forces de l'ordre : elle se sentait coupable, contrite et craintive. Dans le même temps, l'intrus suscitait en elle une indignation qu'elle était forcée de réprimer, comme si elle bâillonnait de la main un enfant dont les pleurs risquaient de révéler leur cachette à la Gestapo.

De retour à la porte, il sortit une feuille de papier à lettres bleu sur laquelle Cyril avait apposé leurs deux noms.

— Pouvez-vous vérifier que M. Wilkinson est à l'origine de cette « blague » ?

— Oui, mais je vous prie à nouveau de...

Le policier s'arma fièrement de son carnet à souche et de son stylo tout-puissant.

— J'ai bien peur d'avoir à vous remettre une convocation pour avoir fait perdre son temps à la police. Un magistrat indulgent aura peut-être la main légère et ne vous infligera qu'une amende de quatre-vingt-dix livres mais cette infraction est assez grave. La peine maximale est de six mois d'emprisonnement.

— Est-ce bien nécessaire ? tenta-t-elle. Il s'agit simplement d'un malentendu qui a dérapé.

Malgré ses efforts pour la maîtriser, son indignation affleurait. La police britannique avait des taux d'élucidation pour les vols, les escroqueries et les agressions proches de zéro, et certaines unités n'avaient arrêté aucun cambrioleur depuis plusieurs mois. La police rudoyait les contribuables âgés parce qu'ils avaient peur. Respectueux de la loi et dociles, ils étaient des proies faciles.

Lorsque le policier autoritaire lui demanda son numéro de téléphone, Kay fut victime d'un trou de mémoire sans précédent. Il n'est pas rare qu'on ne se rappelle pas son propre numéro de portable que, d'habitude, on transmet aux autres par texto ou en les appelant – or elle avait égaré son iPhone depuis le matin (fait perturbant en soi). Évidemment, elle ne connaissait pas le numéro de Cyril ; son téléphone, si. Maintenant, elle ne parvenait même plus à se souvenir de leur numéro de ligne fixe. Lorsqu'une farandole de chiffres se mit finalement à tourbillonner dans sa tête, elle batailla pour se remémorer si les quatre derniers étaient 8406 ou 8604. Curieusement, il lui était difficile de retrouver son propre numéro de téléphone et elle pria le policier de l'excuser, le temps de monter dans le bureau de Cyril où elle se mit à fouiller dans les factures d'eau et autres redevances télévisuelles, pour finir par trouver une déclaration de revenus vieille de trois ans sur laquelle figurait leur numéro de ligne fixe. Hormis le préfixe de Londres qui avait changé, ils avaient le même numéro depuis 1972. Secouée, elle se moquait désormais de cette stupide convocation et lorsqu'elle revint dans l'entrée, le policier qui, au moment de son trou de mémoire, hésitait entre pitié et mépris, avait clairement fait son choix. Le mépris.

Ce trou de mémoire suscita chez elle une inquiétude suffisamment grande pour qu'elle n'en parle pas à Cyril. Au fil du temps, elle lui tut bien d'autres choses.

Il lui arrivait de saler sa pâte à scones plus d'une fois et lorsqu'elle jetait la fournée immangeable au goût de poudre à nettoyer le côlon, c'était dans la poubelle extérieure afin de dissimuler son fiasco. Elle aurait considéré ces ratés culinaires comme des erreurs communes à tous les cuisiniers, sauf qu'elle les accumulait. Elle mit des câpres au lieu de raisins secs dans son gâteau et mentit en expliquant qu'elle avait voulu faire une expérience. Après avoir désherbé le jardin pendant une bonne heure, elle rentra à la cuisine pour découvrir qu'elle avait laissé couler l'eau chaude dans l'évier pendant tout ce temps. Elle fit chauffer quatre cuillerées à soupe d'huile de tournesol dans une poêle pour le paillasson de pommes de terre croustillant qu'elle comptait préparer et fut distraite par une pile de torchons propres à plier. Elle se rappela l'huile uniquement à cause de la fumée et ne raconterait certainement pas cette inattention à Cyril. Une minute ou deux plus tard, l'huile aurait pu s'enflammer. Pour améliorer l'ordinaire, elle acheta un canard mais l'enfourna avec le film plastique qui le recouvrait. Cette fois, elle ne put camoufler sa bévue à Cyril en raison de l'odeur pestilentielle et ne réussit pas non plus à rendre comique cet oubli. Ce n'était pas drôle.

Comme Kay l'avait fait remarquer elle-même, il arrivait à des jeunes de vingt ans de se trouver soudain, de façon inexplicable, incapables de se rappeler le nom de leur auteur préféré, comme L.T. Harman... c'est-à-dire L.P. Hartman...

non, L.P. Hartley ! Et ils n'en concluaient pas pour autant que leur cerveau ressemblait à Tchernobyl. Par conséquent, lorsqu'elle se trompa au carrefour d'Elephant and Castle pour aller à Borough Market et se retrouva sur Westminster Bridge – alors qu'elle avait parcouru ce trajet des milliers de fois –, elle se fit la réflexion que les nouveaux travaux d'aménagement du secteur avaient rendu méconnaissable une intersection déjà compliquée. Quand elle commanda dix rouleaux de coton pour transformer la bibliothèque de son amie Lacy en une chambre avec cabinet de toilette pour une aide à domicile sans papiers de plus – alors même que la fenêtre était petite et qu'un rouleau de tissu aurait largement suffi –, Kay attribua l'erreur à l'ajout accidentel d'un zéro. Enfin, n'importe qui pouvait placer la virgule décimale au mauvais endroit.

Cela dit, pendant deux journées entières, elle fut incapable de retrouver le nom de l'école de médecine où Cyril et elle avaient fait leurs études. En bavardant par-dessus la clôture avec sa voisine, elle se rendit compte qu'elle évitait de prononcer son prénom, alors qu'ils vivaient à côté de chez Machine Samson depuis des décennies. C'était une chose d'hésiter sur la définition exacte du mot « louche », mais une tout autre de sortir un bol en inox percé de multiples petits trous et de ne pas savoir le nommer. Atterrée, Kay posa le bol à trous sur le plan de travail et le regarda ; elle ne préparerait pas le dîner tant qu'elle n'aurait pas retrouvé « passoire », ce qu'elle fit au bout de vingt minutes. Aucun mot ne lui avait jamais procuré un tel soulagement. Cependant, les syllabes demeuraient difficiles à saisir et, dès lors, « passoire » ne sembla plus tout à fait à sa portée, hésitant. Le mot avait changé. Elle ne lui faisait plus confiance.

— Tu te rends compte de ce que tu viens de dire ? lui demanda Cyril cet automne-là. « On manque de papier d'Abyssinie. »

— Pas du tout, répondit-elle. J'ai dit : « On manque de papier d'Abyssinie. »

— Tu viens de le répéter. C'est « papier d'aluminium ».

— C'est ce que je viens de dire ! s'exclama-t-elle, de plus en plus agacée. « Papier d'Abyssinie. »

Elle se fichait de l'expression sur le visage de son mari. Une expression voisine de l'horreur.

Lorsqu'elle mit deux éponges à toaster, Cyril déclara que, dorénavant, il préparerait les repas. Elle fut consternée. Simon, de son côté, pouvait bien prétendre cuisiner, mais dans leur propre maison, la tradition était de mise et pour Kay il était évident que la cuisine était son fil... son four... son fifre... son fief !

— Elle n'est pas quelqu'un de différent, la défendit Cyril. Il faut juste la surveiller.

— Ne sois pas ridicule, répliqua Hayley. Ma vraie mère ne met pas des éponges dans le grille-pain. D'ailleurs, ma vraie mère n'a pas besoin d'être surveillée.

Ils recommençaient à parler d'elle en sa présence comme si elle n'était pas là et ne les entendait pas.

— Je comprends que tu sois en colère, dit Cyril à leur fille, mais ce n'est pas juste. Il faut que tu fasses la distinction entre : il y a quelque chose qui cloche chez quelqu'un et elle faisant quelque chose qui cloche.

— J'en ai assez de vos critiques ! s'exclama Kay en s'agitant dans la cuisine pour débarrasser la vaisselle (mais allez savoir où se rangeaient les ustensiles : en désespoir de cause, elle mit la spatule sur l'étagère à épices). Je ne vois pas pourquoi je devrais suivre une norme que tout le monde trouverait déraisonnable. On a tous des... des... moments où on fait des trucs bizarres. Ce matin, par exemple, j'ai trouvé la boîte de ce porte-savon en inox dans le frigo ! C'est normal, ça ? Sois tranquille, ce n'est pas moi qui l'ai mise là.

De nouveau, cette expression sur le visage de son mari.

Elle n'eut plus le droit de conduire et il n'échappa pas à Kay que, ces derniers temps, lorsque Cyril s'absentait, elle avait toujours quelqu'un dans les pattes : cette femme qui lui rappelait vaguement quelque chose et qu'elle avait vue dans le jardin d'à côté, ou Hayley ou Simon ou sa femme, qui s'appelait elle ne savait plus comment. Un jour, le policier qui, à l'évidence, la torturait à cause de cette convocation à la noix la raccompagna chez elle. Elle se souvenait plus ou moins d'avoir envoyé une lettre à la police et ce policier tatillon l'enquiquinait parce que le numéro de téléphone sous son adresse était erroné. Lorsqu'elle décida d'aller faire sa promenade rituelle le long de South Bank la fois d'après, elle trouva la porte d'entrée cadenassée de l'extérieur. De son point de vue, Kay était toujours la même et c'étaient les autres autour d'elle qui étaient fous. Pourtant, une voix extérieure lui murmurait que le problème se posait dans l'autre sens. Quand elle était grognon, la voix au-dessus de sa tête l'en informait : « Tu es grognon. » Lorsqu'elle avait l'impression désagréable que toute sa famille se liguait contre elle pour la convaincre qu'elle était cinglée, la voix lui disait : « Tu es paranoïaque. »

Cette voix aurait pu être un point d'ancrage, mais elle la torturait, car Kay l'entendait dire : « Tu devrais le savoir » ou « Tu le savais ». Parfois la voix la corrigeait sévèrement : « Non, ce n'est pas une grosse dame inconnue venue voler le service en porcelaine de ton mariage, c'est ta fille », et à ce moment-là elle était prête à fondre en larmes. Mais petit à petit la voix finit par se taire et Kay se sentit mieux. Il était possible, bien sûr, qu'il lui arrive de manquer de jugeote ou de faire des erreurs, mais, franchement, c'était le cas de la plupart des gens.

Pour son plus grand plaisir, Kay parvint à un stade où elle se sentait en confiance, dans une bienheureuse sécurité. Car tout avait pris une coloration surprenante, le monde physique était source perpétuelle de fascination. En triturant un trou dans son gilet en laine gris préféré, elle découvrit que les fils pouvaient se détricoter pour former une frange drôlement jolie, et puis que le trou finissait par devenir assez grand pour qu'elle puisse y enfiler le bras, et c'était vraiment pratique d'avoir une manche supplémentaire. Elle faisait aller et venir ses doigts dans le rayon de soleil qui filtrait entre les rideaux rouges de la chambre, émerveillée de voir ses mains passer sans cesse de l'ombre à la lumière. Disposées correctement, les minuscules graines de céréales louches sur le bord de son assiette devenaient un collier ou, en les prenant une par une entre le pouce et l'index, elle les faisait sauter à une distance phénoménale de plusieurs mètres, ce qui la faisait rire. Le tas mou et blanc à côté de la saucisse servait aussi de fond de teint, qu'elle appliquait sur ses joues, convaincue que le maquillage dissimulerait le gonflement sous ses yeux – quand même, une fille devait faire attention à elle. Quant à la sauce rouge dans la bouteille en plastique avec le petit trou sur le dessus, elle était idéale pour dessiner sur la table et, parfois, Kay pressait la bouteille pour faire un volcan qui éclaboussait partout, et c'était désopilant.

Et puis, il y avait cette matière marron dont la texture variait, dense par endroits et liquide à d'autres, même si elle ne savait pas très bien d'où elle sortait. Elle avait une odeur d'étable puissante et très agréable et traçait des motifs alambiqués sur ses chevilles, comme du henné. Elle utilisa cette même pâte pour l'étaler sur ses cheveux à partir de la racine et sur toute la longueur. Le résultat fut spectaculaire (ce serait peut-être une bonne chose de devenir brune).

— Maman ! Pour l'amour de Dieu, c'est dégoûtant !

— Hayley, calme-toi. Crois-le ou non, elle ne sait pas ce que c'est.

La grosse dame la poussa sous la douche et la rinça sans ménagement. L'eau chaude lui était égale mais elle trouvait ces manières grossières.

Pendant un temps, Kay se confia à ce bel homme entre deux âges, qui semblait persuadé qu'elle était sa mère. (Fatiguée de corriger cet extraordinaire imbroglio, elle se prêta finalement au jeu – et pourtant elle hésitait, délirait-il en toute innocence ou était-il un escroc ?) Elle lui chuchota à l'oreille sur le ton de la conspiration qu'elle gardait au plus profond d'elle-même un secret brûlant, qu'il fallait à tout prix cacher à son mari : elle avait voté « pour ». Ce type convaincu d'avoir un lien de parenté avec elle ne cessait de l'inciter à rester tranquille, faisant preuve ainsi d'un manque de sensibilité.

— Je dirais bien aux enfants de venir la voir plus souvent, dit l'imposteur, mais il faudrait qu'elle arrête de se déshabiller. Je ne peux quand même pas demander à Geoff de garder son sérieux quand elle a les nichons à l'air.

— C'est inhabituel à son âge, mais elle a encore des bouffées de chaleur, répondit l'homme plus âgé qui avait pris bien des libertés dans la maison. Donc, quand elle a une suée, elle retire le haut.

— Écoute, papa. Je crains que ceci soit encore plus gênant, commença l'artiste-arnaqueur-affabulateur. Après cet effondrement de la City (quoi qu'on en dise aux JT, il ne s'agit pas cette fois d'une récession, « grande » ou « petite »), je ne vais plus pouvoir participer au règlement des traites de ton hypothèque. Notre portefeuille a plongé et on n'a pas de fric, Helen et moi. Il va falloir réduire la voilure, déménager dans un deux-pièces, voire en dehors de Londres. Débarrasse-toi de cette énorme baraque, même si le moment ne pourrait pas être plus mal choisi. Tu vas prendre un bouillon.

— C'était vraiment gentil de ta part de nous aider, mais je m'y attendais, répondit le vieil homme. Un endroit plus petit sera sans doute plus commode pour surveiller Kay. Ici, j'ai toujours peur qu'elle mette le feu à la maison.

— À vrai dire, je ne comprends absolument pas pourquoi vous avez liquidé toutes vos économies et réhypothéqué la maison. Est-ce que ça valait le coup pour quelques vacances à l'étranger ? J'ai fini par avouer à Roy qu'il n'hériterait pas d'un kopek. Il en était malade.

L'homme plus âgé sembla abattu, Kay en eut de la peine pour lui. Bien qu'il donne l'impression de beaucoup crier, il était délicieux.

— Il se trouve, mon fils, qu'il te manque une pièce du puzzle. Nous n'avions pas l'intention de vous prévenir parce que nous ne voulions pas que vous nous en empêchiez. Et nous ne vous en avons pas parlé après coup non plus pour ne pas vous causer d'angoisse injustifiée ou vous inciter à devenir surprotecteurs. Mais en 2020, ta mère et moi, sur ma proposition, avions l'intention de… battre en retraite.

— Tu veux dire, quitter le pays ?

— Quitter le pays et tout le reste.

— Mais pourquoi vous auriez fait un truc pareil ?

Kay ne voyait pas d'inconvénient à ce que ces deux messieurs soient en visite chez elle mais ils auraient pu au moins faire attention à leur hôtesse. En ce qui la concernait, elle avait été mieux élevée. Toujours en raison de sa bonne éducation, elle évitait souvent de faire remarquer aux autres qu'ils n'étaient pas toujours très sensés. Par exemple, si le type qui criait fort voulait retrouver une pièce d'un puzzle, ils n'avaient qu'à tous la chercher à quatre pattes sous le canapé. Ce qu'elle fit.

— Papy et Mamie Poskitt ont eu tous deux une fin éprouvante, expliqua le vieux type en retirant ses jambes pour laisser Kay tapoter le tapis sous la table basse. Ta mère avait peur d'avoir hérité d'une tendance à la sénilité. De mon côté, je voulais éviter un AVC qui m'aurait laissé à deux doigts de la mort et aurait représenté un fardeau pour vous en termes de soins et pour le NHS en termes d'argent. C'est courant, Simon. La fois où ta mère et moi avons passé cette quinzaine de jours à Key West, nous avons rencontré dans un bar un secouriste qui voulait changer de métier. Tu sais pourquoi ? L'île était devenue la destination de prédilection des couples âgés, sans doute déjà malades ou en piteux état, désireux de faire le grand saut. Si bien que les équipes médicales d'urgence étaient sans cesse appelées pour des doubles suicides peu ragoûtants et le pauvre type ne pouvait plus le supporter.

— Je ne la trouve pas, râla Kay en s'asseyant par terre.

— Quoi donc, ma caille ? demanda le gentil vieux, même s'il ne semblait pas très intéressé.

— La pièce, la pièce ! répondit Kay. Tu as dit que tu la voulais.

— De quel auteur ? soupira-t-il en regardant le prétendu fils comme s'ils partageaient un secret.

— C'est comme avoir un chien, murmura le bel homme entre deux âges.

— Je te garantis que c'est beaucoup plus difficile.

— Maman ne voulait pas que j'aie de chien, intervint Kay, heureuse de se mêler à la conversation. Mais Percy en veut un aussi.

— Alors comment se fait-il que vous ne l'ayez pas fait ? s'enquit le plus jeune.

— On était en bonne santé et ta mère a changé d'avis. Elle appréciait toujours autant la vie et je n'ai pas voulu l'abandonner en le faisant seul. Sauf que, peu de temps après, elle a commencé à décliner.

— Tu tiens vraiment à ce qu'elle farfouille dans les Quality Street ?

Kay avait découvert une boîte de petits paquets brillants avec des tortillons, qui avaient l'air de minuscules cadeaux. Des dorés, des rouges et des bleus. Elle lissa du plat de la main les emballages pour former une tapisserie, puis elle aligna les morceaux qui étaient à l'intérieur sur le tapis comme des spectateurs.

— Laisse-la jouer avec les bonbons. Mieux vaut les Quality Street que la mélasse, fit remarquer le gentil vieux. Quel cauchemar, la dernière fois ! Elle a transformé toute la maison en gâteau au caramel géant.

L'autre rit.

— N'empêche, elle faisait un super gâteau au caramel, tu te rappelles ? Il collait à l'assiette.

— Je ne peux pas m'empêcher de me poser une question : le fameux soir où elle a eu la frousse, est-ce qu'elle aurait persisté à vouloir le faire si elle avait pu se voir aujourd'hui ? Quel malheur…

— Je ne trouve pas qu'elle ait l'air malheureuse, répondit le faux fils. En revanche, toi oui. Et elle me rend affreusement malheureux aussi. Mais regarde-la, elle est heureuse comme une reine.

— La reine vient dîner ? s'étonna Kay en séparant méticuleusement un petit rectangle de papier d'aluminium violet de la pellicule blanche du dessus. Je mets un couvert supplémentaire ?

— Tu as dit : « Si elle avait pu se voir aujourd'hui », reprit l'imposteur. Mais c'est bien le problème : elle ne peut pas se voir. Or, comme toi, je ne supporte plus son regard vitreux, on dirait toujours qu'elle est fascinée ou décontenancée. Alors, elle nous donne peut-être envie de nous flinguer, mais pas elle. Maman est à des kilomètres de vouloir se suicider.

— « À des kilomètres de vouloir se suicider ! » répéta Kay, ravie de la musicalité de la phrase.

— Tu lui as déjà proposé d'en finir ? demanda le bel homme.

— Oui, plus d'une fois, assura le gentil. Mais quand j'aborde le sujet, elle n'arrive pas à se concentrer. Au début, j'ai l'impression qu'elle comprend de quoi il s'agit et puis, bingo, elle ne comprend pas. Ça fait un moment qu'elle n'est plus en mesure de donner son consentement. Tu ne peux pas proposer des comprimés à quelqu'un qui ne sait pas ce que c'est ni à quoi ça sert.

Kay eut toutes les peines du monde à faire comprendre à ces visiteurs qui entraient et sortaient à tout bout de champ de façon inexplicable qu'elle avait un rendez-vous crucial avec Adélaïde, une jeune femme ravissante qui portait des robes virevoltantes dans des tons sépia. Papa lui avait confié des papiers importants et Kay devait les récupérer et lui rapporter avant qu'il se fasse opérer le lendemain matin. Maman était jalouse d'Adélaïde, alors maman voulait être sûre qu'il ne se passait rien entre papa et ce pauvre brin de fille, qui allait bientôt quitter ce monde de toute façon. En attendant, le gentil vieux avait manifestement des problèmes d'argent, si bien qu'ils allaient tous devoir partir en voyage. Kay adorait les voyages. Le gentil vieux lui affirma qu'elle aimerait l'endroit où ils se rendaient et Kay n'avait aucune raison de ne pas le croire. Kay se plaisait partout.

Certes, elle fut sujette à quelques brefs épisodes agités. Elle se disputa assez violemment avec le gentil vieux en refusant obstinément de quitter la maison sans son mari, Cyril, qui avait été kidnappé, peut-être même par le gentil vieux. Mais elle finit par prendre les assurances douteuses du croulant pour argent comptant (tout en décidant d'appeler la police à la première occasion). Lorsqu'elle insista pour que Hayley prenne son petit déjeuner sur-le-champ sinon elle serait en retard à l'école, le gentil vieux lui jura sur la tête de leur fille qu'il l'accompagnerait lui-même avec un mot d'excuse, si nécessaire, pour expliquer son arrivée tardive.

Le monde de la vexation avait été, en grande partie, miraculeusement neutralisé, puisque les motifs d'agacement s'étaient convertis en motifs de joie ou d'extase. Rester coincée dans un embouteillage pendant des heures était tout aussi distrayant que foncer à cent vingt kilomètres-heure. Elle était ravie d'attendre indéfiniment un bus à un arrêt comme si elle allait monter dedans à son arrivée. Elle avait apprivoisé l'éternelle bête noire des « impôts » en oubliant totalement à quoi le mot faisait référence. Autour d'elle, les gens n'avaient que des récriminations à la bouche (cela faisait longtemps qu'elle avait cessé de se demander qui ils étaient ; s'ils étaient assez mal élevés pour ne pas se présenter, c'était leur problème). Ils râlaient contre les fournisseurs d'accès dont les employés du service client étaient ignorants, parlaient tous très mal anglais et résidaient en Inde ; regrettaient de voir leur fonds de pension saigné à blanc en raison d'un événement mondial quelconque auquel Kay n'était pas obligée de prendre part et professaient une apocalypse dans un certain nombre de secteurs – changement climatique, immigration de masse, coupures d'eau potable, insécurité alimentaire, dette souveraine insoutenable – alors que, pour Kay, ce n'étaient que de simples sons qui allaient et venaient. La seule certitude à laquelle elle s'accrochait avec joie, c'était que, quel que soit le sujet de récrimination du gang des pleureuses, il finirait par disparaître. Même si elle aimait rester assise par terre de longs moments, la sensation qui l'emportait était celle de flotter au-dessus de toutes ces petites gens et d'observer d'en haut leurs problèmes dérisoires. Elle se trouvait pleine de sagesse.

Il lui arrivait d'être perturbée mais le trouble se dissipait et, de toute façon, qu'est-ce que ça pouvait bien faire d'être un peu sens dessus dessous ? La vue offerte par les fenêtres constituait un ravissement : tant d'individus, de formes, de voitures et de lumières. Le ciel était parcouru de nuages semblables à des visages qui souriaient en passant. Et l'intérieur de sa tête débordait de menus trésors fabuleux, comme ceux qu'on trouve dans les caisses fourre-tout des boutiques solidaires où tous les articles coûtent une livre. Soudain le canapé vert rebondi de Rotherhithe traversait sa conscience et elle se rappelait avec un petit sourire discret ce que son mari et elle avaient fabriqué sur ces coussins dans les premiers temps de leur mariage. Une drôle de petite boîte de porte-savon rôdait parfois dans son esprit, une boîte noire dont il émanait des pouvoirs hors du commun, et le fait que, pour une raison obscure, la boîte noire soit toujours froide la rendait encore plus délicieusement sinistre. Kay fit resurgir devant ses yeux une sélection de ses robes préférées au fil des ans, son propre défilé de mode privé en quelque sorte – dont une robe élégante au long col asymétrique qu'elle portait lorsqu'elle était entrée en dansant dans leur première vraie maison. Parfois, elle s'imaginait en train de faire un roux destiné à son célèbre gratin de chou-fleur au fromage ou d'ajouter du beurre dans de la farine pour une tourte à la viande et cette cuisine fantasmée avait l'avantage de ne pas salir les plats ni de vous mettre de la farine sur les manches.

Et il y avait le sommeil, bien sûr, qui offrait des vues panoramiques du bush australien, des nœuds de mangroves qui se tordaient comme des serpents, des palmiers qui se balançaient à l'extrême sud de la zone continentale des États-Unis ou d'austères temples bouddhistes japonais. Elle avait dû en voir du pays pour avoir engrangé une telle collection d'images susceptibles d'être agencées à sa guise, bien que, dans ses rêves, les paysages soient de sa propre fabrication : elle plongeait dans des abîmes sans fond ou se laissait emporter par des flots bouillonnants et admirait des horizons inconnus. Cela dit, la mosaïque de l'état de veille et le cinéma du sommeil avaient tendance à se mélanger. Le souvenir de la promenade du Mall et de ses drapeaux à l'approche de Buckingham Palace fusionnait dans son sommeil avec une copie de l'avenue à peine déformée, mais l'amalgame des deux ne la perturbait absolument pas. Ce n'était qu'une immense toile sur laquelle se mêlaient couleurs, textures, chevaux et grands bâtiments prétentieux. Ce montage ondoyant était tout aussi fascinant que les épopées grandioses auxquelles Cyril et elle avaient assisté à Leicester Square : *Lawrence d'Arabie* et *Le Docteur Jivago,* dont elle projetait des scènes d'une netteté inouïe à l'arrière de son crâne. (Le récit déchirant d'un jeune Arabe qui s'enfonçait dans les sables mouvants jusqu'à ce qu'il ne reste plus que sa main. Un traîneau lancé au galop parmi des collines enneigées, transportant une Lara aux joues rougies, dans les envolées lyriques de la bande originale.)

À d'autres moments, elle chantait : *Itsi bitsi, petit bikini* ou *(Sittin' on) The Dock of The Bay*. Certains après-midi, elle récitait à la pluie anglaise qui tombait de l'autre côté de la vitre des bribes de poèmes appris à l'école : « Marguerite, pleures-tu/ Sur l'or du bois dévêtu ?... » Il lui arrivait de ne pas retrouver la fin du vers et d'improviser – « c'est un plan de vol pour étrangers/Marguerite est une star du porno » – avant de passer allègrement à des phrases décousues qui s'étaient gravées dans son esprit avec une étrange insistance : *Questions pour un champion ! Chaque petit geste compte ! Satisfait ou remboursé ! Le chocolat qui fond dans la bouche pas dans la main !* ou, de manière inexplicable, *Un Mars et ça repart !*

Elle était un peu ennuyée que le gentil vieux se montre parfois hardi. Bien qu'elle se sente en sécurité et proche de lui lorsqu'il la serrait dans ses bras, elle craignait qu'en lui permettant de la toucher, elle trompe Cyril.

7

On s'amuse avec le docteur Mimi

— MAMAN ! Où sont les comprimés ?

— Dans le frigo. Une boîte noire au fond à gauche sur la clayette du haut.

Après avoir traversé la cuisine d'un bond, Cyril avait pris l'escalier de derrière et était monté en quatrième vitesse dans leur chambre où, accroupi derrière la porte, il écoutait les criailleries de sa fille au rez-de-chaussée. Il tremblait de rage. Non seulement sa propre épouse avait dévoilé leurs plans précisément à l'enfant qui ne manquerait pas de faire tout un plat de la tant vantée et pourtant contestable sacro-sainte vie humaine, mais voilà que Kay avait aussi lâché sans résister la cachette de leurs haricots magiques, vieille de plusieurs décennies.

— Elle n'y est pas, entendit dire Cyril d'un ton accusateur.

Exact, songea-t-il en serrant le flacon dans sa poche. *Elle n'y est pas.*

— Alors demande à Cyril, répondit Kay. C'est lui le maître de cérémonie.

— Si je comprends bien, papa est le meurtrier ! s'exclama Hayley. Encore un docteur Kevorkian ! Ou un Harold Shipman ! Il t'a lavé le cerveau pour que tu acceptes de l'accompagner dans une de ses lubies socialistes de dingue ! Cette absurdité lui ressemble tellement que ça me rend malade !

Cyril sentit un grand soulèvement partir d'une région de son être qu'il connaissait à peine. Cette force jaillit spontanément ; son irruption fut si involontaire que la seule comparaison qui lui vint à l'esprit fut le vomissement, bien que la sensation ne soit pas aussi désagréable. Cet afflux – cette substance – cette énorme chose informe ne lui était pas extérieure ou étrangère ; c'était lui. Et ce moi profond était offensé. Comment ces femmes osaient-elles lui faire obstacle ? De quel droit ces créatures velléitaires s'autorisaient-elles à contrecarrer un projet qu'il mûrissait depuis trente ans ? Comment ces chochottes sentimentales se permettaient-elles d'entraver l'apothéose courageuse et respectable d'une impressionnante carrière ? La consternation l'aveuglait. Il allait montrer à ces femmelettes de quel bois il se chauffait. Parce qu'elles n'avaient aucun droit de se mettre en travers de son chemin, aucun droit d'exiger qu'il s'étiole lui aussi, se désagrège et disparaisse comme tous ces crétins à la ramasse qui s'accrochaient à la moindre excuse pour rester vivants, pestant contre la lumière qui se mourait comme dans ces poèmes rebattus qu'on citait à tout bout de champ. Ces deux-là n'avaient aucun droit de contraindre le docteur Cyril J. Wilkinson à imploser pour devenir une parodie bafouillante et infirme de feu sa formidable personne, un poids supplémentaire pour l'État, un poids supplémentaire pour sa famille, une source supplémentaire de rancœur, d'ennui, de moquerie, de pitié et d'exaspération perpétuelle. Avec tous leurs caquetages à l'eau de rose, elles n'avaient aucun droit de réclamer qu'il s'avilisse comme tous les autres, se ridiculise lui-même et fasse table rase de tout ce qu'il avait été et de tout ce qu'il avait accompli en devenant idiot, dépendant et déliquescent ! Il avait les comprimés, il avait le pouvoir.

Pourtant, malgré sa vive indignation, Cyril était encore capable de réfléchir avec méthode. Dans la panique des premières minutes à la cuisine, il avait hésité, ne sachant s'il devait filer au premier étage ou s'échapper par la porte arrière de la maison pour se cacher dans le jardin. Sa décision de prendre l'escalier était judicieuse sur le plan émotionnel, car, depuis près d'un demi-siècle, il associait leur chambre à la sécurité – un recours et un refuge. Mais, d'un point de vue pratique, le jardin plongé dans l'obscurité aurait été plus astucieux. Il aurait pu se cacher dans la cabane à outils ou escalader le mur du fond pour rejoindre ce monde vaste et merveilleux où tout Anglais né libre pouvait faire de sa vie ce qui lui plaisait.

Mais il était trop tard pour ce plan B. Il entendait ses « sauveteurs » se ruer dans les deux escaliers. Il pouvait bloquer la porte, mais ces fouineurs d'ambulanciers avaient de grosses voix de malabars. Un malheureux bouton de sécurité sur une poignée de porte intérieure – même pas un verrou – ne les garderait pas longtemps dehors. Si Cyril prenait les comprimés maintenant, ils l'évacueraient vers les urgences pour lui faire subir un lavage d'estomac. En tant que généraliste, il connaissait la musique : il se sentirait toujours aussi mal, il ne mourrait pas et resterait en observation à l'hôpital. On l'obligerait à voir un de ces psys bidon qui mettent leur nez partout. Il devrait promettre de ne plus jamais recommencer. Personne ne le croirait.

Il était coincé.

Cyril se tint aussi droit que son dos le lui permettait. Sous l'œil sévère des ambulanciers, il n'eut d'autre choix que de laisser tomber le flacon dans la main gantée de latex que Hayley lui tendait, mais il conserva un regard d'acier, et plutôt que fixer le sol, signifiant ainsi qu'il était gêné ; il préféra toiser sa fille.

— Ceci ne t'appartient pas, déclara-t-il, et cela ne te regarde pas.

— Au contraire, ça me regarde énormément, rétorqua Hayley d'un ton pincé. (Son masque était tellement mal mis qu'il ne devait pas servir à grand-chose et cela laissait supposer que sa prétendue pureté et son conformisme n'étaient que de façade.) C'est moi qui aurais dû nettoyer le bazar si ton plan tordu avait marché.

Sa fille se régalait du drame. Elle s'était donné le rôle de l'héroïne de l'histoire, un rôle qu'elle avait très peu l'occasion d'endosser dans sa vie de femme au foyer névrosée et en mal d'occupations.

Une fois tout le monde redescendu, Hayley assura aux ambulanciers en combinaison de protection qu'elle avait les choses en main. Elle promit de rester dormir sur place pour surveiller ses parents, hélas bien diminués et perturbés.

Un des ambulanciers lui donna le numéro de téléphone du service local de santé mentale sur un bout de papier, qu'elle glissa dans son portefeuille avec un soin ostentatoire, puis elle tira la fermeture éclair de son sac d'un coup sec.

Après le départ des jeunes gens, Hayley fonça dans les toilettes du rez-de-chaussée, le visage relevé en une attitude toute de sacrifice et de résolution. Du couloir, Cyril la vit prendre un sac-poubelle sous le lavabo et y vider l'intégralité de l'armoire à pharmacie. Disparus l'ibuprofène, l'aspirine, les comprimés contre l'acidité gastrique, la crème pour les boutons de fièvre, le traitement pour les champignons des orteils et les laxatifs, qu'elle ne pouvait plus laisser à la portée de ses parents gâteux. Quand Hayley finit de mettre la sécurité enfant sur les deux toilettes du premier étage, ils purent s'estimer heureux d'avoir sauvé un malheureux rouleau de papier toilette – non en raison de la pénurie nationale due au stockage compulsif de leurs concitoyens, mais parce qu'ils auraient pu, en théorie, enrouler le papier plusieurs fois autour de la tringle du rideau de douche et s'en servir pour se pendre.

Frappé de stupeur par la trahison de Kay, Cyril ne put se résoudre à parler à sa femme lorsque tous deux se mirent au lit. Pas un mot. En se levant en silence le lendemain matin, ils se dirent qu'ils étaient chanceux de ne pas avoir pour habitude de manger des fruits ou du pain au petit déjeuner. Leur fille avait embarqué tous les couteaux.

Ils furent effectivement assignés à résidence toute la journée, et davantage encore que leurs compatriotes dans la mesure où ces derniers pouvaient au moins aller au supermarché. Ce soir-là, Simon et Roy débarquèrent : en nouvelle cheffe de famille, Hayley les fit entrer. Typique du gars qui ne se plie jamais aux règles, Roy était le seul à ne pas porter de masque ni de gants. Bien qu'il soit exactement le genre de personne à contracter le Covid-19 et à se balader en ville en toussant et en postillonnant copieusement comme un « super-propagateur », Cyril enviait à son cadet une remarquable capacité de résistance face à cette pression sociale moralisatrice et suffocante. Une fois les parents exilés au salon, Simon monta à l'étage.

Tandis que les lattes du parquet grinçaient au-dessus de sa tête, Cyril l'entendit fouiller son bureau et refermer brutalement des tiroirs qui ne contenaient aucun document le concernant. Peu après, les murmures complices de leurs enfants autour de la table de la cuisine furent ponctués d'éclats de rire qui n'avaient rien de gentil. La situation du couple n'était pas sans rappeler ces films où des nazis envahissent une maison, réquisitionnent les chambres et se servent dans la cave à vins, tout en attendant des occupants terrorisés qu'ils se montrent aimables.

Enfin, les deux frères et la sœur entrèrent en file indienne dans le salon à deux mètres de distance les uns des autres, comme Boris l'avait ordonné. Ils disposèrent leurs sièges en demi-cercle en respectant la « distance de sécurité » avec le canapé où étaient assis leurs parents indisciplinés. Cette distanciation évoquait moins une considération pour les risques de contagion qu'un retrait en bloc du giron familial.

— Il faut que vous compreniez, commença Hayley en croisant pieusement ses mains gantées sur ses genoux. Si on est là, c'est qu'on est inquiets et qu'on veut seulement votre bien. On ne vous fait pas de procès. (Quand les gens se mettaient en quatre pour vous expliquer qu'ils ne faisaient pas quelque chose, cela indiquait à coup sûr le contraire.) Vous avez manifestement des problèmes de type émotionnel, genre dépression. Et vous rencontrez peut-être des difficultés à vivre tout seuls. Naturellement, vous tenez à votre indépendance mais on ne peut pas placer l'indépendance au-dessus de la sécurité. Je crains que vous ne deviez considérer ceci comme une intervention. Vous êtes devenus un danger pour vous-mêmes.

Si l'inversion des rôles mettait mal à l'aise certains enfants de parents âgés, Hayley n'en faisait pas partie. Simon, qui se tortillait sur son siège, semblait, lui, gêné. Cyril avait l'habitude de voir son aîné dans l'élégant costume sombre qu'il portait toujours à la City, mais pendant cette mascarade de confinement, il exerçait son activité de trader de chez lui ; sa chemise en flanelle élimée et son jean mal coupé mettaient à mal son autorité habituelle de banquier d'investissements. En tant qu'aîné, il aurait dû logiquement présider la séance, mais c'était le show de sa sœur. Roy était affalé sur son siège avec son légendaire petit sourire suffisant et se renversait en arrière comme pour s'éloigner des réjouissances de quelques centimètres supplémentaires. Il s'était toujours tenu à l'écart de la famille, à moins qu'il n'ait eu besoin d'argent. La courte barbe branchée qu'il arborait ces dernières années avait poussé à certains endroits. Une zone imberbe sur son menton avait la forme de la Norvège.

— Ce n'est pas comme si on avait mis le feu à la cuisine parce qu'on est devenus incapables de différencier le vinaigre du white-spirit, dit Cyril d'un ton posé, rebuté de devoir se contrôler dans sa maison et devant ses enfants - non pour éviter de heurter ces derniers mais pour protéger ses propres intérêts. Il se fichait éperdument du caractère de cette réunion. - Tu as interrompu l'exécution d'un projet vieux de nombreuses années, décidé en pleine conscience alors que nous étions plus jeunes que Simon ne l'est aujourd'hui.

— Maman n'était pas d'accord, rétorqua Hayley.

— Si ta mère avait des doutes, c'est à moi qu'elle aurait dû en parler et non à toi, grinça Cyril.

— Oui, renchérit Kay en se tordant les mains. J'aurais dû m'opposer à ton père et ne pas t'entraîner dans cette histoire, ma chérie. Je t'ai mise dans une position intenable et je te prie sincèrement de m'excuser.

— Ce texto de dernière minute était un appel au secours et je suis contente que tu l'aies envoyé.

— Le problème, c'est ce qu'on va faire maintenant, intervint Simon, habitué aux réunions où les digressions devaient être circonscrites. On ne peut pas passer notre temps à venir vérifier que vous n'essayez pas de vous tuer.

— En taule, ça s'appelle mettre sous « prévention suicide », se gaussa Roy.

— Tu es forcément au courant, papa, fit sèchement remarquer Hayley.

— Légalement, ajouta Simon, on n'est pas du tout censés passer.

— Effectivement, dit Cyril. Donc, même si nous sommes ravis de voir nos trois charmants enfants, votre « intervention » bien intentionnée entraîne l'implication de plusieurs familles. Simon, ton meilleur pote, Boris, n'approuverait pas du tout, mais vraiment pas du tout. Le plus gentiment du monde, je vous invite donc à rentrer chez vous.

Ce confinement absurde et profondément contraire au caractère anglais était une période où régnaient recours à outrance à la police, obéissance aveugle, délation et critique permanente. Mais, pour peu que cela serve ses intérêts, Cyril pouvait lui aussi menacer de recourir aux forces de l'ordre pour enjoindre chacun à rentrer chez soi.

— Au contraire, j'ai vérifié, le contra Hayley en sortant un post-it de son sac avec la satisfaction d'une pinailleuse clouant le bec à son semblable. Une des quatre raisons valables pour sortir de chez soi est « de répondre à un besoin médical ou de devoir recevoir des soins en tant que personnes vulnérables ». Empêcher deux personnes vulnérables ayant des problèmes mentaux de se foutre en l'air remplit certainement les conditions pour un « besoin médical ».

— Nous te sommes extrêmement reconnaissants de t'inquiéter, répondit Cyril. Pourtant, ce que ta mère et moi décidons de faire ou de ne pas faire ne regarde que nous. Merci de ta gentille proposition de nous aider, mais nous sommes sains d'esprit et nous n'avons pas besoin de ton assistance ni même de tes conseils.

— Je ne voulais pas aborder ce sujet, reprit Hayley, mais maman commence à avoir de sacrés trous de mémoire.

— Comment ça ? s'insurgea Kay, abasourdie.

— L'autre jour, expliqua Hayley, tu n'arrivais pas à te rappeler cet auteur…

— L.P. Hartley, la coupa Kay. Je l'avais sur le bout de la langue, c'est parfaitement normal…

— Mais c'était l'auteur de truc, un de tes livres préférés…

— Tu vois ? l'interrompit Kay. Tu ne te rappelles pas non plus ce titre, *Le Messager*… Et ce n'est pas un de mes livres préférés !

— Je vis avec ta mère, s'agaça Cyril, et si elle perdait la tête, je l'aurais remarqué.

— Pas si tu perdais la boule toi aussi, ironisa Roy. Tu oublierais qu'elle est dingue.

— Comme il est impossible de prouver le contraire, nous ne pourrons jamais démontrer de façon concluante que nous ne sommes pas fous, répliqua Cyril, les dents serrées. Néanmoins, non seulement je sais en quelle année nous sommes et qui est Premier ministre, mais je peux tous les citer dans l'ordre depuis 1945. Winston Churchill ! Clement Attlee ! Winston Churchill... !

— Tu as déjà dit Churchill, fit remarquer Hayley en levant les yeux au ciel.

— Putain, papa, même moi, je me rappelle Winston Churchill ! s'écria Roy. Mets donc la barre un peu plus haut.

— Anthony Eden ! Harold Macmillan ! Alec Douglas-Home !

— On a compris, mon chéri, dit Kay en lui tapotant le genou.

Elle avait raison, cette récitation était indigne et Cyril s'arrêta net.

— Je crois qu'on devrait aller droit au but, annonça Simon avec difficulté. On a décidé, dans l'intérêt de tout le monde, surtout du vôtre, que vous deviez vous faire... aider. Et vous n'avez pas le choix.

— Qu'est-ce que ça veut dire ? s'enquit Cyril d'un ton sec.

Simon fut incapable de regarder son père dans les yeux.

— On vous fait interner. Pour votre bien.

— Quoi ? protestèrent en chœur les époux.

— En vertu de l'article 3 de la loi sur la santé mentale, précisa Hayley avec autorité, vous pouvez être internés si vous « constituez une menace pour vous-mêmes ou pour les autres », même contre votre volonté. On pense tous que c'est la seule solution.

— Et vous n'avez pas entendu le meilleur ! lança Roy. Vous êtes éligibles à ce truc...

— Article 17 sur les aides médicales, compléta Hayley.

— Elles ne sont même pas fonction des revenus, ajouta Roy joyeusement. L'État paye les frais de votre hospice et vous pouvez garder la maison ! Vous pouvez tout garder ! D'habitude, Hayley est complètement tarée mais cette fois, elle a dégotté un truc génial.

— Vous n'avez aucune preuve recevable par un tribunal, lâcha Cyril.

— On en a plus qu'il n'en faut, riposta Hayley. Le texto de maman. Ton flacon de poison. Sans parler de cette ahurissante cérémonie du souvenir. L'adieu larmoyant de maman plus long qu'une thèse de doctorat. Deux exposés différents vantant les mérites du suicide.

— Et puis, il y a vos dépenses, soupira Simon. J'ai consulté vos relevés de banque, c'est hallucinant. Vous aviez remboursé votre hypothèque il y a des années. Pourquoi réhypotéquer ? Où est passé tout cet argent ? Être aussi irresponsable financièrement parlant vous pénalisera face à un PSMA.

Le fait que ces gosses connaissent déjà l'acronyme de Professionnel de santé mentale agréé, personne susceptible de les faire interner pour l'éternité, n'était pas bon signe. Pire, Cyril se rappela soudain que leur bouffon de Premier ministre avait révisé la loi sur la santé mentale ce mois-ci et qu'il suffisait désormais d'un seul médecin et non plus de trois pour autoriser un internement. Un pot-de-vin à un charlatan et vos parents gênants disparaissaient.

— Pour commencer, même si cela ne te regarde pas, dit Cyril, nous avons dépensé beaucoup d'argent pour que Mamie Poskitt et Papy Norman vivent dans de bonnes conditions et soient accompagnés.

— Mais tu as aussi fait un don colossal à la campagne de People's Vote. Et regarde ce que ça a donné.

Simon était un conservateur pro-Brexit et il n'avait même pas assez de bon sens pour en avoir honte. C'était un miracle que Cyril et lui se parlent encore.

— Au risque d'une lapalissade, nous avons gagné cet argent, reprit Cyril. Par conséquent, la façon dont nous le dépensons relève de notre seule décision. En outre – il improvisait mais commençait aussi à paniquer, or ils devaient rassembler toutes leurs forces pour se sortir de ce pétrin – enfermer un généraliste expérimenté pendant une crise sanitaire nationale serait scandaleusement déraisonnable. Le NHS a déjà sollicité des médecins retraités pour qu'ils prêtent main-forte au service…

— Papa, le coupa Hayley. Je t'en prie. Tu as quatre-vingt-un ans. La tranche d'âge la plus menacée par cette maladie. En première ligne, tu ne serais qu'un boulet. Vouloir contrer un virus mortel est encore une fois le signe qu'il faut te protéger de tes pulsions destructrices.

— Notre argent nous appartient, mais peu importe, poursuivit Cyril, revenant à des principes de base. Nos vies nous appartiennent, que nous soyons vos parents ou pas, et la façon dont nous choisissons d'y mettre un terme est de notre ressort. Dans notre grande sagesse, nous pouvons décider de rester dans les parages jusqu'à cent dix ans. Tout comme nous serions en droit de sauter de Tower Bridge demain.

— Ce n'est pas comme ça que la loi le voit, insista Simon, peiné.

— Et ce n'est pas comme ça qu'on le voit, renchérit Hayley d'un ton triomphant. On promet de venir vous voir.

La fourgonnette municipale dans laquelle ils furent embarqués en quittant Lambeth était dépourvue de vitres - c'était un panier à salade - si bien que Kay et Cyril ne purent deviner vers quelle région ils étaient emmenés, conférant dès le départ à cette aventure qui n'en avait que le nom un cachet kafkaïen. À leur arrivée à la résidence La Tombée du Jour, aucune résidence à proprement parler ne s'offrit à leurs yeux. L'établissement ressemblait plutôt à un entrepôt d'Amazon ou à une plate-forme de répartition Tesco. Conformément à une des règles fantasques mais inviolables qui bientôt gouverneraient leurs vies, ils furent poussés en chaise roulante vers le bureau de l'administration, serrant le sac où ils avaient fourré rapidement des affaires, alors qu'ils étaient tous deux capables de marcher sans aide et de porter eux-mêmes leurs bagages. Le long couloir qui menait au bureau était jalonné de résidents affalés, la bouche ouverte, le regard aveugle et fixe au point qu'on les aurait crus sculptés dans la pierre, telles des gargouilles. Les nouveaux admis étaient frappés d'emblée par un florilège d'émotions : claustrophobie, horreur, dépression et besoin frénétique de fuir par n'importe quel moyen. Les époux prirent brutalement conscience qu'être déterminés à mettre fin à ses jours de façon méthodique, à un moment et aux conditions de son choix, et avoir de réelles tendances suicidaires étaient deux choses totalement différentes. Le paradoxe de ce placement d'office ne manquait pas de piquant puisqu'il réussissait à vous inciter à en finir au plus vite alors qu'il était censé vous guérir de cette pulsion.

— Alors, qu'est-ce qu'on a là ?

La quinquagénaire replète assise derrière le bureau remettait soigneusement en place une pile de documents qui n'en avait pas besoin. Sa bouche souriait mais pas ses yeux. Elle portait un de ces colliers tendance qu'affectionnait Theresa May. Son tailleur à carreaux cintré était d'un goût exécrable que seuls les stylistes de luxe étaient capables d'inventer et il émanait d'elle une bonne humeur malveillante.

— Kate et Cyrus ! Je suis la directrice de La Tombée du Jour, le docteur Mimi Mewshaw - mais je n'aime pas les manières et vous pouvez m'appeler « docteur Mimi ».

— Kay et Cyril Wilkinson, je vous prie, la corrigea Cyril. Par ailleurs, êtes-vous docteur en médecine ?

— Je suis tout ce qu'il y a de plus agréée, si c'est ce qui vous inquiète.

— Vous ne l'êtes donc pas, poursuivit Cyril. En revanche, je le suis.

— Mais bien sûr, roucoula docteur Mimi. À La Tombée du Jour, on a toutes sortes de résidents super importants. Napoléon, Batman, Jésus, pour n'en citer que quelques-uns. Si j'ai bien compris, vous êtes des tourtereaux ?

— Nous ne sommes pas des tourtereaux, rétorqua Kay. Nous sommes mariés depuis près de soixante ans.

— Le problème, c'est qu'on n'a pas de suite double pour l'instant, alors j'ai bien peur que vous ne deviez vous contenter de chambres simples.

— Vous voulez dire que nous ne pourrons même pas dormir dans le même lit ? s'affola Cyril, les yeux exorbités.

— Non, je crains que non. Vous êtes des article-17 sur les aides médicales, ce qui veut dire que le dédommagement est insuffisant - en dessous du coût, à vrai dire. Par conséquent, si une double se libère, on donnera la priorité à des clients qui payent sur leurs fonds propres. Faute de grives, on mange des merles ! Et à votre âge, franchement. Qu'est-ce que ça peut faire ? De toute façon, on trouve que nos clients dorment mieux dans des lits séparés. Moins de risques d'agitation.

Le docteur Mimi se mit à pianoter sur son ordinateur, un mastodonte qui devait avoir plus de vingt ans, ce qui ne plaidait pas en faveur du reste des équipements.

— Je vois que vous êtes en catégorie « danger pour soi-même ». C'est un régime spécial, mais ne vous inquiétez pas. La sécurité avant tout ! Lance, veuillez fouiller les sacs de Kate et Cyrus, s'il vous plaît.

L'aide-soignant noir de grande taille qui rôdait près de la porte prit le sac de Cyril et en renversa le contenu sur une table voisine. Les chemises pliées avec soin et les pantalons bien empilés finirent en un tas informe.

— C'est quoi ? un contrôle d'aéroport ? protesta Cyril, incrédule.

— Médicament, dénonça Lance en brandissant le seul flacon qui restait à Lambeth une fois que Hayley avait eu terminé de protéger ses parents contre eux-mêmes ; les laxatifs avaient été glissés dans la trousse de toilette de Cyril.

— Ce ne sont que des plantes vendues sans ordonnance, s'opposa Cyril. On devrait pouvoir me laisser m'occuper moi-même de mes boyaux.

— On contrôle tous vos traitements, répondit le docteur Mimi. Si vous faites une overdose de ce truc, imaginez le chantier que vous infligeriez à notre personnel. À ce propos, Cyrus...

— Je préférerais que vous m'appeliez « docteur Wilkinson », si vous n'y voyez pas d'inconvénient, la coupa Cyril.

— Curieusement, j'y vois un inconvénient, rétorqua le docteur Mimi en tapant dans ses mains avec ravissement. Nous appelons tous nos pensionnaires par leur prénom et je suis sûre que vous resterez assez longtemps avec nous pour vous habituer à cette atmosphère amicale ! Mais comme je m'apprêtais à vous le demander : de quand date votre dernière selle ?

— Je ne vois pas en quoi cela vous concerne, répondit Cyril avec froideur.

— Dans ce cas, je vous mets sous lavement, annonça gentiment le docteur Mimi.

Par conséquent, lorsqu'elle posa la même question à « Katie », Kay s'empressa de répondre :

— Ce matin.

— Arme blanche, annonça Lance comme un robot.

Il avait trouvé le couteau suisse, lime à ongles en métal, ciseaux à ongles et tire-bouchon, que Cyril avait enregistré en soute pendant des années. Il jeta également le rasoir et les lames sur le bureau de la directrice. Puis la confiscation prit un tour moins logique : feutres, carnet à spirale vierge, ordinateur portable, iPad offert par Simon, le dernier numéro de *New Statesman* et le livre de Thomas Piketty, *Capital*, qui aurait au moins procuré à Cyril, prisonnier des neuf cercles de l'Enfer de Dante, un moyen de tenir le coup.

— Je souhaiterais, s'il vous plaît, que vous me rendiez mes lectures, dit Cyril.

L'adjudante de pacotille au sourire sadique n'aurait pu mesurer toute la maîtrise de soi dont Cyril fit preuve pour rester poli.

— Un magazine politique militant et un gros bouquin ennuyeux qui raconte à quel point le monde est horrible, franchement, railla le docteur Mimi. C'est bien sombre pour un suicidaire. Et puis, ils pourraient tomber entre les mains d'autres pensionnaires que ça perturberait.

— Alors qu'est-on censé lire ? s'inquiéta Kay, en pensant évidemment avec angoisse à son exemplaire des *Testaments* de Margaret Atwood, un livre qui était sans aucun doute « sombre ».

— Je suis sûre que vous allez tellement adorer les activités de l'établissement que vous serez trop crevée pour lire des vieux bouquins. Katie, je vois que votre médecin vous a trouvé une tension élevée.

Cyril lança un regard surpris à Kay.

— Ça veut dire qu'on devra vous mettre au régime sans sel.

— Pardon, commença Kay, paniquée (elle adorait les olives et le pecorino), mais, selon plus d'une étude à grande échelle, les régimes pauvres en sel ont des conséquences bien pires en termes de maladies coronariennes et d'AVC que des régimes autorisant un taux de sodium modéré. Quant au régime sans sel, il peut sans nul doute vous tuer.

Une étincelle dans le regard s'ajouta enfin au fameux sourire : la directrice sembla ravie que la perspective d'une nourriture insipide soit accueillie comme une punition car telle était son intention.

— Contrebande, annonça encore Lance d'une voix monocorde après avoir ouvert le sac de Kay.

— Alors, ça, c'est vraiment vilain, gronda le docteur Mimi en prenant la bouteille d'amontillado sec pour la mettre sur l'étagère derrière son bureau. Et ça indique un problème de dépendance.

— Pas d'alcool ? s'enquit docilement Kay.

— Grands dieux, non ! s'exclama le docteur Mimi avec la même réelle satisfaction. Pas de boissons caféinées ; pas de cigarettes ni de vaporettes ; pas d'épices trop fortes ; pas de crème, de beurre ni de lait entier ; et pas de relations sexuelles entre pensionnaires. Le couvre-feu est à vingt heures trente, après quoi vous devez vous retirer dans vos appartements. Le petit déjeuner est à sept heures, le déjeuner à onze heures et le dîner à dix-sept heures - présence obligatoire. S'il vous prenait l'envie de faire l'enfant et de bouder l'excellente cuisine de l'établissement, on se réserve le droit de vous nourrir de force. Le conseil municipal a remis votre bien-être entre nos mains et on prend très au sérieux notre devoir de soignants. En temps ordinaire, les visites ont lieu entre treize et quatorze heures le samedi. Mais, histoire d'être « superfragilistiquement » prudents pendant l'épidémie de coronavirus, on a interdit toutes les visites jusqu'à nouvel ordre. De toute façon, même si elles reprenaient, ne vous faites pas trop d'illusions, mes poussins. On s'est rendu compte que, après quelques apparitions symboliques, famille et amis se font rares. Ici, c'est comme un petit village et il arrive que les gens de l'extérieur se sentent exclus. Oh, et enfin : la participation aux activités de groupe est obligatoire. On ne veut pas que vous vous renfermiez. Voir des gens permet de maintenir votre santé mentale et on veut tous que vous alliez mieux.

— Ces gens déliquescents dans le couloir, fit Kay, ils vont mieux ?

Désireux de s'affirmer en tant que personne et non en tant que débris, Cyril avait pendant ce temps-là accédé aux réglages sur son iPhone.

— Mme Mewshaw, vous pourriez me donner le mot de passe du wifi, s'il vous plaît ?

Le docteur Mimi eut un petit rire.

— Vous n'aurez pas besoin de mot de passe ! Mais ça me rappelle, dit-elle en tendant la main, que je dois confisquer vos téléphones.

La décontamination brutale fut justifiée, comme tant d'autres tortures ces derniers temps, par le Covid-19. La référence était peut-être un peu excessive, mais Kay ne put s'empêcher d'associer à la Seconde Guerre mondiale le fait de se retrouver nue comme un ver dans une grande salle cimentée pour y prendre une « douche ». Le désinfectant dont elle fut copieusement aspergée laissa sur sa peau une odeur infecte de javel. Par la suite, on lui remit une blouse qui s'ouvrait dans le dos et laissait voir ses fesses. Bien qu'on lui ait assuré, « mais bien sûr, mon chou », qu'on lui restituerait ses vêtements une fois lavés et repassés, elle regarda son élégante robe bleu marine être jetée sans ménagement au sommet d'un chariot de buanderie qui couinait, avec le triste pressentiment qu'elle ne la reverrait jamais. Tandis que ce pauvre Cyril était emmené pour subir un lavement humiliant, Kay fut conduite à sa chambre. Le long d'un couloir lugubre éclairé au néon, le parfum insistant de détergent bon marché rivalisait avec une discrète puanteur d'excréments.

— Alors, demanda-t-elle, pince-sans-rire, à son accompagnateur, où est la piscine ?

Sa « suite privative » se révéla grise et exiguë, dotée seulement d'un lavabo et de toilettes, d'un matelas plat qui semblait avoir absorbé l'assortiment de luxe complet « effluents humains » de chez Marks & Spencer. La décoration murale se résumait à un unique panneau numérique annonçant : NOUS SOMMES

MERCREDI 1ER AVRIL – JE M'APPELLE KATE WILKINGSIN – JE SUIS HEUREUSE. Le 1er avril. Cela ne pouvait pas mieux tomber.

La chambre aveugle était également dépourvue de télé et de radio. Dans l'ensemble, les équipements étaient pires qu'à la prison de Wandsworth, où les téléphones portables entrés illégalement étaient légion et les drogues de toute première qualité livrées par les drones du crime organisé. Les escrocs de tout poil gagneraient sûrement beaucoup plus d'argent en faisant entrer en douce des produits dans les hospices. À l'instant, Kay aurait payé des centaines de livres pour sa bouteille d'amontillado ordinaire.

Elle passa sa première nuit à se tourner et à se retourner en se faisant d'amers reproches. Ce naufrage était entièrement sa faute. Si elle n'avait pas envoyé ce texto à Hayley, ils ne se seraient jamais retrouvés à la résidence La Tombée du Jour. Qu'est-ce qui lui avait pris d'aller cafter dans le dos de Cyril ? Pourquoi ne lui avait-elle pas tenu tête en lui disant : « Je regrette, mais je ne peux pas le faire » ? D'ailleurs, l'autre possibilité étant de finir ici, pourquoi ne l'avait-elle pas fait tout simplement ? Était-elle ce genre de poule mouillée ?

Et cette incarcération ne prendrait jamais fin. Comble de l'ironie, Roy s'était proposé pour être le « plus proche parent », celui que la loi désignait comme la seule personne habilitée à déposer un recours légal pour obtenir leur levée d'écrou. Par convention, le tribunal lui accorda également une procuration qui lui ouvrit l'accès à leurs finances, retraites comprises. Pour quelle raison au juste aurait-il envie de libérer ses parents de ce purgatoire ? Elle se rappela avec un frisson glacé la seule remarque que Cyril avait faite dans le fourgon cellulaire qui les conduisait ici : « Nous n'aurions jamais dû avoir d'enfants. »

Ce qui la faisait le plus souffrir, c'était d'être séparée de son mari, auquel elle aurait pu au moins avouer ses remords. Et puis, elle s'inquiétait pour lui. Elle-même n'était pas follement enthousiaste à l'idée d'être persécutée, traitée comme une petite fille idiote et privée de liberté beaucoup plus longtemps que n'importe quel assassin. (Et pourquoi ? Sur le plan criminel, ils avaient envisagé d'épargner à leur famille et au NHS le prix de leur déchéance prolongée.) Mais Cyril faisait grand cas de la dignité, bien plus qu'elle, et il devait être fou de rage. Une colère légitime pouvait lui attirer des ennuis. Le lavement représentait un avertissement : la moindre résistance ferait l'objet d'une terrible punition. Il existait des films sur le sujet et, rétrospectivement, le fait que Cyril ait regardé cinq fois *Luke la main froide* avec passion était de mauvais augure.

Le lendemain matin, dans cet endroit que le personnel appelait ironiquement le « restaurant », elle découvrit à son grand désarroi que les places étaient assignées et que Cyril et elle se tenaient à des tables séparées. Elle ne parvint qu'une fois à tendre le cou et à croiser son regard. Au lieu de la détermination de façade de l'homme qui attend paisiblement son heure, elle lui trouva une expression torturée qui lui fit penser à un circuit imprimé touché par la foudre ; elle n'aurait pas été étonnée de voir une volute de fumée âcre s'échapper de son crâne. Il avait l'air carbonisé.

En arrivant sur la table, le porridge gluant était froid, au point qu'il serait resté collé au bol si on l'avait retourné. La dame frappée de stupeur assise en face d'elle et qui enfournait son porridge avec trois doigts comme si elle colmatait une fissure dans un mur acheva de lui couper l'appétit. Voyant que Kay n'avait pu se résoudre à avaler ne serait-ce qu'une bouchée de la bouillasse, l'homme de salle, en lui retirant son bol, cliqua d'un air désapprobateur sur sa tablette.

Durant l'isolement sinistre du matin, ou « temps calme », se réjouir à l'avance du déjeuner se révéla une erreur. Les pommes de terre bouillies presque crues et la viande grise trop cuite étaient techniquement immangeables dans la mesure où les « suicidaires » n'avaient droit qu'à une cuillère en plastique. L'entremets au citron vert avait manifestement été préparé avec une abondance de gélatine et n'était pas plus facile à manger. Combien de repas pourrait-elle refuser avant qu'on ne lui enfonce un tube dans la gorge pour ce qui ressemblerait à du gavage ?

Alors qu'elle quittait le « restaurant », un gentil employé lui glissa un feutre indélébile dans la main en lui conseillant d'inscrire son nom sur tous ses vêtements au risque de les voir disparaître à jamais dans les entrailles de la buanderie de La Tombée du Jour. C'est ainsi que pendant la « période de repos » qui suivait le déjeuner - même si les efforts physiques dont les résidents avaient besoin de se remettre restaient obscurs - Kay écrivit *KW114* sur les étiquettes de ses hauts, de ses pantalons, de ses robes ainsi que sur la ceinture de ses culottes et le bord de chaque chaussette. L'exercice était ennuyeux ; le feutre commençait à sécher.

D'ici peu, elle serait sans doute heureuse d'accomplir n'importe quelle tâche. Car Kay s'était renseignée : il n'y avait ni bibliothèque ni salle de sport dans l'établissement. Et les résidents n'étaient pas autorisés à sortir à l'extérieur. La seule distraction était la télévision de la salle commune de jour, ouverte uniquement les après-midi. Elle espérait au moins y passer du temps avec Cyril. En découvrant la grande salle en désordre, Kay repensa aux abris provisoires montés quelques mois plus tôt pour les victimes des inondations en Grande-Bretagne. La poignée de livres à disposition étaient uniquement destinés aux enfants : *La Chasse à l'ours, L'Apprenti Schtroumpf, Monsieur Grincheux*. Les canapés défoncés étaient recouverts de couvertures qui formaient des boules et sentaient le chien. Elle parcourut la pièce des yeux à la recherche de Cyril. La cacophonie qui y régnait lui fit penser aux concours de monologues dans les trains d'aujourd'hui, sauf qu'aucun de ces individus n'avait de téléphone portable. « Son rosier était grimpant, il avait poussé démesurément, racontait une petite vieille à personne en particulier, et par-dessus la clôture. J'avais parfaitement le droit de le couper. Mais cette imbécile a appelé la mairie ! Elle est montée sur ses grands chevaux, la Stacy… » Un autre résident qui chantait faux *Yellow Submarine* ne parvenait pas à couvrir les hurlements de la télévision qui rediffusait un épisode de *Top Chef*. Kay finit par repérer l'employée qui avait la télécommande dans sa poche.

— Excusez-moi, dit Kay, pourrait-on regarder autre chose ? La chaîne d'infos de la BBC, par exemple ?

La jeune femme était squelettique et son teint semblait indiquer qu'elle mangeait vraiment la cuisine de l'établissement.

— Ben, dans ce cas, on saura pas si le poulet au jambon de Parme a battu la soupe nigériane au poivre, pas vrai, biquette ?

— Je n'ai pas l'impression que nos amis ici présents s'intéressent à l'émission.

— En semaine, c'est *Top Chef* en boucle, déclara l'employée sur un ton catégorique. Le week-end, je préfère *Cauchemar en cuisine*, mais ça, c'est moi.

— Ce sont les deux seules émissions autorisées ?

— Vous pigez vite, répondit la femme, impassible. Comme ça, il y a pas de bagarre. Tout le monde aime les émissions culinaires.

— Pas moi, lâcha Kay, mais elle renonça à sa requête en voyant arriver Cyril, une ecchymose au front et les mains attachées devant lui. Les deux soignants baraqués qui l'accompagnaient le poussèrent sur un canapé et se postèrent légèrement en retrait d'un air menaçant.

— Qu'est-ce qui s'est passé ? demanda-t-elle en s'agenouillant près de lui. Comment t'es-tu cogné la tête ?

— Je me suis emballé, avoua-t-il d'un ton monocorde n'indiquant pas qu'il avait repris son sang-froid mais plutôt qu'il avait renoncé à son combat. Je suis devenu violent. Il a fallu me maîtriser.

— Ça ne te ressemble pas.

— En fait si, ça me ressemble beaucoup. Avant, nous n'avions jamais été jetés au fond du trou noir de Calcutta par nos enfants. Dans une situation inédite, on découvre des choses nouvelles sur soi. Apparemment, dans des endroits comme La Tombée du Jour, je deviens excessivement violent. Pourquoi pas ? Qu'est-ce qu'on peut m'infliger de pire que ça ? Le purgatoire est libérateur.

— Si j'ai bien appris quelque chose au cours de notre exercice de la médecine, chuchota Kay, c'est qu'il y a peut-être une limite au bonheur et à la santé, mais qu'il n'y en a aucune à la souffrance. Par conséquent, ils peuvent parfaitement nous rendre la vie encore plus difficile. Électrochocs ?

— On m'a déjà menacé de me mettre à l'isolement, dit Cyril avec un signe du menton pour le vieux croûton qui continuait à chanter *Yellow Submarine.* Ce qui pourrait être un soulagement.

— Qu'est-ce que je vous disais ? s'exclama la gardienne de la télécommande. Poulet au jambon de Parme. Ces crétins maniérés du Somerset n'auraient jamais choisi la soupe nigériane au poivre.

— Si tu es mis à l'isolement, on ne se verra plus du tout et je ne le supporterai pas, souffla Kay. Qu'est-ce qu'on va faire ? Ça ne fait qu'une journée qu'on est ici. Je préférerais être morte.

— Tu as raté l'occasion, répliqua Cyril.

Un des gardes-chiourme qui avait traîné Cyril dans la pièce de jour avait feuilleté un *Evening Standard* et le posa pour vérifier ses messages sur son téléphone. De ses mains attachées, Cyril ramena prestement le journal sur ses genoux comme un lézard gobant une mouche. Il se démenait pour le cacher sous sa blouse quand une main lui saisit l'épaule par-derrière.

— Comment va notre petit nouveau ? Mon petit doigt m'a dit que mon copain Cyrus avait un peu de mal à se faire à sa nouvelle maison, lança le docteur Mimi en attrapant l'*Evening Standard,* auquel Cyril s'accrocha jusqu'à ce qu'il se déchire. Les journaux sont des articles de contrebande. Toutes ces histoires terrifiantes à propos du coronavirus, voilà le genre d'infos que nos pensionnaires trouvent éprouvantes.

— Je jure de ne pas raconter ce qui se passe en Italie, promit Cyril.

— Je crains d'être venue sonner la fin de la récréation. Si j'en crois votre dossier, vous avez une mauvaise influence l'un sur l'autre. D'après votre PSMA, vous auriez formé une « secte de mort ». On se lève et on bouge ! Il est préférable pour notre santé mentale à tous que vous vous fassiez de nouveaux amis.

C'est ainsi que les deux époux furent de nouveau séparés et ce ne fut que dans la queue pour le dîner que Kay réussit à se faufiler au côté de son mari.

— Quel festin nous attend ce soir ? murmura-t-elle.

— Fajitas aux champignons sauvages, hasarda Cyril, avec une salade de tomates anciennes à la mozzarella di bufala, assaisonnée d'un trait de balsamique et de feuilles de basilic frais.

Comme il fallait s'y attendre, le lendemain matin au petit déjeuner, ils se virent offrir un gobelet en carton rempli d'une douzaine de comprimés. Surprenant Kay en train de glisser les médicaments dans le creux de sa joue, une infirmière cria :

— Hamster !

Aidée d'une autre employée qui maintenait la bouche de Kay ouverte, l'infirmière récupéra les comprimés et la força à avaler le tout. Les médicaments la rendirent vaseuse et confuse. Ainsi, il serait plus facile d'adopter l'habitude de la plupart des résidents : dormir quinze heures par jour.

Malgré ses efforts pour marquer ses vêtements au feutre, la première fois que Kay récupéra son linge, elle n'en reconnut aucun. En échange de son chemisier pêche au col boule qui lui allait si bien, son haut en maille élégant de couleur crème, orné de minuscules boutons noirs, et de son pantalon émeraude près du corps acheté chez Selfridges, elle hérita d'une immense robe d'intérieur à fleurs, d'un pantalon de jogging noir en polyester dont l'élastique à la taille était détendu et d'une chemise d'homme criarde constellée de clubs de golf. Plus tard, elle repéra son haut en maille élégant de couleur crème tout déformé, et auquel il manquait trois minuscules boutons noirs, sur le dos d'un nonagénaire trapu. Soucieuse de son apparence sans être dépendante de la mode, Kay fut toutefois surprise de constater qu'être privé de ses vêtements était destructeur sur le plan personnel.

Cyril n'ayant pas eu plus de chance, ils ne tardèrent pas à déambuler au milieu des sweat-shirts à capuche tachés et vêtements en tissu écossais désassortis des autres résidents. N'ayant droit à un rasage qu'une fois tous les quinze jours, son mari n'aurait pas détoné dans le groupe de Roms qui dormaient dans la rue près de Marble Arch.

Après cette première livraison, Kay eut assez de jugeote pour ne pas abandonner à la bouche vorace de la buanderie industrielle son kimono de Kyoto brodé d'oiseaux de paradis ni son peignoir adoré en satin noir et rouge que Cyril avait trouvé sur eBay – et qu'elle enfilait souvent avec délice au cours des longues soirées solitaires en pensant à son mari. Dommage. Les deux disparurent. Elle n'avait pas la clé de sa chambre mais nombre d'employés l'avaient. Il était inutile d'aller se plaindre à la direction d'avoir surpris une infirmière grassouillette dans le couloir avec son peignoir en satin sur le dos.

Leur première grande activité de groupe fut une chasse aux œufs de Pâques. Tandis qu'un énième épisode de *Cauchemar en cuisine* braillait au-dessus de leurs têtes, les résidents furent rassemblés dans la pièce de jour en vue d'un exercice stimulant d'intuition, de résolution de problème et d'appréhension de l'espace. Les objets de leur « chasse », des œufs en polystyrène gros comme des ballons de rugby et entièrement peints, étaient cachés sous les yeux de tout le monde. La moquette en était jonchée. Certains étaient disposés sur les canapés. Curieuse, Kay souleva un coussin ou deux, mais retrouver un œuf géant sous une couverture était considéré comme une épreuve trop difficile. Quoi qu'il en soit, le groupe fut divisé en équipes et leurs codétenus se précipitèrent dans toute la pièce pour empiler les œufs multicolores dans des paniers en plastique en simulant à merveille un réel enthousiasme.

— Eh bien, la réprimanda le docteur Mimi en lui montrant son panier vide, faisons preuve d'esprit d'équipe !

— Ça alors, ironisa Kay en regardant l'objet ovale rouge à ses pieds. Je sèche.

Manifestant là enfin un soupçon de subversion, les résidents se mirent à se lancer les œufs les uns aux autres et à les faire rebondir sur les murs, jusqu'à ce que le docteur Mimi, dégoûtée, relègue les délinquants dans leurs quartiers.

Les séances hebdomadaires de « sport » se révélèrent tout aussi exigeantes. Les pensionnaires étaient disposés en demi-cercle autour d'un moniteur de gym extérieur à l'établissement, qui leur indiquait comment réaliser une série d'exercices assis : agiter les mains en l'air impérieusement, comme si votre voiture était en panne sur une de ces nouvelles « autoroutes intelligentes » meurtrières, sans bande d'arrêt d'urgence. Taper des pieds, suggérant une colère légitime. Arrondir les bras au-dessus des genoux pour exécuter ce que le moniteur appelait « le manchon ». Tendre la jambe et faire une rotation du pied, bien que cet exercice-là soit réservé aux « niveau avancé ». En guise d'apothéose, le coach expert en ralenti leur proposa une danse traditionnelle quasi immobile, même si la partie où il fallait tourner sur soi-même se révéla stressante pour les pensionnaires en fauteuil roulant.

Cyril participait mais pas au-delà du seuil qui lui évitait les sanctions (douches froides, déplacements en fauteuil roulant, sommeil en camisole…). Pendant les séances de remise en forme, il battait de la main deux ou trois fois, des battements semblables aux dernières convulsions d'une perdrix agonisante. Lorsqu'il s'agissait de chanter, il ouvrait et fermait la bouche en silence sans que personne puisse deviner qu'il avait été le ténor de sa chorale masculine. En travaux manuels, alors que tout le monde confectionnait des paysages à base de grains de maïs, de haricots rouges, de lentilles corail et de graines de moutarde, Cyril mélangeait le tout en une grosse pâtée.

Histoire de ne pas perdre la raison, Kay emprunta une autre voie. Le 1er mai, elle aida les plus mal en point à tresser un arbre de mai digne de ce nom et joli à regarder. Le jour de la fête des Pères, elle prêta main-forte à plusieurs résidents atteints de la maladie d'Alzheimer pour confectionner des cartes porteuses de messages tendres, en taisant le fait que les pères à qui les hommages étaient adressés étaient morts depuis longtemps. Cyril prit le parti du service minimum, quand la stratégie de Kay était au contraire d'en faire un maximum. Elle mettait tant d'énergie et de rythme à ses exercices de gymnastique qu'elle en était essoufflée. Elle découvrit qu'elle aimait chanter – elle avait toujours été complexée par la fragilité de sa voix comparée à celle de son mari – et chantait donc à tue-tête et avec enthousiasme *Baa-Baa Black Sheep*, *Si tu as la joie au cœur, tape des mains* et *La Chanson de l'alphabet*. Ses paysages en haricots et graines, exécutés avec minutie, n'étaient pas sans rappeler certains Monet.

Cyril se tenait à l'écart des autres, mais Kay s'accrocha avec gratitude à un détenu en particulier, Marcus Dimbleby, qui n'avait que soixante-dix-sept ans et toute sa tête. L'ancien agent immobilier sans enfants avait vendu sa maison après avoir été renversé sur le trottoir par un fauteuil roulant électrique. Du fait de ses blessures, il était devenu dépendant. Mais La Fin du Voyage, la maison de retraite chic qu'il avait trouvée aux abords d'Aldeburgh, était si chère qu'elle avait très vite asséché son capital. Jeté en pâture à la municipalité, il avait été rétrogradé à La Tombée du Jour. Elle pouvait l'écouter pendant des heures lui décrire en détail le menu de son Club Med d'Aldeburgh : frites maison, tourte à la viande et à la bière, accompagnée de champignons de Paris et de véritables légumes verts.

Kay aborda avec plus d'intelligence encore le personnel sous-payé, qui détestait son boulot. Certes, les pires parmi les employés s'en prenaient aux résidents pour évacuer leurs frustrations, mais tous n'étaient pas à mettre dans le même panier, à commencer par le jeune homme qui lui avait glissé le feutre et dont la gentillesse fut un précieux atout. Leon lui prêta son téléphone au risque de se faire licencier, ne serait-ce que pour les trente secondes qu'il fallut à Kay pour envoyer un SOS énigmatique à Simon. L'aide-soignant lui procura également des sachets de ketchup, de moutarde, de mayonnaise et de vinaigre chipés chez McDo qui, s'ils ne rendaient pas leurs rations acceptables, au moins les camouflaient. Plus important, Leon devint son dealer en cocaïne de La Tombée du Jour : le sel.

Mais même le chlorure de sodium ne pouvait grand-chose pour leur état d'esprit. La seule perspective qui maintenait les Wilkinson en vie était celle de réussir à s'échapper.

Le moment exact où la quarantaine anti-Covid de l'institution fut enfin levée n'était pas très clair. Les règles de « protection » avaient peut-être été supprimées des mois plus tôt lorsqu'on leur annonça leur première visite. Cyril ne décolérait pas contre leurs enfants depuis leur trahison et seules les suppliques de sa femme le persuadèrent de voir leur fils. Quand bien même, après que Kay eut embrassé leur fils aîné, la poignée de main que Cyril échangea avec Simon fut raide et retenue. Leur fils était sans doute mortifié de découvrir sa mère jadis élégante noyée dans une robe informe à motifs cachemire appartenant à quelqu'un d'autre et son père vêtu d'une chemise vulgaire saturée de palmiers et de perroquets. Cyril n'avait pas été rasé depuis dix jours. Ils semblaient vraiment à leur place, tous les deux.

— Est-ce que quelqu'un peut éteindre *Cauchemar en cuisine* ? supplia Simon.

En parcourant d'un œil paniqué la salle de jour où les animaux apprivoisés étaient parqués, il s'assit à l'extrême bord d'une chaise pliante. Il ne craignait sans doute plus d'être contaminé par le virus mais ne voulait pas être atteint par le désespoir.

— Alors, quand allez-vous nous sortir de cette taule ? attaqua directement Cyril en faisant l'impasse sur les amabilités préliminaires. Vous avez envoyé vos parents en enfer – je devrais dire « en enfer sur terre », mais rien ici ne rappelle la Terre. Que vous a-t-on fait exactement pour mériter ça ? Vous donner la vie ? Vous nourrir, vous vêtir, veiller sur vous quand vous étiez malades, payer vos études supérieures et s'occuper de vos enfants ? Dis-moi, où a-t-on fait fausse route ?

— Je suis désolé que vous ne vous sentiez pas bien ici, s'excusa Simon. Mais, sur Internet, les avis concernant cet endroit sont plutôt positifs. Quatre étoiles et demie.

— Mais qui rédige ces avis ? fit remarquer Cyril. On n'a pas accès à Internet. Le monde extérieur, nous dit-on, est trop « perturbant ». D'habitude, tu es plus malin que ça. Parce que je vais te dire qui écrit ces commentaires élogieux : la directrice. Qui rogne tellement sur tout que ce bâtiment doit ressembler à un dôme géodésique. Tes parents tiennent le coup avec des sandwichs à la moutarde.

— Mon chéri, on sait que c'était davantage l'idée de ta sœur que la tienne, dit Kay. (Pour l'instant, Simon était leur seule bouée de sauvetage et un déluge d'hostilités n'allait pas arranger leur cas.) Somme toute, qu'importe la façon dont on a débarqué ici. La question est : comment en sortir ?

— Le problème n'est pas Hayley, répondit Simon. C'est Roy. Au début, j'ai trouvé que c'était bon signe qu'il veuille, pour une fois, endosser des responsabilités, et puis je suis tellement pris… Sauf que lui retirer son statut de « plus proche parent » se révèle être une vraie galère. Et il a… déménagé à Lambeth. J'ai l'impression qu'il aime bien la maison.

— Qui a donné la permission à ce garçon de vivre dans notre maison ? s'insurgea Cyril, indigné.

— Il n'a pas besoin de permission, expliqua tristement Simon. Puisqu'il a une procuration, il peut faire ce qu'il veut. Il a réussi à continuer à payer votre hypothèque en piochant dans vos retraites et, aux dernières nouvelles, il avait le projet de réhypothéquer encore une fois. Pendant ce temps, il s'est mis à désencombrer. C'est à la mode, paraît-il.

— Désencombrer quoi ? s'affola Kay. Je n'ai pas décoré cette maison avec des encombrants !

— En fait, il vend des trucs. Comme ces deux bouts de canapé du salon. Il prétend qu'ils ne sont pas assortis.

— Ils n'étaient pas censés être assortis, répliqua Kay qui, pour une fois, avait du mal à se contenir.

— En fait, il est sans doute possible d'entreprendre une longue démarche au terme de laquelle votre protection serait retirée à Roy, mais il faut que je procède à des recherches et que j'engage un avocat. Compte tenu de ma situation économique actuelle, je le ferai en dernier recours, et de toute façon Roy s'opposera de toutes ses forces à ce changement. Il n'est pas garanti que nous l'emportions. Donc, pour l'instant, vous allez devoir patienter. Je peux insister pour que Hayley vienne vous voir et peut-être oncle Percy, mais je ne le ferai pas auprès de mes enfants. Si ça ne vous embête pas. Vous savez… tous ces gâteux, ce désordre… Geoff en particulier est fragile… et cet endroit les retournerait.

Il leur restait peu de temps et durant les quelques minutes qui précédèrent la fin de la visite, ils pressèrent de questions leur fils aîné sur ce qui se passait dans le monde. Au final, vivre dans ce village du *Prisonnier* leur fit prendre conscience, entre autres choses, que toutes ces grandes questions de société, toutes ces intrigues que Kay, au soir de son quatre-vingtième anniversaire, avait eu l'impression de devoir « rendre à la bibliothèque », se mêlaient intimement à leurs petites histoires personnelles. La Deuxième Guerre mondiale, la création de l'État-providence en Grande-Bretagne, les assassinats de personnalités en Amérique, les grèves des mineurs, la chute du mur de Berlin, l'attentat de l'IRA à Canary Wharf, le quasi-effondrement du système financier international en 2008, leur pays tout entier sous anesthésie générale pendant l'hystérie autour du Covid-19... : l'ensemble de ces événements faisait partie intégrante de ce qu'ils étaient, et avoir observé, commenté et parfois même été touchés par cette série de bouleversements constituait aux yeux des deux époux un aspect essentiel de leur vie. Par conséquent, le fait que le docteur Mimi les ait mis sous vide d'informations, comme des légumes en sachets cuisson, leur procurait une sensation de faim bien plus prégnante que celle engendrée par les sandwichs à la moutarde.

— Je reconnais, lâcha Simon au moment où ils se séparaient (l'infirmière qui avait subtilisé le peignoir de Kay pointait sa montre du doigt d'un air sévère), que cet endroit est bien plus déprimant que je ne le pensais. Je vous imaginais tous les deux jouer au bingo...

— Pourquoi aurions-nous un quelconque intérêt pour le bingo ? Simplement parce que nous sommes vieux ? l'interrompit Cyril.

— Non, je veux dire, j'imaginais des rencontres avec des groupes de lecture ou des conférences ou même des dégustations de vins...

Kay s'esclaffa.

— Mais je ne vais pas vous mentir. Je ne peux pas vous promettre de vous sortir d'ici. J'ai été surpris que ce soit aussi facile de vous faire interner et si j'ai accepté, c'est uniquement parce que je croyais que ce serait temporaire ; que vous alliez suivre une thérapie, que vous vous rangeriez à l'idée que vous aviez encore plein de choses à vivre et que vous rentreriez à la maison. Je ne me suis pas rendu compte que ce n'était facile que dans un sens. Une fois que l'État vous a enserrés de ses griffes, sans parler de Roy, c'est l'enfer pour le faire lâcher.

La prétendue impuissance de Simon fut une déception car, selon toute vraisemblance, les secours ne viendraient pas de l'extérieur. Ceci étant, parmi les films préférés de Cyril ne figurait pas seulement le tragiquement prémonitoire *Luke la main froide*, mais aussi *Les Évadés*.

Surmontant sa répugnance, Kay continua à œuvrer pour entrer dans les bonnes grâces du docteur Mimi. La directrice était difficile à percer car elle s'abritait derrière de multiples couches de fausse douceur, comme une dragée sans sucre.

Kay commença donc par le plus évident, à savoir admirer ses tailleurs griffés et ses bijoux tape-à-l'œil. Elle lui faisait ce genre de commentaire inquiet :

— Vous mangez bien ? On dirait que vous avez maigri.

À Halloween, elle feignit d'être enthousiasmée par le concours de citrouilles sculptées, sans jamais se plaindre de devoir creuser la sienne à l'aide d'une cuillère en plastique. Elle compatit à la fatigue que devait ressentir le docteur Mimi en faisant preuve d'autant d'empathie à l'égard d'une population rarement reconnaissante. Elle la plaignit d'épuiser sa jeunesse au service de personnes âgées et infirmes alors qu'elle était toujours dans la fleur de l'âge. Elle s'associa aux remarques du docteur Mimi concernant une nouvelle arrivante rebelle qui refusait de participer aux activités de groupe - mais apprendrait bientôt qui commandait. Après avoir proposé une gravure (quelque chose d'agressif et de prétentieux inspiré de l'expressionnisme abstrait) et un choix de tapis (quelque chose d'hirsute avec des bouts qui pendaient, imitant l'art textile), Kay devint conseillère du docteur Mimi pour le rafraîchissement de son bureau.

À force d'obséquiosité, la langue de la directrice finit par se délier.

— J'ai bien peur que dans une semaine on ne soit envahis par une bande de Schtroumpfs, il ne manquait plus que ça ! s'exclama le docteur Mimi tandis que Kay mesurait sa fenêtre pour y installer des stores. Je ne sais quelle bande dessinée belge idiote a déclenché une folie furieuse de déguisements et certains de ces groupes déguisés ont décidé de se lancer dans la charité. On m'a dit qu'ils se contentaient de bondir dans les couloirs en jetant des bonbons à qui mieux mieux. Je pourrais leur refuser l'autorisation, sauf qu'ils font un gros don à La Tombée du Jour. Je peux vous le dire, il faut souvent que je pioche dans mes économies pour joindre les deux bouts et il est plus que temps que je me rembourse.

— C'est extrêmement généreux de votre part de supporter de telles singeries pour nous, susurra Kay. À votre place, ma patience et ma bonne volonté auraient été épuisées.

Grâce à la BD *L'Apprenti Schtroumpf* trouvée dans la salle de jour, Kay put préparer son coup. À l'atelier de travaux manuels, elle faucha deux tubes de gouache, un rouge et un bleu, ainsi qu'un paquet de cure-pipes noirs destinés à confectionner des lunettes extra-larges. Elle arracha une grosse touffe de coton à un chariot médical et, sur celui du ménage, elle chipa une tête de balai à franges jaunes. Le linge des résidents transitant par toutes les chambres, elle récupéra deux T-shirts bleus, un pantalon d'homme rouge et un legging blanc. Pour les couvre-chefs au tombé caractéristique, elle subtilisa deux bonnets dans le vestiaire du personnel, à l'intérieur desquels elle fourra une boule de chaussettes. Elle prépara Cyril : s'ils se faisaient prendre, ils diraient qu'ils participaient à une activité de groupe, comme de bons seniors qu'ils étaient.

Le jour du déferlement de Schtroumpfs, les résidents furent autorisés à quitter leur « suite privative » pour venir admirer le défilé dans les couloirs. La troupe costumée s'en donnait à cœur joie et les jeunes qui la composaient lançaient des bonbons à droite et à gauche, que les pensionnaires les plus en forme se firent un plaisir de ramasser prestement. Le visage et les mains peints en bleu, la bouche barbouillée de rouge, la tête de balai à franges jaunes enfoncée sur le crâne et coiffée du bonnet rembourré de chaussettes, Kay se glissa au milieu du cortège survolté, en legging blanc et T-shirt bleu. Le plus difficile à quatre-vingts ans et avec des orteils déformés par l'arthrose était de bondir de concert avec les autres en imitant de façon convaincante la jeune femme de vingt-deux ans d'autrefois. Mais les paroles de la chanson, « la, la, la, la, la, la ! », étaient faciles à retenir et elle s'était entraînée pendant les ateliers de chant pour avoir la bonne intonation.

Une fois exfiltrée vers la sortie, déboulant avec le reste de la troupe en plein soleil, Kay dut affronter un nouveau défi : ne pas pleurer. Mais elle n'eut pas le temps de s'extasier. En repérant Cyril dans le flot des Schtroumpfs, avec sa barbe blanche de travers et son pantalon rouge qui n'était pas à sa taille, Kay sut aussitôt que leurs déguisements de fortune ne résisteraient pas à un examen approfondi à la lumière du jour. Par ailleurs, les jeunes gens qui s'entassaient en bavardant comme des pies dans un car qui patientait se connaissaient tous. Remettre leur sort entre les mains de ces joyeux drilles était trop risqué. Ces innocents ne savaient rien de La Tombée du Jour, ils penseraient que ces deux vieilles choses avaient perdu l'esprit et, en bons Samaritains, les dénonceraient. Avec un regard amer pour la façade de l'établissement sur laquelle elle n'avait pas posé les yeux depuis leur arrivée, Kay prit son mari par la main et l'entraîna derrière une benne à ordures. Le car démarra.

Ils n'avaient aucune idée de l'endroit où ils se trouvaient. Mais, à dix-sept heures, l'heure du dîner, leur absence serait remarquée, ils avaient donc peu de temps. Après avoir franchi avec difficulté une haie, ils traversèrent une zone broussailleuse en direction du grondement de la circulation. Ils cavalèrent jusqu'à un monticule d'où ils découvrirent le symbole même de la liberté en Occident : l'autoroute. Mais le cœur de Kay se serra. Aucune station-service n'était en vue et cette autoroute faisait partie des nouvelles autoroutes intelligentes, dont la bande d'arrêt d'urgence, jadis un refuge, était devenue une voie de circulation comme les autres. Il était donc impossible à un automobiliste de s'arrêter pour prendre des auto-stoppeurs, à moins de risquer de mourir sur-le-champ, si tant est bien sûr que quiconque s'aventure à faire monter un couple de vieilles personnes peintes en bleu.

— Il faut qu'on quitte le coin dare-dare ! lança Cyril en s'efforçant de reprendre sa respiration. (Les danses traditionnelles assises n'avaient pas amélioré son endurance.) Ou ils vont envoyer leurs sbires et nous rapatrier illico ! On passe difficilement inaperçus.

— Ça te dirait d'être à nouveau prisonnier de cet endroit ? hurla Kay par-dessus le bruit des voitures en le regardant droit dans les yeux.

— Je crois que tu connais la réponse.

Elle l'embrassa avec fougue, comme ils le faisaient pendant des heures à l'époque où ils sortaient ensemble, puis elle s'écarta à regret, comme à cette même époque, se rappela-t-il, au moment où ils devaient retourner à leurs études médicales. Ce baiser déclencha une formidable vibration qui fit résonner toute une vie passée à deux, comme si leur mariage était une cymbale dont elle venait de frapper le bord avec brio, d'un coup de maillet à tête de feutre.

En regardant derrière eux la zone broussailleuse, ils avisèrent un détachement d'employés de La Tombée du Jour progressant à grande vitesse.

Au moment où un semi-remorque passait dans un bruit assourdissant, Kay beugla :

— Tu te rappelles *Thelma et Louise* ?

Compte tenu de la sténose de Cyril, la manœuvre fut maladroite, mais Kay empêcha son mari de trébucher en l'aidant à enjamber la glissière. Main dans la main, ils se ruèrent dans les bras aimants d'un individu en camionnette blanche.

8

On s'amuse toujours plus avec le docteur Mimi

AVEC UN REGARD AMER pour la façade de l'établissement sur laquelle elle n'avait pas posé les yeux depuis leur arrivée, Kay prit son mari par la main et l'entraîna derrière une benne à ordures. Le car démarra.

Ils n'avaient aucune idée de l'endroit où ils se trouvaient. Mais, à dix-sept heures, l'heure du dîner, leur absence serait remarquée, ils avaient donc peu de temps. En passant tant bien que mal au travers d'une haie touffue, Kay se fit arracher sa perruque en serpillière par des épines et la barbe en coton de Cyril subit le même sort. Le temps qu'ils s'extirpent des branchages, quelqu'un avait ouvert la porte qui donnait sur le parking. Le printemps n'avait pas encore pointé son nez et la haie en bourgeons ne les cachait pas vraiment. Certes, ils avaient franchi la limite de propriété de la Tombée du Jour – mais seulement d'un mètre.

Ce mètre suffisait à prouver que les Wilkinson ne participaient pas simplement à une activité de groupe. Par la suite, toutes les flagorneries dont Kay s'était rendue coupable auprès de la directrice ne firent qu'exacerber le sentiment de trahison qui s'empara du docteur Mimi – quant à « Cyrus », elle le méprisait déjà, au motif qu'il persistait à l'appeler « Mme Mewshaw ». Le châtiment qu'elle leur infligea allait mettre à l'épreuve la théorie de Kay selon laquelle « il y a peut-être une limite à être heureux et en bonne santé, mais il n'y en a aucune à la souffrance ».

Ils furent tous deux placés à l'isolement, prirent leurs repas dans leur chambre. Par sadisme esthétique, les aliments avaient l'aspect de la préparation qu'on avale en prévision d'une coloscopie ; ils étaient tous blancs. Pommes de terre, riz, crackers, filets de poulet secs, yaourts, sans la moindre décoration. Jusqu'aux bâtonnets de poisson qui étaient débarrassés de leur panure. Ils avaient droit à une douche tous les quinze jours et, sûrement à l'initiative du docteur Mimi, il leur arrivait de rester plusieurs semaines d'affilée sans papier toilette. Pendant la vague de chaleur de l'été, leurs radiateurs furent curieusement chauds et sonores mais, l'hiver venu, la climatisation ne cessa de se mettre en route. Si les activités de groupe représentaient une torture en elles-mêmes, l'interdiction des activités de groupe était bien pire. Les visites redevinrent interdites.

En situation d'isolement prolongé, les gens deviennent fous. Kay tint plus longtemps que la majorité des résidents. Pendant des mois, elle s'obligea à marcher, à courir sur place, à dessiner des ronds avec les bras, à se tenir sur une jambe et à faire des petits sauts bras et jambes écartés. Elle récita des poèmes de Gerard Manley Hopkins. Elle fredonna les paroles de *I Wanna Go Home* de Lonnie Donegan, de *Save the Last Dance for Me* des Drifters ; de *Itsy bitsy bikini* de Brian Hyland et de *(Sittin' on) The Dock of the Bay* d'Otis Redding. Elle se répéta le thème musical de *Top Chef* : « Do-dod-do-do Doo ! Do. Do. » Elle chanta même à tue-tête et avec enthousiasme *Baa-Baa Black Sheep, Si tu as la joie au cœur, tape des mains* ainsi que *La Chanson de l'alphabet*.

Mais, au fil du temps, elle se mit à parler toute seule et son monologue ininterrompu, comme les marmonnements incessants de la salle de jour, était décousu et procédait par associations. Elle répétait mot pour mot : « Son rosier était grimpant, il avait poussé démesurément et par-dessus la clôture. J'avais parfaitement le droit de le couper. Mais cette imbécile a appelé la mairie ! Elle est montée sur ses grands chevaux, la Stacy… » Ou elle murmurait à toute allure : « Maman est jalouse d'Adélaïde, alors maman veut être sûre qu'il ne se passe rien entre papa et ce pauvre brin de fille, qui va bientôt quitter ce monde de toute façon… » Elle avait la tête farcie de babioles, comme celles qu'on trouve dans les caisses fourre-tout des boutiques solidaires où tous les articles coûtent une livre. Soudain le canapé vert rebondi de Rotherhithe traversait sa conscience comme un cumulus et elle se rappelait avec un petit sourire discret ce que son mari et elle avaient fabriqué sur ces coussins dans les premiers temps de leur mariage. Une drôle de petite boîte de porte-savon rôdait parfois dans son esprit, une boîte noire dont il émanait des pouvoirs hors du commun, et le fait que, pour une raison obscure, la boîte noire soit toujours froide la rendait encore plus délicieusement sinistre.

Sans l'aide d'un ordinateur ni même du feutre et du carnet à spirale qui lui avaient été confisqués, Cyril entreprit de rédiger mentalement ses mémoires, intitulés soit *En adéquation*, soit *Le Devoir de soigner* (il avait largement le temps de se décider) et parvint avec plus de succès à conserver sa santé mentale. Au fur et à mesure que le texte prenait forme, il l'apprenait par cœur et commençait chaque journée par le même rituel, qui consistait à réciter le dernier chapitre depuis le début. Comme dans *Fahrenheit 451*, où des rebelles se transforment en livres vivants en se chargeant d'apprendre par cœur les ouvrages interdits. Ici, la difficulté plaidait pour la concision. C'est ainsi que, à sa propre surprise, il fit l'impasse sur la polémique autour du retrait du Royaume-Uni de l'Union européenne qui l'avait jadis accaparé – pour mieux s'attaquer à toutes les failles de la gestion déplorable du Covid-19 par ce bourrin de Boris Johnson.

Leur isolement fut enfin levé trois ans plus tard. La première fois que Cyril posa à nouveau les yeux sur sa femme, Kay était affreusement maigre et semblait désarticulée, elle lui fit penser à un pantin au bout d'un fil. Sa peau avait fini par prendre la teinte de la préparation pré-coloscopie et elle ne cessait de rabâcher l'intrigue de *Lawrence d'Arabie*. Le premier après-midi où ils se retrouvèrent à la salle de jour, Cyril eut le cœur brisé en l'entendant lui dire :

— Vous me semblez bien gentil, monsieur.

Enfin autorisé à leur rendre visite, Simon expliqua que chaque fois qu'un membre de la famille s'était rendu à La Tombée du Jour, que ce soit oncle Percy, son frère, sa sœur, ses enfants ou lui, il avait été systématiquement renvoyé par la directrice qui avait affirmé avec tristesse mais fermeté que Kate et Cyrus n'étaient « pas bien ». Leur aîné avait, prétendait-il, fait un effort prodigieux pour reprendre les responsabilités de Roy en tant que parent le plus proche et avait donc été en mesure d'entreprendre une démarche pour mettre fin à leur internement. Mais, compte tenu des aléas que traversait le Royaume-Uni, les fonctionnaires britanniques n'avaient pas la moindre envie de s'occuper de deux modestes fardeaux pesant sur la Sécurité sociale, dont les problèmes semblaient enfin résolus. Le juge avait rejeté la demande de Simon et aucun appel n'était prévu par la loi.

Cyril s'était entraîné à coincer ses médicaments quotidiens à l'arrière de la gorge, ce qui lui permit avec le temps de se constituer un stock de comprimés qui, pris en grande quantité, lui assureraient ainsi qu'à sa femme la miséricordieuse non-existence qui semblait être la seule protection efficace contre Mimi Mewshaw. Il avait sans doute accumulé assez de médicaments mais projetait d'en ajouter une poignée supplémentaire par précaution quand des employés procédèrent à une fouille de sa chambre et découvrirent sa réserve.

À compter de ce jour, plutôt que de résister à ce qu'on appelle une camisole chimique, les deux époux avalèrent avec joie les comprimés fournis par la maison et dormirent une grande partie de la journée. Kay et lui avaient eu une chance de s'enfuir en mars 2020. Ils n'auraient plus jamais la possibilité de décider de leur propre sort.

9

Tu ne vieillis pas, tu te bonifies

LORSQUE LE POLICIER AUTORITAIRE lui demanda son numéro de téléphone, Kay fut victime d'un trou de mémoire sans précédent. Il n'est pas rare qu'on ne se rappelle pas son propre numéro de portable que, d'habitude, on transmet aux autres par texto ou en les appelant – or elle avait égaré son iPhone depuis le matin (fait perturbant en soi). Évidemment, elle ne connaissait pas le numéro de Cyril ; son téléphone, si. Maintenant, elle ne parvenait même plus à se souvenir de leur numéro de ligne fixe. Lorsqu'une farandole de chiffres se mit finalement à tourbillonner dans sa tête, elle batailla pour se remémorer si les quatre derniers étaient 8406 ou 8604. Curieusement, il lui était difficile de retrouver son propre numéro de téléphone et elle pria le policier de l'excuser, le temps de monter dans le bureau de Cyril où elle se mit à fouiller dans les factures d'eau et autres redevances télévisuelles, pour finir par trouver une déclaration de revenus vieille de trois ans sur laquelle figurait leur numéro de ligne fixe. Hormis le préfixe de Londres qui avait changé, ils avaient le même numéro depuis 1972. Secouée, elle se moquait désormais de cette stupide convocation et lorsqu'elle revint dans l'entrée, le policier qui, au moment de son trou de mémoire, hésitait entre pitié et mépris, avait clairement fait son choix. Le mépris.

Ce trou de mémoire suscita chez elle une inquiétude suffisamment grande pour qu'elle n'en parle pas à Cyril. Une fois que le soufflé du coronavirus eut fini par retomber et que la vie eut retrouvé un semblant de normalité, elle omit aussi de dire à Cyril que, contactée par une ancienne collègue de St Thomas, elle s'était portée volontaire pour un essai clinique en double aveugle, financé par les fondations Gates et Welcome Trust. Les chercheurs étaient en quête de sujets sans comorbidités importantes (heureusement l'hypertension bien traitée n'en faisait pas partie) et âgés de plus de soixante-quinze ans.

Un trou de mémoire comme celui qu'elle avait eu concernant son numéro de ligne fixe ni aucun autre du même type ne se reproduisit. Elle pouvait non seulement énumérer le numéro familier – qui, soit dit en passant, se terminait par 8406 –, mais aussi et sans effort son numéro de portable et, après avoir jeté un coup d'œil paresseux à la liste de ses contacts, celui de Cyril. Sans mentir, elle était capable de débiter tous les numéros de téléphone qu'elle avait emmagasinés depuis l'âge de cinq ans. Qui plus est, elle n'avait aucune difficulté à réciter à la perfection son poème préféré de Manley Hopkins. En rangeant la cuisine après le dîner, il lui arrivait de chanter *(Sittin' on) The Dock of the Bay* ou *Save the Last Dance for Me* (à voix basse, car elle avait toujours été complexée par la fragilité de sa voix) en se remémorant toutes les paroles jusqu'à la dernière strophe.

Cette bizarre atteinte cérébrale en présence du policier condescendant avait, à l'évidence, été provoquée par l'angoisse de se voir remettre une convocation pour la première fois de sa vie, et peut-être aussi par le traumatisme vécu trois jours plus tôt lorsqu'elle s'était trouvée si près de déclarer définitivement forfait. Mon Dieu, si elle n'avait pas eu ce soudain sursaut féministe dans les toilettes (« Reprendre le contrôle ! »), peut-être aurait-elle finalement avalé ces comprimés. À moins que l'explication ne soit plus banale : le blocage temporaire d'un circuit neuronal, ce qui arrivait à tout le monde. Il fallait qu'elle arrête de croire qu'elle perdait la tête sous prétexte que ses parents, sans le savoir, avaient créé un funeste précédent.

Depuis qu'elle avait cinquante ans, Kay se teignait les cheveux pour couvrir ses mèches grises toujours plus nombreuses et redonner à sa crinière qui devenait terne les reflets dorés de sa jeunesse. Mais, à soixante-dix ans, se plier à cet exercice tous les mois était devenu fastidieux et la couleur claire paraissait moins naturelle. Par conséquent, depuis un certain nombre d'années, elle avait renoncé aux couleurs, ses cheveux gris convenaient mieux à son âge et étaient somme toute élégants. Et puis, comme elle en avait perdu beaucoup à la ménopause, elle les portait toujours en chignon banane.

Mais, un soir, en retirant ses épingles à cheveux avant d'aller se coucher, elle surprit un éclat inhabituel sur ses tempes. En se penchant vers le miroir, elle effleura une touffe de tout petits cheveux, très beaux, tout nouveaux et étonnements dorés.

Au fil du temps, ces petits cheveux poussèrent et se renforcèrent. Sans l'aide de L'Oréal, ils prirent un éclat lumineux, tout en devenant plus doux et, même si la transformation pouvait, de façon crédible, n'être que le fruit de son imagination, plus épais ; à quatre-vingt-un ans, elle était preneuse de n'importe quelle amélioration de son apparence physique, même délirante. Si bien que, un matin, Kay se retint impulsivement d'enrouler ses boucles clairsemées pour laisser ses cheveux retomber librement sur ses épaules.

— Ça fait une éternité que je ne t'ai pas vue les cheveux défaits, fit remarquer Cyril. C'est joli. Plus doux. Plus féminin, si on a encore le droit d'utiliser « féminin » comme compliment. Tu devrais les porter comme ça plus souvent.

Ces nouvelles touffes de cheveux ne colonisèrent pas seulement sa tête. Les jeunes femmes folles qui se faisaient épiler le maillot au laser ignoraient le dépeuplement de ces régions lorsque la plupart de ces poils frisés disparaissaient de leur plein gré avec l'âge. Kay elle-même ne s'était pas rendu compte qu'elle chérissait ce buisson qui camouflait son intimité avec une fausse pudeur jusqu'à ce que, à partir de cinquante ans, il se dégarnisse petit à petit au point qu'il n'en reste pratiquement plus rien. À présent, le buisson reprenait du poil de la bête : coquin, plein d'énergie et blond.

Les poils n'étaient pas seuls à être coquins. Cela faisait un bail, un siècle plutôt, qu'ils ne l'avaient plus été, mais Kay ne put résister à l'envie de mettre à l'essai ces nouveaux frisottis affriolants.

— Tu es bien excitée ce soir, remarqua Cyril, étonné, lorsqu'elle tenta une approche serrée.

Ils repoussèrent leur lecture du soir à plus tard.

Finalement, l'expérience de la nostalgie ne fut pas une réussite, mais personne ne tenait un tableau des performances et, au fil du temps, ils avaient mis au point des techniques pour franchir la ligne d'arrivée par le biais d'une variété de moyens ingénieux. D'ordinaire, ces rencontres improvisées leur suffisaient pendant des semaines. Ainsi, le lendemain soir, Cyril la supplia de le laisser dormir.

Bien qu'on remarque toujours l'avènement d'un désagrément, on remarque rarement sa disparition. C'est ainsi que Kay, qui pensait gaiement à d'autres choses, se rendit finalement compte que cela faisait des mois qu'elle n'avait plus besoin d'épiler les immondes poils noirs qui poussaient au-dessus de sa lèvre supérieure. Par ailleurs, elle attribua l'éclat de ses dents à la lumière ou à la nouvelle formule de son dentifrice – comme elle attribua l'atténuation, sinon la disparition des taches brunes disgracieuses sur ses mains à une crème de beauté à l'efficacité avérée. Elle s'était certainement plainte à Cyril des difficultés qu'elle rencontrait ne serait-ce que pour se lever d'un fauteuil, mais voilà qu'elle le faisait sans effort. En apprenant qu'elle souffrait d'hypertension, Kay avait été consternée, mais lorsqu'elle prit elle-même sa tension et constata que celle-ci avait beaucoup trop baissé, elle abandonna son traitement et, après avoir vérifié à plusieurs reprises qu'elle était sous la barre des 120/80, elle n'y pensa plus. Tandis que des mois s'étaient sans doute écoulés et qu'elle s'affairait dans le jardin, elle s'arrêta tout à coup : ses orteils ne lui faisaient plus mal. Son épaule non plus. Après avoir désherbé, lorsqu'elle se releva, ses genoux ne la firent pas souffrir. Alors elle reprit sa promenade du dimanche le long de la Tamise, sans s'arrêter pour boire un café, couvrit la distance plus vite que prévu, puis ajouta un kilomètre supplémentaire.

Quelle que soit l'étrange transformation en cours, elle ne concernait pas seulement l'endurance et la force – Kay était désormais capable de transporter deux sacs de bûches en même temps jusqu'au poêle. L'octogénaire estima que ces progrès étaient dus au fait qu'elle exigeait davantage d'elle-même et, par conséquent, résistait à la tentation des personnes âgées de s'en remettre aux autres par réflexe. Si on était persuadé de pouvoir ouvrir un pot de confiture, il était étonnant de constater qu'avec ce supplément de détermination, on y parvenait. Elle prit conscience également d'un subtil changement de tempérament, auquel il était plus difficile de trouver des excuses. Un an auparavant, au moment de la cueillette des figues, elle ne se serait jamais étirée sur la pointe des pieds du haut de l'avant-dernier échelon de l'échelle pour se pencher loin au-dessus du mur de séparation au point de risquer une chute, tout cela pour deux fruits mûrs. Si elle en avait autant envie, elle pouvait se les acheter. Le rapport bénéfice-risque typique des jeunes, or Kay était vieille et sage.

Ces derniers temps, elle semblait en faire davantage. Elle présenta ses excuses les plus sincères à Glenda pour avoir abandonné son chantier, et lui proposa de terminer l'aménagement de son rez-de-chaussée, optant sans hésiter pour la touche de style victorien que sa meilleure amie préférerait au minimalisme moderne. La rénovation lui prit deux fois moins de temps que prévu. Au lieu de se retirer totalement du métier, elle se mit en quête d'autres travaux de décoration d'intérieur ; ils avaient besoin de cet argent. Reconnaissant enfin qu'elle avait toujours détesté cette plante disgracieuse avec ses fleurs en forme de globes oculaires montés sur tiges, elle arracha leur aralia du Japon aux racines profondes en un après-midi. Elle réorganisa la cabane à outils de telle manière qu'on puisse trouver un tournevis en moins d'une demi-heure. Puis elle s'attaqua à sa garde-robe en se demandant pour quelle raison elle avait repoussé une tâche aussi simple et tria les vêtements qu'elle ne portait jamais.

Au moment de remplir le sac-poubelle avec les articles mis au rebut pour Oxfam, elle changea soudain d'avis. La robe sur le haut de la pile ne passait sûrement pas l'épreuve du vêtement porté au moins une fois l'année précédente. Taillée dans du plumetis jaune, sa coupe était ringarde, manches ballon, jupe évasée, col froncé et corsage noir lacé en croisillons sur le devant. À l'époque, Kay était charmante dans cette robe, elle ressemblait à une gardienne de vaches dans les Alpes, mais elle s'en était débarrassée sans hésiter parce qu'il n'y a rien de plus gênant que ces femmes qui ne s'habillent pas conformément à leur âge. Et puis le style faisait trop gamine. Mais sur un coup de tête, elle décida de la porter ce soir-là.

— Nom de Dieu, s'écria Cyril lorsqu'elle descendit nonchalamment l'escalier pour commencer à préparer le dîner. Je dois dire, ma caille, que tu fais toujours plus jeune que ton âge. Mais ce soir… tu es éblouissante.

Elle alla le constater avec satisfaction dans le miroir des toilettes du rez-de-chaussée. C'était sûrement un effet bluffant du soleil couchant, mais les rides profondes qui partaient de ses narines jusqu'aux coins de sa bouche semblaient moins prononcées ; sous cet angle, elles avaient même disparu. De même que les plis des deux côtés de l'empreinte de l'ange qui lui donnaient toujours l'air de faire la moue, comme une maîtresse d'école rébarbative. Pour une fois, lorsqu'elle souriait, son visage ne ressemblait pas à un sac en papier froissé.

— À mon avis, c'est parce que je mange plus sainement, ça a un effet réel sur le physique, dit-elle joyeusement en retournant à la cuisine débiter des courgettes en rondelles trois par trois. Pendant la folie du stockage au début de la pandémie, tu te rappelles, il était impossible de trouver des légumes verts.

— Oui… renchérit-il en fixant sa femme avec une intensité troublante. Il n'y a rien de tel que la vitamine C.

— Et puis, ajouta-t-elle en coupant les deux extrémités des oignons, j'ai l'impression d'avoir adopté une attitude plus positive ces derniers temps. Pendant un moment, il se peut que j'aie été traumatisée par l'abandon de dernière minute de notre jour J. À notre âge, être à deux doigts de disparaître de l'univers puis faire marche arrière au bord du gouffre, ça met un sacré coup au moral. Mais je m'en suis remise.

Ils le remarquèrent tous les deux en même temps. Même si l'habilité de Kay à émincer des oignons ne pouvait être remise en question, il était extraordinaire, pour ne pas dire dangereux, qu'elle le fasse sans lunettes – lunettes sans lesquelles elle ne pouvait faire la différence entre un panais et sa main gauche. D'un œil distrait, pour ne pas se faire surprendre, elle tourna le regard vers *The Week*, qui était ouvert sur le plan de travail à cinquante centimètres de la planche à découper.

Non seulement elle pouvait lire le titre mais aussi l'article, y compris le nom de l'auteur en tout petits caractères en italique dans le coin en bas de page. Au même moment, elle s'aperçut qu'elle ne se rappelait même plus la dernière fois qu'elle avait porté ses prothèses auditives et pourtant elle entendait Cyril distinctement, tout comme, un peu plus tôt, le chant d'un oiseau dans la cour. En tant qu'ancienne infirmière diplômée, elle savait que le durcissement de la cornée qui débutait à l'âge mûr était irréversible et que la presbytie ne s'améliorait pas.

— Et puis… bredouilla-t-elle, de nouveau dérangée par le regard perçant que son mari faisait peser sur elle. Ça fait une grosse différence, du moins pour moi, de ne pas vivre en permanence avec cette épée de Damoclès au-dessus de la tête. Avec le recul, je pense que ça m'a sacrément pénalisée pendant des années de savoir que je m'étais engagée à ce truc… strict… non négociable… Alors, libérée de tout ce stress, de cette noirceur, de cette appréhension… Je me sens beaucoup mieux et j'ai peut-être meilleure mine.

Elle finit par lever les yeux de la planche à découper pour croiser le regard de son mari.

— On te donnerait trente-cinq ans, lança-t-il d'un ton accusateur. Je ne dis pas ça pour te flatter, mais parce que c'est un fait. Qu'est-ce qui se passe ?

C'est alors qu'elle fondit en larmes et lui avoua le test clinique.

Le médicament fut rapidement rendu disponible sur ordonnance trois ans plus tard. The National Institute for Health and Clinical Excellence avait d'abord été sceptique, tant que le médicament était sous brevet, car le coût pour un remboursement par le NHS était inabordable. Mais, une fois les résultats sur la population âgée connus, l'organe de régulation conclut que le prix de la prophylaxie serait très largement compensé par les économies sur les traitements des maladies chroniques auxquelles les personnes âgées étaient sujettes. En outre, dès que la nouvelle serait rendue publique, refuser aux citoyens britanniques l'accès au Retrogeritox provoquerait des émeutes gigantesques.

À en croire la rumeur, confirmée par la longévité étonnante de la cheffe de l'État, cette dernière fut une des premières bénéficiaires du traitement. Il se disait qu'elle avait commencé à prendre ses comprimés avec son gin-tonic du soir alors même que les essais cliniques, prometteurs dès le départ, étaient toujours en cours. Par conséquent, le pauvre Charles, prince de Galles, patient au-delà du possible, avait très peu de chances d'accéder un jour au trône. Lorsque le secret finit par fuiter, la duchesse de Cornouailles, Camilla Parker-Bowles, ne décoléra pas. Néanmoins, le pays dans son ensemble se réjouit. La reine Elizabeth II régnant à perpétuité, la monarchie était en sécurité et le tourisme marcherait à plein régime.

Au début, la transformation globale du paysage social fut progressive. Un segment curieusement important de la génération de Kay et Cyril se méfiait des modes, refusait de prendre un traitement expérimental ou restait bloqué de façon irrémédiable dans sa compréhension de la vie, du monde et surtout d'eux-mêmes, à savoir qu'ils étaient vieux et avaient fait leur temps. Il était incroyable de constater que certains individus tenaient à se sacrifier uniquement pour ne pas bousculer leur vision de la réalité. Mais les tenants du purisme moururent assez vite, évidemment.

Petit à petit, la population qui arpentait les rues commerçantes compta de moins en moins de retraités – du moins de retraités qui en avaient l'air. Les fauteuils électriques se firent rares, jusqu'à ce que, finalement, la plupart soient transformés en karts pour enfants. Personne ne devait plus contourner avec impatience des vieilles dames appuyées sur un déambulateur pour attraper un bus. En attendant, les hospices mirent la clé sous la porte, y compris l'ignoble résidence La Tombée du Jour, qui fit l'objet d'un article cinglant de l'*Evening Standard*. Désormais tristement célèbre, Mimi Mewshaw, la directrice cupide et coupable de détournement de fonds, avait délibérément tu l'avènement du Retrogeritox à ses pensionnaires, qui, vivant hors-sol, n'eurent jamais vent du traitement révolutionnaire de la vieillesse jusqu'à leur libération.

Certains secteurs d'activité souffrirent. La demande pour quantité de produits et services se tarit ou disparut : crèmes pour atténuer les taches, les rides et les poches sous les yeux ; lunettes de lecture et lentilles correctrices ; prothèses auditives ; aides à domicile ; baignoires seniors avec porte, barres d'appui pour douche, disques de transfert et monte-escaliers électriques ; fauteuils roulants, cannes et déambulateurs ; toute une série de médicaments pour traiter les cancers, l'hypertension, les maladies cardiaques et les AVC, qui se raréfièrent très vite ; prothèses de hanche et de genou ; pacemakers et stents ; gestion de fonds de pension ; rédaction de testament et règlement de succession. En l'absence de vieillards confus et crédules à berner, les escroqueries diminuèrent de manière drastique. Mais les modestes dégâts sur l'économie furent plus que compensés par l'explosion de la population active, dont les impôts subvenaient désormais en grande partie aux besoins des jeunes à charge de moins de dix-huit ans. Et de ce fait, pour la première fois de son histoire, le gouffre fiscal qu'était le NHS vit son budget amputé sans même que le Parti travailliste s'en émeuve.

Bien entendu, la thérapie révolutionnaire fut au début largement disponible dans les pays les plus riches, ce qui conféra un nouveau sens terrifiant au mot « inégalité », marotte des réformateurs pendant des décennies : désormais, seuls les pauvres vieilliraient. Une injustice flagrante. Mais bientôt, le Royaume-Uni consacra l'intégralité de son budget réservé à l'aide humanitaire à approvisionner l'Afrique ainsi que d'autres marchés émergents en Retrogeritox ; entre-temps, le brevet avait expiré et le générique ne coûtait quasiment plus rien. En outre, chez les patients ayant suivi le protocole standard de deux ans, on constata que la duplication de leurs cellules se révéla permanente, le cadeau n'avait donc pas besoin d'être renouvelé. Mieux encore, les parents ayant absorbé cet élixir révolutionnaire transmirent leur immunité contre la vieillesse à leurs enfants. La nouvelle génération qui venait au monde ne verrait jamais d'humains âgés, si ce n'est sur des photos et dans des films d'archives – qui terrifiaient les enfants, trouvant des allures de monstres à ces croulants avec leurs poireaux sur le nez, leur dos voûté, leur visage marqué et leur peau aussi fine que du papier.

Nécessairement, une modification démographique à cette échelle généra sa part de cassandres – qui, en l'occurrence, avaient raison. L'humanité continua de se reproduire, mais pratiquement personne ne mourait. Bien sûr, même les sceptiques furent contraints, en préambule de leurs prévisions cyniques, de louer cette victoire de l'homme sur la mort, saluée comme l'accomplissement suprême de notre espèce. Néanmoins, si cette situation devait perdurer, la population de la planète exploserait, entraînant ainsi une avalanche de catastrophes : pénurie d'eau et de nourriture, surpopulation urbaine effrayante, prix de l'immobilier inabordable, sauf pour les riches, guerres de territoires et conflits pour des ressources limitées.

Cet argument commençait à gagner du terrain quand il se produisit quelque chose de redoutable et d'immédiat – certes, pas en une nuit, mais presque, et beaucoup trop vite pour avoir le temps de concevoir une réponse efficace en matière de politique sociale ou d'élaborer des médicaments adéquats. Malgré son caractère impitoyable, ce quelque chose fut presque appréciable (même si personne ne le dit à l'époque). La précision mathématique du cataclysme et l'uniformité mystérieuse de ses conséquences partout dans le monde suggérait une intention. Comme les montres arrêtées qui donnaient l'heure seulement deux fois par jour, les théoriciens de la complosphère avaient, pour une fois, sans doute raison.

La panique qu'avait provoquée le coronavirus en 2020 avait été, paraît-il, un simple avant-goût. La moitié de la population mourut. Quel que soit ce qui la frappa, l'autre moitié en fut immunisée. Peu après, les plus grands journaux du monde firent paraître le même jour cet encart anonyme : JE VOUS AI ACHETÉ UN PEU DE TEMPS POUR VOUS METTRE AU DIAPASON. VOUS POUVEZ AVOIR LA VIE ÉTERNELLE OU UNE FAMILLE, MAIS VOUS NE POUVEZ PAS AVOIR LES DEUX. Travaillant main dans la main, le FBI et le MI6 finirent par remonter la piste de l'encart jusqu'à un certain Calvin Piper, un démographe, une racaille acariâtre et misanthrope qui, lors de son arrestation, prétendit qu'il avait sauvé l'humanité d'elle-même, « même si elle ne le méritait pas vraiment ». Il déclara qu'au lieu de le poursuivre en justice, il aurait mieux valu donner son nom à un des immeubles du Washington Mall. Le bandit, dont la sinistre réputation dépassa celle de Staline et d'Hitler, avait sciemment refusé de prendre du Retrogeritox, ce qui crevait les yeux. Avec ses quatre-vingt-dix ans, le boucher le plus diabolique de toute l'Histoire était une figure grotesque, et c'était bien pratique.

Personne n'en pipait mot dans les dîners. Mais, derrière les portes closes, plus d'un universitaire s'accordait à dire que l'agent pathogène délétère de Calvin Piper - appelé « Pachyderme » car il était dérivé d'un virus qui franchissait la barrière des espèces à partir de l'éléphant - remplissait exactement son but. La population mondiale augmenta quelque peu, jusqu'à ce qu'elle comprenne que la procréation n'était pas dans l'intérêt de la société si les générations actuelles ne projetaient pas de s'éclipser dans l'immédiat, ni même jamais. Chaque pays exigea bientôt un permis procréation, qui était accordé chaque année au compte-gouttes.

À Lambeth, au fil de leurs années de mariage, Kay avait, malgré elle, observé la transformation du jeune homme fringant, énergique et idéaliste dont elle était tombée amoureuse en ce que d'autres percevaient comme un grognon grisonnant. Sa silhouette jadis svelte apparaissait désormais plutôt maigrichonne. La sténose avait déformé son port altier. Ses cheveux autrefois caramel avaient pris la couleur du plomb. Dans les premiers temps de leur idylle, le fait que Cyril laisse quelques mèches effleurer ses oreilles par distraction était charmant. Des décennies plus tard, cette même étourderie pouvait le faire passer pour négligé, voire fou. Vers soixante-dix ans, il se mit à avoir en permanence l'air renfrogné, ce qui le faisait ressembler à Jeremy Corbyn, comme Kay le lui faisait remarquer en riant dans les années 2010. Piquetée avec le temps de gros poils broussailleux qui n'avaient rien à faire là, la poitrine jadis ferme et douce sur laquelle elle avait posé sa tête de jeune mariée s'était irrémédiablement affaissée. Pendant ce temps, les traits vifs de son mari perdaient subtilement de leur définition, comme une statue de la Renaissance en marbre de Carrare qu'une pluie acide aurait érodée. Pour accepter ces changements, Kay avait été obligée d'apprendre à mettre les choses en perspective, à mieux comprendre l'essence d'une personne qu'elle ne le faisait au moment de son mariage, à se résigner avec mélancolie au caractère furtif de la beauté, à faire preuve d'humour et d'une tendresse infinie. (Tout cela vous forgeait le caractère, pourtant Kay avait toujours été, elle aussi, en sursis et elle avait eu du mal à voir l'intérêt de continuer à se forger un caractère qui ne tarderait pas à partir en fumée avec tout le reste.)

Être le témoin de cette même transformation mais en sens inverse se révéla bien plus savoureux.

Cyril restait le fanatique qu'il était. Il se montrait toujours aussi intraitable, toujours absolutiste et continuait de porter des jugements à l'emporte-pièce qui pouvaient le faire passer pour quelqu'un de dur. Mais tous ces défauts de ronchon étaient plus faciles à admettre de la part d'un homme en pleine forme physique, dont les moues disparaissaient en un clin d'œil, qui se tenait droit comme un I, dont les pectoraux semblaient à nouveau taillés dans du marbre italien et dont la chevelure queue de vache avait retrouvé sa couleur caramel. Cyril paraissait vingt-cinq ans. Presque tout le monde paraissait vingt-cinq ans.

Pendant un temps, ne serait-ce qu'en raison de leur situation financière toujours plombée depuis la liquidation de leurs actifs jusqu'à la dernière livre en prévision du grand saut (quelle effroyable erreur ils auraient commise !), Cyril reprit du service au NHS en tant que généraliste. À cette époque, il restait les femmes enceintes à surveiller et puis les gens continuaient à se blesser – même si soigner des patients qui guérissaient aussi vite était une joie. Les cancers l'avaient toujours déprimé et il était heureux que la production de cellules malignes soit derrière lui. Les rhumes et les grippes étaient toujours d'actualité, mais cette population maintenant résistante se remettait très vite. Dans le temps, les généralistes étaient souvent débordés, ils ne pouvaient se permettre que des consultations de dix minutes, vu le nombre de patients se plaignant de l'impossibilité de trouver un médecin. Après la révolution Retrogeritox, Cyril passait des heures sans rien avoir à faire.

A contrario, Kay croulait sous les travaux de décoration d'intérieur car, soudain, tout le monde débordait d'énergie. Avoir l'air jeune vous conférait manifestement l'impatience et le goût de la nouveauté propres à la jeunesse. Les demandes de rénovation toujours croissantes traduisaient une forme d'obsession dont Kay ne parvenait pas à trouver la signification, du moins les premières années.

Le fait que toutes les générations de leur famille aient l'air d'avoir le même âge avait des conséquences, ni bonnes ni mauvaises, mais intéressantes. À une époque révolue, la plupart des enfants tentaient vaguement de se représenter leurs parents jeunes, néanmoins, sans grand enthousiasme dans l'ensemble. Ils n'avaient pas vraiment envie de se les figurer comme des contemporains ni de les considérer comme des gens ordinaires. Mais, lorsqu'un parent ressemblait vraiment à un de leurs semblables, aucun effort d'imagination n'était nécessaire. Pour Hayley en particulier, voir ses parents tels qu'ils étaient avant sa naissance la mit mal à l'aise, elle trouva même l'expérience obscène. Elle fut sans doute agacée de constater que, selon n'importe quel critère objectif, sa propre mère était de loin la plus ravissante des deux. Même si elle répugnait à rivaliser avec sa fille, il suffisait à Kay d'entrer dans une pièce pour que Hayley lui lance un regard plein de rancœur. On ne pouvait rien y faire. Elle n'allait pas passer l'éternité la tête dans un sac.

Ce brusque nivellement des générations révéla un sentiment de supériorité chez les uns comme chez les autres. Autrefois, les parents se montraient toujours un peu condescendants à l'égard de leurs enfants, même s'ils le dissimulaient avec amour. Ils avaient déjà traversé ce que leurs rejetons vivaient pour la première fois et avaient davantage de jugeote. Mais cette condescendance s'exerçait dans les deux sens : une nouvelle génération était toujours plus « moderne » et elle aussi avait de la jugeote. Même s'ils ne jouissaient pas encore d'un statut social ni de beaucoup d'argent, les jeunes possédaient d'autres avantages : force, beauté, santé, avenir. C'était leur rôle de mettre au rebut et de remplacer, que ce soit avec gentillesse ou brutalité.

Cette lutte feutrée à grand renfort de mépris mutuel était terminée. Simon, Roy et Hayley auraient eu du mal à considérer leurs parents comme dépassés alors que leurs enfants et petits-enfants n'incarnaient pas plus « l'avenir » que Kay et Cyril, dont l'espérance de vie était désormais infinie. Au fil du temps, la dynamique de pouvoir au sein de la famille se déplaça aussi de manière radicale, ce que Cyril vécut très mal. Lorsqu'un père et son fils se retrouvaient tous deux à avoir cent cinquante ans, à quelques années près, l'ancienneté n'avait plus beaucoup de sens, et cette égalité brutale se traduisait par une dégradation vertigineuse de l'influence parentale. Ce nivellement en matière d'âge leur donnait l'impression d'être plus des amis que les membres d'une même famille – ce qui pouvait être agréable, si ce n'était que la parenté était inévitable quand l'amitié était facultative. Moyennant quoi, aux réunions de famille, ils se surprenaient tous à mesurer dans des termes peu amènes s'ils s'aimaient réellement les uns les autres, les liens du sang mis à part.

Roy était furieux que le concept même d'héritage soit devenu un anachronisme. (Il faut dire que d'autres que leur cadet partageaient son mécontentement à ce sujet. Une foule de rejetons qui s'attendaient à recevoir des fonds devraient finalement se débrouiller dans la vie par eux-mêmes et tous n'étaient pas impatients de faire la démonstration de leur audacieux esprit d'initiative.) Des trois, Roy était le plus enclin à considérer la vie éternelle comme un fardeau, puisque vivre pour toujours signifiait travailler pour toujours. De son côté, Hayley avait fait une découverte démoralisante : lorsque toutes vos cellules se reproduisaient à la perfection, les cellules graisseuses en faisaient autant. Mais, au moins, elle se réjouissait d'avoir un métabolisme plus rapide. Quant à maigrir, elle avait tout le temps.

Sur le long terme, il s'avéra que les Wilkinson n'auraient pas dû être si pressés de visiter l'Australie, le Japon, Key West, Las Vegas et Malte. Ni de tenter la Russie, la Tunisie et les Philippines. Pas plus que de faire un trek en montagne dans les environs de Cape Town et de naviguer sur l'Amazone. Encore moins de découvrir Pemba, l'île aux épices – où ils furent hébergés par un certain Shepherd Knacker, un New-Yorkais expatrié d'une générosité incroyable, que non seulement sa sublime femme Carol mais aussi toute la population locale adoraient. Et de parcourir la Thaïlande où, cette fois, ce fut un Britannique, Barrington Saddler, qui leur offrit l'hospitalité – une fois le bon vivant tonitruant parti se coucher, ils burent jusqu'au petit matin en compagnie de son aimable compère, Edgar Kellogg, en se demandant comment leur hôte, gras et content de lui, pouvait être en même temps sacrément charmant. Pour ensuite se mettre en quête d'antiquités en Nouvelle-Angleterre, où ils firent la connaissance de Serenata, une femme qui semblait froide et réservée de prime abord, mais que Kay se mit à beaucoup apprécier pendant le week-end, même si son mari pouvait devenir barbant lorsqu'on le laissait parler d'éclairage public aux LED. Puis de faire finalement du vélo le long du Rhin avant de plonger en sous-marin dans la fosse des Mariannes. Par ailleurs, ils finirent par céder à l'attrait des croisières, même s'ils les jugeaient hédonistes et vulgaires, pour le simple plaisir de changer. Une fois que ce genre d'aventures fut abordable, ils passèrent aussi une semaine dans la Station spatiale internationale et firent du camping sur la Lune.

Le NHS ayant réduit ses effectifs, Cyril fut licencié et il contra l'oisiveté en entreprenant l'écriture de ses mémoires. Malheureusement, avoir un temps infini pour écrire n'est dans l'intérêt d'aucun auteur. Il rédigea à l'excès. Il corrigea à l'excès. Il supprima à l'excès, si bien que, après avoir réduit le fichier à presque rien, il fut contraint de reconstruire entièrement son récit. Il hésitait sur chaque adjectif et reformulait chaque phrase. Lassée de n'entendre parler que de ses mémoires, Kay le convainquit de s'en tenir à une version forcément imparfaite et de la présenter telle quelle. Mais Cyril ne trouva pas preneur. La santé était un sujet qui n'intéressait pas une population ayant biologiquement vingt-cinq ans et puis, le temps s'étirant vers un horizon infini, tout le monde écrivait ses mémoires.

À sa propre surprise, Kay se lassa de la décoration d'intérieur et se reconvertit dans l'aménagement paysager. Puis elle passa un diplôme d'ingénieur et travailla un certain temps à l'entretien des ponts. Pour être libre de toutes responsabilités, elle tint la caisse d'une boutique, puis tenta sa chance comme comédienne dans la trois cent septième saison d'une série télévisée qui, de façon comique, l'obligea à une longue séance de maquillage pour ressembler à la vieille dame qu'elle avait été jadis dans la vraie vie. Quelques années plus tard, elle s'essaya à la gestion municipale, après quoi elle goûta à ce qui se révéla la satisfaction purement théorique du travail manuel en apprenant à poser des briques. Car tout le monde changeait de rôle. On pouvait faire ce qu'on avait toujours eu envie de faire et aussi ce qu'on n'avait jamais voulu. Mais il devenait compliqué de déterminer avec exactitude ce que « vouloir » signifiait.

Cyril vécut beaucoup moins bien le tourbillon des professions, dans la mesure où il faisait partie de ces gens qui savaient depuis leur plus jeune âge à quelle activité ils allaient consacrer leur vie et qui n'avaient jamais dévié de leur objectif. Mais la Grande-Bretagne n'avait plus besoin de tant de médecins. Après l'échec de son projet littéraire, Kay l'encouragea à développer son approche de la médecine en reprenant des études pour devenir psychologue clinicien. Ce fut un excellent conseil. Dans le monde post-Retrogeritox, la demande en matière d'écoute et de traitement des troubles psychiques était en forte hausse.

Le médicament n'éliminait pas la mort à proprement parler, comme l'avait amplement démontré le remède infâme de Calvin Piper aux problèmes démographiques de son espèce. Au cours de ce que plus tard on nommerait « l'Abattage sélectif Calvin » de 2042 (au moment où la population mondiale atteignit le seuil critique de onze milliards trois sans qu'aucune fin à cette augmentation ne se profile à l'horizon), les Wilkinson auraient pu apparaître aux yeux des autres comme une famille à la chance insolente – bien que ce ne soit pas ce qu'elle ressentait. La disparition de Simon et de son fils Geoff aurait été effroyable dans n'importe quelle situation, mais, dans un monde où les deux hommes auraient pu vivre certainement mille ans, leur décès fut encore plus dur à encaisser. Désormais, le chagrin comme la beauté duraient éternellement.

Cela dit, alors que le souvenir de « l'Abattage sélectif Calvin » s'estompait dans les mémoires et que ses survivants se transformaient en adeptes d'une prudence excessive, la mort se fit rarissime. En conséquence, elle acquit une forme d'étrangeté et devint bien plus terrifiante. Disparaître soudain de la surface de la Terre avait peut-être toujours semblé étrange, mais, aujourd'hui, la mort faisait figure d'erreur – une erreur morale, une abomination. Dénoncée comme l'offense suprême, la mort avait perdu son caractère inéluctable, elle ne faisait plus partie du cours de la nature. Autrefois, les gens qui perdaient un être cher sombraient souvent dans la dépression, aujourd'hui, même le décès d'un ami lointain pouvait conduire à la démence.

Après avoir conservé un niveau constant pendant très longtemps, le taux mondial de mortalité repartit à la hausse – et non en raison d'un engouement bizarre pour le parachutisme ou l'escalade sans assurance. Le nombre des patients de Cyril augmenta jusqu'à ce qu'il n'ait plus une minute à lui de la journée. Partout, la crise psychique tournait autour de la fin. Ayant été à deux doigts d'agir sur une impulsion semblable en 2020, Cyril se révéla exceptionnellement qualifié pour prodiguer assistance et compassion. Car les patients qui venaient consulter en masse le docteur Wilkinson avaient une obsession : se suicider.

À première vue, la pathologie semblait déconcertante. Les patients étaient en bonne santé. Ils n'étaient pas tous beaux à se damner, mais l'éclat de la jeunesse rachetait même les moins séduisants. Aucun d'entre eux ne vivait avec les peurs diffuses qui avaient hanté leurs ancêtres : défaillances physiques, altération esthétique, sénilité, inutilité, solitude et le redoutable tomber de rideau final. Si leur métier ne leur plaisait pas, ils avaient tout le temps de se former à un autre. S'ils ne trouvaient pas leur compte auprès de leur conjoint, comme tant de gens, ils avaient tout le temps de trouver une autre âme sœur. Dans un environnement professionnel hautement automatisé, la plupart des salariés ne travaillaient guère plus de vingt heures par semaine et les offres promotionnelles de loisirs et de vacances étaient innombrables. Pour ne parler que de Kay, elle avait appris le portugais, s'était formée au cannage de chaises et avait fabriqué des montagnes de vases en céramique dont ils n'avaient pas besoin. Il est vrai qu'elle n'était pas douée, paraît-il, pour la danse classique, qu'elle jouait au tennis comme un pied et ne serait jamais batteuse de jazz, mais il restait le tango, le hockey sur gazon et la flûte de pan. C'était quoi, le problème de ces pisse-froid ?

— Voilà, ça y est, annonça Kay en colorant au feutre rouge un rectangle pas tout à fait droit. Avec Oman, c'est complet.

Elle recula pour que tous deux puissent admirer l'œuvre : un planisphère bariolé sur lequel tous les pays apparaissaient désormais en couleur. Le Moyen-Orient n'avait pas figuré en tête des régions à visiter car Kay conservait un vague préjugé à l'égard de pays qui jadis forçaient les femmes à déambuler en sacs-poubelles.

— Est-ce que ça signifie que nous n'avons plus d'endroits à visiter ? s'enquit Cyril en ne parvenant pas à dissimuler une pointe d'espoir.

— On peut toujours recommencer l'exercice et voir une deuxième fois tous les pays du monde.

— Je ne suis pas sûr d'aimer voyager autant que toi, ma caille.

— Tu me l'as dit un million de fois, répliqua Kay.

D'accord, c'était une exagération. Mais, compte tenu de la longévité de leur couple, avoir l'impression d'entendre cette même phrase un « million de fois » n'était somme toute pas aussi exagéré que cela.

— Et tu m'as reproché à peu près autant de fois de le dire, lui opposa Cyril. Ce qui te déplaît, ce n'est pas le caractère répétitif de ma conversation mais la vérité de ce que je ressens. J'ai fait des efforts colossaux pour ne pas montrer que je préférais de loin rester à la maison...

— Les occasions de rester à la maison ne manquent pas ! le coupa-t-elle.

— Je ne souhaite pas visiter de nouveau tous les pays du monde, trancha-t-il d'un ton catégorique.

Il avait peut-être l'air d'avoir vingt-cinq ans, mais au plus profond de ce jeune homme bien bâti veillait un vieil homme ronchon qui ne demandait qu'à s'exprimer.

— Depuis le moment où on y est allés, tous ces endroits ont peut-être changé !

— Ils auront forcément changé, répliqua Cyril avec le dédain d'un Monsieur Je-sais-tout qui tapait plus que jamais sur les nerfs de sa femme. Ils seront devenus encore plus semblables. Tout le monde essaie de nouveaux pays comme si c'étaient des tenues, aucune différence n'existe plus entre un endroit et un autre, hormis les paysages. Tout le monde parle anglais. Même ici, les patois régionaux ont disparu. Disparu aussi, le véritable accent britannique – ce qui consterne les touristes américains. Je ne vois donc pas l'intérêt. On peut trouver toutes sortes de cuisines, toutes sortes de gens qui, fut un temps, avaient l'air exotiques, ici, à Lambeth.

Kay fila s'asseoir sur le canapé, furieuse. Clairement, si elle était irritée, ce n'était pas parce qu'elle était en désaccord avec lui mais plutôt parce qu'elle partageait son sentiment. Kay étant l'aventurière du couple, la curiosité qui l'animait était quelque chose qui les différenciait, différence à laquelle elle était attachée. Mais ce rôle avait vécu. Elle avait trouvé Oman ennuyeux et avait été soulagée de rentrer. Ce voyage obligatoire et stupide représentait le point final d'un projet arbitraire qui avait cessé depuis longtemps d'être l'expression d'un véritable intérêt pour la géographie. Cyril avait aussi raison en ce qui concernait la similarité insidieuse de tous ces pays : en fait, cette absence de disparités tenait plus d'une gigantesque soupe infâme que d'un agréable mix mondial des cultures. Quelle différence y avait-il entre Kay et Cyril ou entre Kay et n'importe qui ?

Ce qui lui rappelait le sage conseil prodigué par l'animatrice de la formation en orfèvrerie qu'elle avait suivie des années auparavant. En matière d'art, lui avait-elle dit, nos limites sont aussi nos forces. Ne pas être bon dans telle activité, ne pas envisager telle autre, même nos erreurs, tout contribue à définir notre style personnel. Ne pas avoir de contraintes vous rend informe, avait-elle ajouté, et atone. Cette remarque aidait à expliquer la crise d'identité croissante qui agitait Kay. Elle avait excellé dans un trop grand nombre de domaines : décoration, ingénierie, gestion municipale, etc. Elle avait visité un trop grand nombre de pays et était devenue la « meilleure amie » d'un trop grand nombre de gens. Moyennant quoi, les particules qui formaient son caractère s'étaient si bien dispersées que sa personnalité n'était plus une masse solide mais un gaz nébuleux.

Kay parcourut le salon d'un regard morne. D'ordinaire, après un tel laps de temps, elle débordait d'idées pour une nouvelle rénovation. Même si, en apparence, la maison demeurait la même, chaque charnière, linteau, appui de fenêtre, porte et plaque de placo avaient été remplacés à de multiples reprises. Sauf que, désormais, même son insatisfaction chronique s'était tarie.

Sachant qu'une coexistence éternellement paisible aurait pu être soporifique, son mari et elle se tenaient à la discipline de quelques conflits de temps à autre, la pointe d'agacement de cet après-midi s'avérait donc la bienvenue. Elle regrettait de ne pouvoir retrouver l'euphorie des débuts, lorsqu'elle avait assisté au rajeunissement de son amour – mais, par nature, l'euphorie n'était pas un sentiment qui perdurait et la certitude que le visage de son mari resterait lisse et que ses longues jambes garderaient leur galbe rendait ces attributs moins chers à son cœur.

Ils avaient envisagé de divorcer – et non en se crêpant le chignon, mais de façon détachée, voire frivole. À l'instar d'Oman, le divorce incarnait une autre expérience potentielle. C'était une réalité biologique, qui avait fait l'objet de nombreuses discussions car n'importe quel sujet propice au débat l'avait largement été : dans le meilleur des cas, les êtres humains étaient par essence des monogames en série. Dans l'ancien temps, les mariages tenaient mieux la distance parce que la vie était affreusement courte. Si Kay et Cyril s'étaient mariés en 1841, lorsque les registres d'état civil virent le jour en Angleterre et au Pays de Galles, selon toute probabilité,

Cyril serait mort avant quarante ans, Kay vers quarante-deux ans. (Ils l'avaient vérifié. Ils vérifiaient tout.) De ce fait, leur bonheur conjugal n'aurait pas excédé seize ans et ce, à condition que Kay ne meure pas en couches. C'est ce que le règne animal, si tant est qu'on ne l'ait pas dévoyé, avait en tête. Mais aujourd'hui ? Ils ne connaissaient aucun autre couple qui se cantonnait à un premier mariage. Il n'était pas rare que les gens se marient une centaine de fois – même si « jusqu'à ce que la mort nous sépare » avait été abandonné sans bruit.

Le secret des Wilkinson, si l'on pouvait parler de secret, n'était pas d'être divinement assortis ou de s'aimer d'un amour aussi fougueux que sincère. Ils étaient plutôt parvenus à la même conclusion pragmatique. Autour d'eux, les gens s'associaient à volonté, comme s'ils testaient une série de combinaisons mathématiques a priori innombrables mais que, avec une population limitée, un ordinateur aurait été en mesure de calculer avec précision. Alors, en théorie, Kay et Cyril auraient pu épouser tous les individus de la terre jusqu'à ce qu'ils finissent par retomber l'un sur l'autre, à court de choix et contraints de répéter l'opération, comme ils avaient été à court de pays à visiter. En outre, les couples récents qu'ils rencontraient recréaient systématiquement la même relation que la précédente et celle d'avant. Ne serait-ce que Roy, qui trouvait une femme ou un homme ou une personne non binaire, tout dépendait de son humeur, aux crochets de qui il pouvait vivre et de la générosité desquels il abusait. Alors pourquoi changer, franchement ?

Et on ne pouvait pas dire non plus que les Wilkinson ne s'étaient pas aventurés dans des zones inconnues. Au début, avec leurs corps à nouveau désirables, faire l'amour avait été formidable et ni l'un ni l'autre n'avait eu envie d'aller voir ailleurs. Mais – ô surprise – l'impression de redécouverte n'avait pas duré. (Ce qui constituait une grande leçon : à part les êtres humains, rien ne durait.) Ils décidèrent, d'abord avec hésitation, de devenir un couple libre – ce qui se révéla parfois émoustillant, mais la plupart du temps dégoûtant. Ils tentèrent des plans à trois mais un des participants avait toujours l'impression d'être exclu et personne n'avait l'air de savoir où mettre quoi. En s'accordant mutuellement la permission, ils tâtèrent du même sexe, bien que, après sa liaison boiteuse avec Glenda, Kay et son amie de toujours durent s'éviter pendant plusieurs mois.

Ils traversèrent également une phase de réorientation sexuelle, car le transgenrisme était devenu récréatif. Kay fut ravie d'avoir un pénis mais Cyril reconnut que le sien lui manquait et qu'il trouvait les seins beaucoup plus excitants sur quelqu'un d'autre. Par ailleurs, certaines personnes avaient des seins et un pénis en même temps, ou un vagin et un phallus côte à côte de sorte qu'on pouvait introduire l'un dans l'autre et s'envoyer en l'air avec soi-même ; il était également possible d'avoir trois seins ou deux pénis ou un deuxième anus, mais tout cela perdit de son intérêt. (La pornographie était morte ; plutôt que de regarder un jeune Thaïlandais se faire sodomiser par un âne, la plupart des hommes préféraient faire des mots croisés.) Au bout du compte, les Wilkinson reprirent leurs attributs d'origine. La seule chose dont ils ne se lassaient jamais, c'était de dormir dans les bras l'un de l'autre. S'il devait y avoir un secret à leur mariage, c'était celui-ci.

Kay se leva du canapé avec la même difficulté qu'au soir de son quatre-vingtième anniversaire, même si cet effort était, cette fois, censé la motiver.

— Alors, qu'est-ce que tu veux pour dîner ?

— Je m'en fiche, répondit Cyril.

— Qu'est-ce qu'on a dit ? s'exclama Kay en faisant volte-face, un doigt accusateur pointé sur lui. Pas d'apathie !

— Pardon, reconnut Cyril comme toujours. Je me damnerais pour tes fajitas aux champignons sauvages ! Et pourquoi pas une salade de tomates anciennes à la mozzarella di bufala, avec quelques feuilles de basilic frais et un trait de ce sublime vinaigre balsamique.

L'enthousiasme était feint mais, même feint, il était préférable à un ennui sincère.

— Bon sang ! regretta Kay en partant aux toilettes. Qu'est-ce que j'aimais faire pipi debout…

La seule tendance à laquelle les Wilkinson n'adhérèrent pas, la trouvant sans objet, voire de mauvais goût et, tout compte fait, banale, c'était celle du changement de couleur de peau. Après toutes les souffrances liées à cette dernière qui avaient marqué l'Histoire, il était intéressant de constater que quasiment personne parmi ceux que jadis on appelait « minorités » ou « Noirs » ou « personnes de couleur » et pour finir « minorités visibles » ne montrait le moindre désir de devenir blanc. La re-pigmentation ainsi que les opérations de chirurgie esthétique se pratiquaient uniquement dans l'autre sens, au grand dam des Britanniques d'origine jamaïcaine et des Noirs américains. En effet, ceux-ci ne parvenaient plus à distinguer leurs « véritables » frères et sœurs des petits Blancs malhonnêtes agissant sous le manteau et se faisant passer pour branchés afin de profiter à fond de la permission d'utiliser le mot commençant par *N* dans toute la gloire de ses cinq lettres. Les communautés noires s'insurgèrent, arguant qu'elles étaient « infiltrées », « volées » et « ridiculisées ». Pourtant, les poursuites entreprises pour interdire cette pratique qualifiée d'« appropriation culturelle absolue » se voyaient déboutées par les tribunaux car les avocats défendant l'interdiction étaient incapables de citer un article de loi auquel la nouvelle thérapie de conversion contrevenait. Même si la mode finit par passer, le seul résultat positif au fait qu'il ne soit plus possible de différencier les Noirs authentiques des imposteurs fut que tout le monde se ficha éperdument de votre couleur de peau. Le mot « racisme » fit même désormais référence de façon innocente à un engouement pour les légumes-racines – comme dans cet exemple : « Après le chou-rave, Lloyd a encore planté du cerfeuil tubéreux, c'est un dingue de racisme. » En outre, vers la fin de cette tocade pour les traitements dermatologiques, la couleur qui avait la cote était le bleu Schtroumpf.

La guerre avait également disparu. Sacrifier des hordes de citoyens dotés de la vie éternelle était impensable ; des conscrits, devenus célèbres, avaient refusé de se battre lors de l'ultime tentative de conflit entre le Canada et la Laponie. La violence criminelle s'était tarie, elle aussi. Les meurtres semblaient d'autant plus graves qu'ils privaient leurs victimes d'une immortalité divine et « la prison à perpétuité » pouvait signifier une relégation d'un millier d'années dans une pièce minuscule.

Néanmoins, à cause des accidents occasionnels et, bien entendu, de cette surprenante vague de suicides dont l'incidence croissante faisait l'objet de nombreux rapports inquiétants, une poignée d'êtres humains étaient autorisés à se reproduire. Kay et Cyril étaient chanceux d'avoir déjà fondé une famille, mais leurs arrière-petits-enfants ne deviendraient sans doute jamais parents s'ils échouaient à la Loterie du remplacement de population, à laquelle il était plus difficile de gagner que dans l'ancienne version où l'on empochait des espèces sonnantes et trébuchantes. Les enfants étant une denrée rare, ils étaient gâtés dans le monde entier, or les couver à l'excès avait un effet désastreux sur les adultes qu'ils deviendraient. Les fiers parents empêchaient souvent leur progéniture de sortir de la maison car, dès que le bruit se répandait comme un feu de paille qu'un véritable enfant avait été aperçu dans telle ou telle rue, des files de badauds se formaient en un rien de temps, ils prenaient des photos et suppliaient qu'on les autorise à tapoter la douce petite tête du bambin. Autrefois, de nombreux parents cédaient à une simple mélancolie lorsque leurs enfants grandissaient trop vite à leurs yeux, alors qu'aujourd'hui c'était un désespoir sans nom qui envahissait ceux qui abordaient le vingt-cinquième anniversaire de leurs spécimens, parce que dès lors ils perdaient leur marque de prestige et devenaient subitement aussi banals que les autres.

Cela dit, ceux qui étaient vraiment jeunes – c'est-à-dire qui vivaient réellement depuis vingt-cinq ans – étaient très appréciés. On trouvait charmants leur naïveté, leur ignorance, leur volonté évidente de paraître subtils, leur lassitude feinte qui ne convainquait personne, leur certitude chevillée au corps de savoir ce qui ne fonctionnait pas dans la société et d'avoir la solution pour y remédier, ou leur réel appétit pour les expériences que leurs aînés sur le plan chronologique avaient vécues jusqu'à l'écœurement. Toutes ces qualités si juvéniles composaient un cocktail envoûtant. Ils tombaient amoureux, d'un amour inconditionnel et transi, persuadés qu'ils en mourraient ! Ils se convertissaient à l'islam ! Ils étaient pris de doute et se dé-convertissaient de l'islam ! Mais, quelle déception, il fallait bien peu d'années avant que leur prétendue lassitude devienne réelle.

Les obsèques étaient aussi grandioses que celles des chefs d'État du temps jadis, aussi coûteuses, aussi sophistiquées et aussi prisées. Le public adorait célébrer cet événement dont le caractère irrévocable le fascinait. Mais oui, le public s'était entiché de la mort, le seul tabou qui perdurait ; la pornographie avait cédé la place à des vidéos illégales d'agonies sanglantes suite à des sévices d'une grande diversité.

Tout ce qui venait de l'avant-Retrogeritox, que ce soit le cinéma, la télévision, le théâtre ou la littérature, remportait un immense succès. Car le récit sous toutes ses formes s'était vidé de sa substance. L'audace appartenait à une époque révolue. Les histoires débarrassées du vieillissement et de la mortalité faisant un bide, toutes les intrigues contemporaines semblaient anodines. Jusqu'aux grandes histoires d'amour malheureuses qui ne rencontraient plus leur public. Où était le problème ? Si on n'était pas heureux en ménage, on trouvait quelqu'un d'autre et on tournait la page. Chaque fois qu'un réalisateur contemporain s'essayait à la tragédie, il ne suscitait chez les spectateurs qu'un maigre : « C'est bien dommage. » Par conséquent, Kay ne se lassa jamais des films de David Lean et, pour l'heure, Cyril avait regardé *Luke la main froide* plusieurs centaines de fois.

Hormis une naissance par-ci ou un décès par-là, la population de la planète Terre restait stable. À moins d'un astéroïde pour abréger leurs souffrances, les individus en vie à ce jour le seraient toujours d'ici plusieurs milliers d'années. Pour cette génération ultra-privilégiée, cela aurait pu être l'occasion de devenir plus sage, plus instruite, plus équilibrée, plus charitable, plus avisée, plus drôle et plus avant-gardiste sur le plan spirituel que celle de ses prédécesseurs. Mais, dès lors qu'il s'agissait de développer ces qualités éminemment désirables, la grande majorité de la population lambda se heurtait très vite à un mur. Et les véritables personnalités de ce groupe éternel – les rares artistes dont, contre toute attente, on attendait une œuvre ancrée dans l'époque réellement émouvante, les génies scientifiques, les philosophes visionnaires, les grands meneurs – étaient les plus à même de se supprimer. De fait, la seule qualité humaine qui ne cessait de croître de façon visible, c'était d'être ennuyeux comme la pluie.

— Alors, à ton avis ? demanda Kay tandis qu'ils dînaient encore une fois de fajitas aux champignons sauvages. (On hésitait entre manger ces crêpes aussi divinement croustillantes que dégoulinantes et les balancer contre le mur.) On se suicide ou pas ?

Ils avaient déjà eu cette conversation auparavant, bien sûr, mais ce sujet, qui était leur préféré, se réduisait à la portion congrue. Aujourd'hui, c'était en théorie l'anniversaire de Kay, même si elle ne savait plus lequel. Ils avaient été si nombreux qu'ils ne prenaient plus la peine de les célébrer et la liberté de s'exprimer même modérément sur le fameux sujet ferait office de cadeau pour Kay.

— Dis-moi, répondit Cyril, comme prévu, pourquoi on le ferait ?

— En l'occurrence, que cherchons-nous à accomplir ? J'avais espéré, après tout ce temps, saisir le principe de ce projet. Mais non. Je n'arrive toujours pas à cerner ce que signifie être vivant. Je ne sais pas ce qu'est cet endroit, ou même s'il est réel, et encore moins ce qu'on est censés y faire et, si j'ai perdu mon temps, je ne peux toujours pas te dire ce que j'aurais dû faire à la place – même si le concept de « perdre son temps » semble caduc dans la mesure où du temps, on en a à revendre. Je ne sais pas plus qu'à cinq ans ce qui est important. Je continue d'avoir le sentiment qu'il y avait un truc à saisir, or j'aurai du mal à prendre le taureau par les cornes les cent prochaines années si j'ai échoué à le faire les cent dernières – au cours desquelles les taureaux ne devaient pas manquer.

— Oui, tu as dit grosso modo la même chose un certain nombre de fois.

— Qu'est-ce qu'on a dit ?

— Pas d'apathie.

— Non, à part ça ?

Cyril réfléchit un instant.

— On a dit qu'on serait gentil l'un avec l'autre même si on répétait sans arrêt la même chose.

— Merci. Bien répondu.

— On devrait peut-être établir une nouvelle règle. Ce n'est pas parce que c'est ton anniversaire que tu as le droit d'être aussi sèche.

— D'accord, approuva-t-elle d'un ton maussade.

Kay était censée être celle des deux qui profitait de la vie, qui savourait dans leur somptueuse banalité tous les petits rituels apaisants qui la ponctuaient, comme - *encore* - ranger la cuisine.

— Pourquoi es-tu si impatiente ?

— Je n'en sais rien, reconnut-elle. Je n'ai aucune excuse. On devrait déborder de patience. À propos de patients, pour quelle raison tous ces gens qui viennent te voir ont-ils envie d'en finir ?

— Les raisons varient, mais elles ne sont pas réellement spécifiques à chaque individu. Leur malaise est rarement la résultante d'événements graves ou du dépérissement d'une relation. Mes patients sont perdus. Plus rien ne les excite. Ils ne ressentent plus de plaisir sensuel : sexe, cuisine, alcool ; même les effets des hallucinogènes deviennent prévisibles. Ils sont incapables de retenir un conjoint et ils s'en fichent, pourtant la solitude leur pèse toujours. Ils ont l'impression d'être piégés - et, dans le même temps, ils ont conscience de profiter d'une liberté dont aucun être humain n'a jamais profité dans toute l'Histoire, ce qui ne fait qu'aggraver leur mal-être.

— Cette éternité dans laquelle nous sommes coincés a de troublantes ressemblances avec le syndrome d'enfermement, intervint Kay. Le fait d'être insensible à une donnée sensorielle, comme le goût, s'apparente à une privation totale de ces données. Tu te rappelles quand j'ai arrêté de boire du vin rouge ? Même moi, j'ai été choquée, mais j'avais tout simplement bu assez de vin rouge. Et cette passivité... je pense que liberté débridée et passivité reviennent au même. Avoir la possibilité de faire n'importe quoi équivaut à avoir la possibilité de ne rien faire. On persiste à découvrir un nouveau métier, un nouveau loisir ou un nouvel ami dont on se persuade qu'il sera différent de tous ceux dont on s'est lassé, mais on court sur place. Rien ne change. Comme si notre espèce tout entière était allongée sur un lit d'hôpital, les yeux fixés sur une tache au plafond de la forme de la Norvège. Nous sommes paralysés, au moins spirituellement. On a la capacité physique de parler mais on n'a rien de nouveau à dire, alors qu'est-ce que ça change ? Notre seule activité réelle est de se remuer les méninges pour rien. Ce temps suspendu qui est le nôtre me fait l'effet d'un rêve. Parfois d'un cauchemar. Je suis un des individus les plus âgés que la Terre ait porté et certains jours, j'ai l'impression de ne pas être là du tout ou de n'avoir jamais été là. C'est en train de devenir... curieusement horrible.

— J'aime bien ça : syndrome d'enfermement. C'est la première fois que tu le dis. J'ai le droit de faire remarquer que tu dis une chose pour la première fois ?

— Oui, mon chéri, répondit-elle en lui serrant la main.

Il était important de se rappeler qu'ils s'aimaient encore ou, pour être exact, qu'ils se plaisaient toujours, même si leurs prises de bec fréquentes pouvaient en faire douter. Après tout ce temps, ils auraient dû fêter plus souvent le fait de supporter d'être ensemble dans la même pièce.

— Que racontes-tu à tes patients hantés par l'idée du suicide ? ajouta-t-elle.

— Encore mieux ! Tu ne m'as jamais posé cette question.

— Ah bon ? C'est atterrant.

— Je leur dis que depuis que le monde est monde, les êtres humains ont cherché un but à leur vie, même à l'époque où la plupart des gens mouraient à quarante ans. Je leur dis que trouver un but à leur vie est leur boulot, au-delà de la simple survie du corps. Or ce boulot ne connaît jamais de fin dans la mesure où, sitôt qu'une réponse est trouvée, on se sent immédiatement obligé de la remettre en question, et comme, après réflexion, elle ne convient pas, il faut en chercher une autre. Le conseil se mord un peu la queue, mais le caractère hypnotique de ce qui tourne en rond a un effet apaisant. Aujourd'hui, je suis davantage prêtre que médecin.

— Autrefois, tu ne parlais pas comme ça, fit remarquer Kay. Tu n'avais à la bouche que « espérance de vie », « budget du NHS » et « monopoliseurs de lit ».

— C'était une de mes réponses et elle a fait long feu.

Autrefois, Kay était la plus réfléchie, la plus méditative, la plus philosophe des deux alors que Cyril était le plus rentre-dedans. Sa nouvelle impatience (par exemple : « À quoi ça rime ? Venons-en au fait. ») était jadis l'apanage de son mari. À l'évidence, ils ne se limitaient plus à changer de genre ou de métier, ils tentaient d'être des individus totalement différents.

— À certains de mes patients parmi les plus intelligents, poursuivit Cyril, je suggère d'oublier le but - car vouloir atteindre un but, c'est courir contre le temps, ce qui est une des conséquences de la mortalité et aussi un comportement emprunté métaphoriquement à la biologie, comme la recherche de nourriture, du sommeil, le besoin de se reproduire pour perdurer. Mais l'univers est, simplement. Il n'a pas besoin de se justifier et, par analogie, nous n'avons pas non plus besoin de justifier notre existence en son sein.

— Tu y crois ?

— Je mentirais si je disais que j'ai maîtrisé l'art de ne pas avoir de but.

— Tu es devenu beaucoup plus humble, souligna Kay.

— Je me sens plus humble. Ça me surprend, mais c'est agréable.

— Mais où sont passées toutes tes récriminations pour davantage de justice sociale ? s'enquit-elle, intriguée.

— Après la farce de Calvin Piper (il était désormais courant de faire l'impasse sur le caractère gravissime de la tragédie en se montrant désinvolte), certes, tous les gens ne sont pas riches, mais personne ne manque de rien et si quelqu'un n'a pas les moyens d'aller faire du buggy sur Mars, ça ne m'empêchera pas de dormir. Et puis, j'en suis venu à me demander si je ne m'étais pas fait le chantre de la justice sociale surtout pour avoir une bonne opinion de moi-même... Ah, oui ! s'exclama Cyril quand le souvenir lui revint. Ce que je dis aussi à mes patients, c'est que, même si on leur a donné l'impression qu'ils étaient immortels, ils ne le sont pas. Ils peuvent à tout moment traverser une rue au mauvais moment et se faire renverser par un individu en camionnette blanche. Crois-le ou pas, c'est ce petit rappel qui leur remonte le moral.

— Tu as bien eu une patiente qui s'est suicidée ? Tu étais effondré.

— La bien mal nommée Jess Hope, renchérit Cyril avec tristesse. Elle a sauté du Tower Bridge avec six poids russes attachés autour du corps. On ne peut pas vraiment parler d'appel au secours dans son cas. Mais la plupart de mes « bien-portants angoissés » n'auront jamais recours à quelque chose d'aussi irrémédiable. Ils persistent à venir me voir pour se plaindre timidement de n'avoir aucun motif de se plaindre. Tu te rappelles quand tu m'as convaincu de ne pas prendre le Seconal le soir de ton quatre-vingtième anniversaire ? Tu avais très élégamment dressé la liste des « pour » et des « contre » : on avait beaucoup à gagner à rester en vie et rien à mourir. Tu m'as dit que la seule bonne raison de se suicider, c'était pour mettre un terme à des souffrances. Or mes patients ne souffrent pas, du moins, pas exactement.

— L'absence de souffrance est peut-être une forme de souffrance, proposa Kay.

— Tu n'as jamais dit ça non plus.

— On a presque une vraie conversation !

En se calant dans son siège pour savourer ce rare accès de spontanéité, Kay arrêta son regard sur la photo encadrée posée sur la bibliothèque derrière Cyril. La photo avait été prise dans ce restaurant prétentieux où ils avaient fêté leurs noces d'or. C'était le seul témoignage visible de leur véritable vieillesse, comme une sorte d'emblème. Depuis sa dernière dose de Retrogeritox, le visage de Kay n'avait pas changé, mais, en 2013, elle n'avait pas en permanence ce regard dur. C'était par cette seule expression que son corps traduisait le cumul bouillonnant d'irritation, de colère et de désespoir qui la rongeait quotidiennement, pour lesquels elle n'avait aucune excuse valable.

— Il t'arrive de regarder cette photo ? l'interrogea Kay en la montrant du doigt.

— Souvent, répondit Cyril sans avoir besoin de se retourner. Elle a quelque chose d'une énigme.

— Je vois ce que tu veux dire. Je suis affreuse dessus. Toi aussi sans doute mais pas à mes yeux en tout cas. Je trouve mon visage repoussant mais, d'un autre côté, il me rend nostalgique. J'ai l'impression d'avoir perdu quelque chose, mais quoi ? Qu'y a-t-il d'appréciable dans le fait d'avoir l'air d'une figue sèche ?

— Je ne suis pas seulement nostalgique, reconnut Cyril, je suis jaloux.

— Ah oui ? C'est bizarre.

— Je suis jaloux de l'urgence que nous ressentions autrefois.

— Oui, renchérit Kay avec gratitude. En plein dans le mille.

— Puisque j'ai le privilège de rédiger des ordonnances, nous avons toujours un équivalent du Seconal dans le frigo. Je viens de le renouveler. C'est ton anniversaire. Qu'en dis-tu ?

— Je ne sais pas, lâcha-t-elle en s'étirant avec un regard résigné pour la cuisine en désordre. On peut toujours remettre ça à l'année prochaine.

10

D'ignorance et de bonheur

COMME TOUJOURS dans les établissements haut de gamme, les résidents de La Fin du Voyage étaient répartis en trois catégories. Dans la première, vous étiez capable de vous vêtir, de procéder à votre toilette et de vous nourrir, vous n'étiez pas incontinent et vous ne travailliez pas trop du chapeau, vous aviez alors droit à un appartement privé où vous pouviez faire venir vos meubles et bibelots, et décorer les murs à votre guise. Dès lors que vos besoins médicaux augmentaient, vous commenciez à bénéficier d'une aide plus concrète en entrant dans la deuxième catégorie puis, finalement, vous passiez sous surveillance permanente dans la troisième catégorie. Kay remarqua que les résidents de troisième catégorie étaient dissimulés aux éventuels nouveaux clients. Leur guide entrouvrit une porte pour la refermer aussitôt, impatient de leur montrer le home cinéma.

Vantant les mérites de La Fin du Voyage comme s'il s'agissait d'un country-club huppé, les résidents les plus mobiles dont ils firent la connaissance étaient en général des professionnels dotés d'une excellente culture ou des chefs d'entreprise. Par conséquent, rejoindre ce groupe semblait plein de promesses. Bien que les tarifs soient extravagants, il y avait une liste d'attente – à laquelle les Wilkinson étaient libres d'ajouter leurs noms à condition de verser un acompte important.

— Je ne suis plus très sûre, avoua Kay à la table de la cuisine après leur visite à Aldeburgh. La Fin du Voyage est ce qu'on fait de mieux dans le genre, aucun doute là-dessus. Les équipements sont fantastiques, c'est propre et le personnel a l'air aimable. Il n'en demeure pas moins que je trouve l'endroit déprimant.

— On ne peut pas se cacher ce que c'est, concéda Cyril.

— Exactement. Je me rends compte aujourd'hui que ce qui me chiffonnait dans la maison de retraite de ma mère, ce n'était pas tant l'architecture minable ou la nourriture infecte. Quelle que soit la façon dont on les habille, ces établissements ne sont que des entrepôts où on attend la mort. Qu'il y ait des barreaux ou des rideaux en chintz aux fenêtres, les résidents restent de la volaille en batterie élevée pour l'argent.

— Tu n'étais pas celle qui plaidait pour le pragmatisme ? Tu voulais qu'on affronte l'avenir frontalement plutôt que de nous mentir comme tout le monde.

— Je reste persuadée qu'il faut prévoir les situations critiques et s'y préparer. Par exemple, on a sans doute intérêt à continuer de payer cette assurance santé senior même si les primes sont du vol manifeste. Mais à trop prévoir, on risque d'entrer trop tôt dans la tranche pourrie de notre existence. Selon la plupart des gens, on n'est pas encore vieux. On ne devrait peut-être pas anticiper sur le programme.

— La directrice de La Fin du Voyage a été très claire : si l'on attend trop, on risque de voir notre état se détériorer au point de ne plus être admissibles, lui rappela Cyril. Je la cite : « Prenez garde au syndrome de midi moins cinq », tu te rappelles ? Tout le monde fait la même erreur, on ne se rend pas compte que midi moins cinq, c'est midi.

— Attendre trop longtemps et rater des obsèques cinq étoiles est un risque qui vaut la peine d'être pris. Je préfère bien vivre encore un moment, choisir mes amis et le menu du dîner, même si ça signifie qu'à la toute fin on fasse la ronde en chaise roulante dans un asile de vieux.

— La tendance de fond est au « vieillir à domicile ».

— Je suis pour ! s'exclama Kay. J'aime notre maison. J'y ai mis beaucoup de moi. La véranda est divine. J'adore le papier peint à motifs d'orchidées du salon. Je veux garder notre jardin. Je veux me resservir de vin rouge sans qu'une infirmière zélée me retire la bouteille sous prétexte que ce n'est pas bon pour moi.

— Tu oublies que je peux te la retirer aussi, se moqua Cyril.

— Essaie pour voir.

Finalement, ils ne versèrent aucun acompte mirobolant à La Fin du Voyage. Faire l'impasse sur ce refuge chic représentait un pari, mais comme chaque décision que l'on prenait dans la vie, ainsi que le fit remarquer Kay.

Cela dit, le couple continua de mettre ses affaires en ordre sans perdre l'avenir de vue : ils actualisèrent leurs testaments, rangèrent dans un endroit facile d'accès pour la famille leurs instructions pour ne pas être réanimés en cas d'état végétatif, réduisirent leurs dépenses au strict nécessaire et investirent leur capital avec prudence. Ils avaient déjà survécu sans heurt majeur au tsunami de l'éclatement de la bulle informatique et à l'hystérie qui s'était emparée des marchés après le 11-Septembre. En revanche, la grande récession de 2008 s'avéra plus préoccupante dans la mesure où, à soixante-huit ans, Kay commençait tout juste à toucher sa retraite privée, qui avait perdu près de la moitié de sa valeur, alors qu'à Londres, les prix de l'immobilier flambaient. Ce fut une consolation, malgré tout, d'avoir un filet de sécurité de six chambres même s'ils n'avaient pas l'intention de vendre leur maison, et ils surmontèrent la crise. Les marchés firent mieux que se redresser, d'ailleurs l'effondrement financier annoncé par la Confédération des industries britanniques et la Banque d'Angleterre en cas de victoire du « pour » en 2016 n'eut pas lieu.

Mais aucune stratégie d'investissement, si prudente soit-elle, n'aurait pu tenir face à la mise à l'arrêt de l'économie mondiale pendant la pandémie de coronavirus. Lorsque le Royaume-Uni leva enfin les dernières restrictions affectant le commerce et la liberté d'association, la reprise en forme de V tant espérée ressembla plutôt à une lettre beaucoup plus proche du début de l'alphabet : un J inversé. Une multitude d'entreprises avaient mis la clé sous la porte. Les bénéficiaires d'aides sociales gémissaient : le chômage était au plus haut. Tout cela démontra qu'il était plus facile de mettre une économie à l'arrêt que de la faire redémarrer.

À l'instar d'une majorité de gouvernements, celui de Sa Majesté injecta de telles sommes dans les aides sociales, les prêts à taux zéro, les remises de dettes, les reports d'impôts et autres projets d'infrastructures qu'aux premiers temps de ces largesses, le public se perdit entre « millions » et « milliards ». Tout cela était bien beau, mais pour financer ces dépenses frénétiques, il fallut emprunter. Quand, partout dans le monde, les banques centrales rachetèrent à leur tour les dettes publiques et gonflèrent leurs bilans grâce aux obligations d'État par l'intermédiaire du programme d'assouplissement quantitatif - AQ7, AQ8, etc. (à noter que, parvenus à AQ12, les gouverneurs ne prirent plus la peine de numéroter cette boulimie de rachats) –, l'argent tombait littéralement du ciel. Kay ne comprenait strictement rien à cette cuisine et se mettait souvent en colère contre son mari qui lui en rebattait les oreilles.

— D'une certaine façon, l'argent est une invention, non ? C'est une idée, un concept. Je sais que tu me l'as expliqué des dizaines de fois, mais je n'ai toujours pas saisi ce qu'est la « monétisation de la dette ».

— L'idée, c'est justement que tu ne comprennes pas, lâcha Cyril d'un air triste.

Il était difficile de savoir si c'était le grand âge qui le rendait morose ou s'il était affligé du même abattement qui avait frappé tout le pays dès que les places des villes étaient devenues désertes et silencieuses - un abattement qui ne s'était jamais tout à fait dissipé, même pendant la folie cathartique qui avait suivi la levée définitive du confinement.

— D'habitude, tu n'es pas du genre conspirationniste, s'étonna Kay.

— Ce n'est pas une théorie conspirationniste, répliqua Cyril, qui semblait incapable de lever la tête. C'est pire que ça. C'est de l'incompétence. De la malversation à une échelle ahurissante et partout dans le monde en même temps.

— S'il te plaît, jure-moi que tu n'écoutes pas cette Shriver. Elle est hystérique. Elle m'horripile à être aussi contente d'elle, on dirait qu'elle souhaite l'effondrement de la civilisation uniquement pour prouver qu'elle avait raison. Je ne supporte pas le son de sa voix.

Effectivement, une Américaine expatriée insupportable – encore une de ces Yankees anglophiles qui refusaient de retourner chez elles – répétait à l'envi sur Radio 4 qu'elle avait prédit la débâcle en cours dans un de ses bouquins. Une poignée de groupies crédules considéraient cette foldingue comme un Nostradamus des temps modernes. *Les Madrigal* ou un titre approchant, que Kay n'avait aucune envie de lire, n'évoquait absolument pas de pandémie, l'autrice en autopromotion essayait seulement d'écouler davantage d'exemplaires de son pamphlet d'un alarmisme irresponsable.

Pendant les années 2020, les gouvernements dépensèrent sans compter, mais il y avait un hic. Collectivement, tous ces plans de sauvetage, vacances fiscales, expérimentations de revenu universel et opérations de renflouement de l'industrie faisaient penser à cette action banale qui consiste à regonfler le pneu d'une bicyclette sans savoir que la chambre à air a un petit trou. On aura beau continuer à actionner la pompe à vélo, ce sera en pure perte.

Kay ne comprenait rien à l'assouplissement quantitatif, en revanche elle constatait avec effroi que le prix du pot de Marmite – plus apprécié encore comme métaphore nationale que sur une tartine – avait doublé, puis triplé. Même si leurs retraites du NHS étaient indexées sur l'inflation, le taux officiel fourni par l'Office national des statistiques était en décalage total avec la réalité de tous les jours et, bientôt, leurs pensions jadis confortables couvrirent à peine leurs dépenses de nourriture. Puis, plus du tout. S'ils n'avaient pas amélioré leur retraite de base avec un fonds privé, ils auraient souffert de la faim. Mais l'état des marchés, anémiés depuis longtemps, empira et les retraites des Wilkinson suivirent le même mouvement. Pour ne rien arranger, la suppression de l'argent liquide avait facilité les taux d'intérêt négatifs, censés pousser les « écureuils » – appelés autrefois « épargnants », qui ne pouvaient plus vider rageusement leur compte en banque et filer avec un sac bourré de liasses de billets – à dépenser leur argent égoïstement économisé pour dynamiser ainsi l'économie. Cent livres en début de mois finissaient à quatre-vingt-dix-neuf à la fin.

Finalement, tout passa à la trappe : leur épargne, leur portefeuille d'actions raisonnables, les économies de bout de chandelle, le dentifrice en promo – toute cette préparation méticuleuse en vue d'être indépendants au grand âge, pour mieux épargner un fardeau à leur famille comme à l'État. Ils avaient tout fait comme il fallait. Ils n'avaient pas dilapidé prématurément leur capital en vacances extravagantes ou – les journaux à scandale prétendaient que, dès qu'ils étaient autorisés de manière inconsidérée à toucher leurs pensions, les gâteux faisaient chauffer leur carte bancaire – dans une Lamborghini. Ils avaient acheté leur maison à une époque où on était prévoyant et avaient remboursé leur hypothèque. Ils avaient travaillé bien après le moment où ils auraient pu prendre une retraite confortable. Hormis leur pension de base durement gagnée, aucun des deux n'avait jamais pesé sur les finances publiques ; au contraire, ils avaient payé sans rechigner des impôts importants. Ils avaient mis de côté autant que possible en cas de coups durs, coups durs qui pleuvaient aujourd'hui, et pourtant leurs revenus mensuels leur permettaient à peine de s'offrir une soupe de butternut en conserve et une boîte de thé noir. Tout était parti à vau-l'eau, jusqu'à leur assurance santé senior : la compagnie avait fait faillite. Dès lors, toutes ces énormes primes versées leur apportèrent autant de sécurité qu'à n'importe qui – c'est-à-dire aucune. Kay et Cyril Wilkinson découvrirent par eux-mêmes qu'être très, très vieux n'était pas le pire, le pire étant d'être très, très vieux et fauchés.

Fragiles mais valides, Kay et Cyril finirent par vivre très longtemps. Si, comme le faisaient remarquer à tout bout de champ les présentateurs des JT, profiter d'une espérance de vie allongée était un sacré coup de chance, alors le couple, qui avait largement dépassé quatre-vingt-dix ans, bénéficiait d'une chance insolente. Mais était-ce réellement une chance ? Compte tenu de l'évolution des événements, il n'était pas si simple de répondre à la question.

Lorsque Cyril fêta ses cent ans le 22 janvier 2039, aucun membre de la famille royale ne lui adressa de carte d'anniversaire.

La raison en était sans doute que Buckingham Palace, comme toutes les résidences de la Couronne, à commencer par le château de Windsor, était occupé par des « demandeurs d'asile » originaires d'un grand nombre de pays. Car, hélas, l'Histoire n'enseigne pas aux problèmes de bien vouloir attendre poliment leur tour même dans un pays qui a la réputation d'adorer faire la queue. Et donc, pour couronner l'implosion financière de l'Occident, au regard de laquelle la Grande Dépression semblait dérisoire, la marée de touristes à vie qui déferlait en provenance de tous les pays en voie de développement du monde réduisit la crise migratoire européenne de 2015 à une sortie scolaire. Il s'avérait impossible d'obtenir des chiffres exacts et quiconque prétendait connaître le nombre approximatif de migrants qui avaient pris d'assaut le continent à pied, en camion, en avion et en bateau, avait manifestement une arrière-pensée politique. D'après les gauchistes, seuls quelques millions avaient franchi les frontières du continent, alors que les nationalistes largement diabolisés étaient tout aussi certains que leur nombre dépassait le milliard. Le public jeta l'éponge comme à l'époque où il ne savait si les dépenses du gouvernement se comptaient en millions ou en milliards et s'arrêta sur « beaucoup » de migrants.

Un grand nombre de Britanniques qui pouvaient se permettre d'être charitables faisaient don de vêtements, de couches jetables, de paquets de pâtes et de bocaux de pesto pour venir en aide aux nouveaux venus. L'hostilité la plus virulente dirigée contre cette arrivée massive émanait des premières et deuxièmes générations de migrants, parfois originaires de pays que les derniers arrivants venaient de fuir. Les Pakistanais, Afghans, Indiens et Nigérians qui avaient traversé la Manche à temps exigèrent du Royaume-Uni qu'il lève le pont-levis. Mais, en l'occurrence, le « pont-levis » était une figure de style sans objet et, à moins que la Grande-Bretagne n'ait eu l'intention condamnable de classer la flottille continue qui arrivait de France et de Belgique comme une menace militaire – en Turquie, l'armée avait ordre de tirer à vue sur les migrants –, les décisions politiques n'auraient aucun effet. En outre, la bureaucratie britannique figurait parmi les dernières victimes de l'abordage : pour preuve, les premières années, chaque nouvel arrivant était dûment inscrit : il recevait un petit pécule hebdomadaire, un hébergement lui était fourni tant qu'il y en avait, il bénéficiait de l'aide juridictionnelle, il avait ordre de ne pas travailler et pouvait faire appel sept fois du refus de sa demande d'asile. Toute menace de reconduite à la frontière s'apparentait à du bluff. Plutôt que de rapatrier les demandeurs d'asile dans leur pays, il aurait été moins onéreux et plus pratique d'évacuer les Anglais.

Entre-temps, le NHS, dont le budget avait tellement augmenté que la blague qui voulait que la Grande-Bretagne soit devenue « un système de santé avec un pays greffé dessus » ne faisait plus rire, était à ce point débordé que les médecins se rappelaient avec nostalgie la pandémie de coronavirus, époque bénie où ils ignoraient le vrai sens du mot « débordé ».

— L'hospitalité est le moins que nous puissions offrir, soutenait Cyril au début de la déferlante dont il prédisait la diminution prochaine. L'Occident est en grande partie responsable du changement climatique. On récolte ce qu'on a semé, il faut simplement se pousser et faire de la place.

— Je regrette, dit Kay, mais l'Europe, l'Amérique du Nord et l'Australie ont drastiquement réduit leurs émissions de CO_2. En plombant encore davantage notre économie, on s'est donné un mal de chien pour atteindre la neutralité carbone en 2050 – encore une de ces années éloignées qui n'étaient pas censées arriver et voilà qu'elle se profile déjà. Pendant ce temps-là, la Chine, l'Inde et l'Asie du Sud-Est ont craché du CO_2 à gogo…

— Tu ne peux pas en vouloir à des pays plus pauvres de désirer, et de mériter, un mode de vie occidental, ma caille.

— C'est une blague ! explosa Kay. On se nourrit de pain moisi. De quel mode de vie occidental tu parles ?

— Si le Royaume-Uni ne représentait pas un graal comparé à leur situation désastreuse, ces réfugiés ignorants de ce qui les attend ne tenteraient jamais la traversée de la Manche au péril de leur vie.

Même dans les premiers temps de l'afflux, les banalités bien-pensantes de Cyril avaient adopté le rythme lénifiant d'une berceuse.

— Je doute qu'il faille tout mettre sur le dos du changement climatique, rouspéta Kay. Ou même qu'il ait un rôle prépondérant. L'Afrique et le Moyen-Orient sont aux trois quarts des déserts, ils l'ont toujours été. Le climat dans ces régions est épouvantable, c'était déjà le cas quand j'étais petite. Il y a toujours des sécheresses, de mauvaises récoltes, des attaques de sauterelles et des famines parce que ce n'est pas un endroit du monde capable de subvenir aux besoins de milliards d'individus !

— On dirait que tu as été contaminée par les podcasts de Calvin Piper, ce dingue aigri. J'emploie rarement ce qualificatif, mais ce démographe est un être malfaisant.

— Je reconnais que ce vieux schnock est infect, mais il a peut-être raison. Quant à ta culpabilité instinctive, qui signifie qu'on doive rester sans rien faire pendant que notre pays est envahi…

— Fais attention à ce que tu dis ! s'insurgea Cyril.

— Qu'est-ce que je devrais dire ? « Pendant que notre pays attire un nombre inhabituel de visiteurs » ?

— Bien. C'est mieux.

— Notre erreur est de soigner toutes les maladies qui, jadis, contenaient l'augmentation de la population dans ces régions.

— Ça suffit ! Tu as été infirmière. Qu'est-ce qui te prend ?

— Je vais te dire ce qui me prend. Hyde Park et Kensington Gardens servent de campements et sont infréquentables. Tu ne peux pas marcher le long de South Bank à cause de toutes les familles de mendiants enroulées dans des couvertures. Et pas seulement ici. À Paris, ils se sont installés le long de la Seine, sur les ponts, autour de la tour Eiffel et de la pyramide du Louvre - dont ils ont cassé tous les panneaux de verre. En Italie, ils ont monté des tentes dans les ruines romaines et ont transformé le Colisée en refuge pour SDF. Quasiment aucun gouvernement d'Europe n'est solvable, à part la Suède et la Suède tout juste encore, car ce pays accueille plus de « visiteurs » par tête de pipe qu'aucun autre. Quant à nous, on peut à peine s'offrir une malheureuse saucisse à deux. Qu'est-ce que ce pays est censé faire d'eux ?

— Tu parles d'« eux » comme si ce n'était pas de vraies personnes, la gronda Cyril.

— Ils sont plus vrais que nature ! Même si ce sont des « personnes », je ne suis pas obligée d'apprécier leur présence.

— Tu me fais honte. Je ne savais pas que tu étais aussi égoïste.

Cyril faisait partie de ces individus - pourquoi toujours des hommes ? - qui se montraient généreux avec les inconnus mais souvent impitoyables avec leurs proches.

— Biologiquement, l'égoïsme est la condition de la survie, rétorqua Kay. Des cultures qui seraient aveuglément altruistes disparaîtraient. Et à quoi sert un pays s'il ne protège pas son peuple ? S'il ne place pas l'intérêt de ses citoyens au-dessus de celui des étrangers ? Sinon, la citoyenneté n'a plus aucun sens. Si les droits de ses habitants sont mis sur le même plan que les droits de n'importe qui d'autre dans le monde, il n'y a plus de pays.

— Le but d'un pays, se crispa Cyril en plissant les yeux, surtout du nôtre, est de préserver certaines valeurs. Vis-à-vis desquelles les politiques protectionnistes que tu défends sont condamnables.

— Donc, pour sauver la Grande-Bretagne, ce qui signifie sauver nos valeurs à la noix, si je comprends bien, on doit la détruire.

— Je préfère mourir intègre que vivre dans l'opulence comme un barbare.

Kay se leva d'un bond en renversant sa chaise.

— Tu aboies ! On dirait une phrase à l'emporte-pièce d'un thérapeute adepte de la méthode de la chaise vide !... une phrase... une phrase stupide, qui ne sert qu'à te mettre en valeur. Ce qui se passe aujourd'hui en Europe est réel, ce n'est pas une page arrachée à un bouquin prétentieux de philosophie politique, or ta seule réaction est de te rengorger. Je te signale qu'on a tous les deux plus de cent ans et que, dehors, ça commence à devenir dangereux !

— C'est normal. Beaucoup parmi ces demandeurs d'asile sont aux abois et feraient n'importe quoi pour nourrir leurs enfants.

— Ben voyons. Et s'ils me donnaient un coup sur la tête pour nourrir leurs enfants ?

— Je serais navré, susurra Cyril avec une condescendance affectée, mais je pourrais contextualiser ta mésaventure.

— Je te pose la question : y a-t-il une limite ? À ton avis, y a-t-il une limite au nombre de « visiteurs » que ce pays devrait laisser entrer - cinq millions, dix, quinze ? Ou tu penses que plus il y en a mieux c'est ?

— Les chiffres ont été considérablement exagérés, répondit Cyril d'un ton froid. Je ne sais comment te dire à quel point je suis inquiet. Je crains que tu ne te fasses le relais d'une propagande xénophobe nauséabonde, et ça, c'est dangereux.

Cyril avait raison à propos de la montée des préjugés. Sous les yeux horrifiés de la plupart des Britanniques qui, à vrai dire, s'attachaient plus à l'équité et à la probité qu'à la discipline dans les files de supermarchés, les milices se multiplièrent. À bord de bateaux de pêche, ces voyous tiraient à vue sur les canots pneumatiques surchargés qui traversaient la Manche. Ils passaient à tabac les pauvres hères sans défense à coups de batte de cricket et incendiaient leurs tentes. Sans expliquer pourquoi ce soudain afflux de migrants était entièrement la faute de la population, la BBC consacra ses innombrables reportages sur la « Grande Marée » à déplorer les attaques effroyables perpétrées par l'extrême droite en livrant les détails les plus sordides. Les quelques minutes qui restaient à la fin du journal débordaient d'histoires personnelles poignantes de souffrances et de persécutions vécues par les nouveaux arrivants. Ils étaient gays dans un pays où l'homosexualité était interdite. Ils étaient transgenres et on leur refusait une chirurgie de réassignation. Ils fuyaient la conscription, avaient osé manifester leur opposition à un régime totalitaire ou avaient survécu à une tentative d'assassinat politique. Ils avaient fui des guerres de territoires aussi interminables que dangereuses. Le plus souvent, bien sûr, ils avaient dû quitter à pied des villages privés d'eau et de nourriture, après avoir souvent perdu des membres de leur famille, morts de faim ou de maladie. Les portraits étaient toujours compatissants et chaque personne interrogée par la chaîne semblait mériter ce que tout être humain était en droit d'attendre : sécurité, subsistance et abri. Forcément, quiconque avançait que ces charmants individus devaient être refoulés était un monstre.

Se sentant pousser des ailes en raison du respect que l'opinion majoritaire en Grande-Bretagne accordait à la courtoisie, les nouveaux arrivants finirent par l'emporter sur les délinquants violents de l'équipe locale, d'abord en raison de leur détermination acharnée à trouver un « avenir meilleur », et bientôt en raison de leur nombre, quel qu'il soit. De toute façon le ministère de l'Intérieur avait cessé depuis longtemps de faire semblant d'en tenir le compte, et puis la ministre avait abandonné son poste, fuyant aux Hébrides, à en croire la rumeur. Car, bien qu'il ait été signalé à de multiples reprises que le déferlement avait atteint son pic, d'interminables caravanes de piétons, de vélos, de chariots, de chameaux, de vieilles voitures et de cars surchargés continuaient de se former en direction du sud de l'Europe, s'étirant à perte de vue sur les images prises par des drones.

Cerise sur le gâteau, le mouvement écologiste Extinction Rebellion, jadis adoré des jeunes Britanniques blancs aisés, avait fusionné avec un mouvement diamétralement opposé, No Lives Matter, et fondé ainsi Extinction ! tout court. D'une force redoutable, les dissidents prônaient une adhésion païenne à cette apocalypse que les militants écologistes avaient cherché à éviter à tout prix. Considérant qu'ils partageaient une cause commune avec les « demandeurs d'asile », ces jeunes gens ne rouaient pas de coups les migrants et n'incendiaient pas leurs campements. Ils détruisaient tout ce qui empestait la vieille civilisation rance qui avait fait son temps et leurs cibles étaient plus importantes que des tentes – les Chambres du Parlement, entre autres. D'après Simon et Hayley, les arrière-petits-enfants des Wilkinson aujourd'hui adolescents avaient rejoint les rangs des anarchistes et passaient leurs nuits à parcourir les rues de Londres. Ayant donné naissance à la scène punk révoltée, il était logique que le pays accouche d'un mouvement antisocial, moins décoratif et classe moyenne que le précédent (car la Grande-Bretagne n'avait plus de classe moyenne), qui s'étendit rapidement au continent. Une fois Notre-Dame enfin restaurée pour la deuxième fois, un groupe de jeunes Français blancs en T-shirt *Extinction !* réduisirent à nouveau la cathédrale en cendres quinze jours plus tard.

— On n'a pas besoin de six chambres. En un sens, c'est juste.

Les réserves de justice sociale que Cyril avait emmagasinées avaient perdu de leur éclat et il débitait ses banalités sur un mode mineur teinté d'ironie.

— J'en ai marre que tu me dises, comme à une gamine, d'apprendre à partager, chuchota Kay d'une voix rauque. Je déteste que ces gens soient dans ma maison.

Ils étaient terrés dans le grenier où une bonne trentaine de « visiteurs » les avaient relégués pour récupérer les pièces des étages inférieurs.

— Au moins, Simon a essayé de les chasser, ajouta Kay.

— Écoute, ma caille, on a du mal à l'admettre mais Simon a soixante-quinze ans. C'était touchant de sa part de se montrer aussi loyal, mais faire des moulinets avec les bras et menacer d'appeler la police (d'ailleurs, quelle police ?) a eu pour seul effet de le mettre en danger. Même si la plupart des adultes ont moins de la moitié de son âge. Il a eu de la chance qu'ils se contentent de lui rire au nez. Ça aurait pu être pire.

— S'il le voulait bien, Roy serait capable d'organiser notre sauvetage, maugréa Kay.

De tous les membres de la famille, Roy était le seul à avoir tiré profit du chaos : il s'était lancé dès le début dans le trafic d'êtres humains au service des réfugiés les mieux lotis. Le commerce était juteux. À soixante-douze ans, il avait finalement trouvé sa vocation.

— Tu as raison, renchérit péniblement Cyril. Il a les contacts dans le milieu pour faire le coup de poing sur commande. Mais soyons honnêtes. Le seul intérêt que Roy trouverait à cette maison, ce serait de la transformer en planque pour ses clients.

— Alors on a peut-être de la chance qu'il ne nous ait pas jetés à la rue, conclut Kay. Au moins, Hayley semble avoir compris la leçon après sa performance artistique ratée. Elle prétend être retournée avec nostalgie à la « distanciation sociale » de l'ère coronavirus, une manière déguisée de dire qu'elle ne sort jamais de chez elle.

Hayley avait choisi le pire moment de toute l'Histoire pour donner une seconde chance à ses ambitions artistiques universitaires. Le spectacle qu'elle avait mis en scène pour le village de tentes de Regent's Park avait connu un échec cuisant. Sous les yeux implorants des acteurs incarnant les réfugiés, elle avait dévoré des profiteroles, juchée sur un somptueux tabouret. Telle était sa représentation de « l'inégalité ». Les comédiens avaient été détroussés, les profiteroles embarquées : du théâtre d'avant-avant-garde.

— Au fait, tu as vu qu'ils avaient démonté nos ravissants bouts de canapé pour alimenter le poêle ? Et puis, les gosses ont dessiné avec les morceaux de charbon sur le papier peint du salon.

— Il commençait à passer, soupira Cyril. Tant pis pour le papier peint. Le vrai problème, c'est la plomberie. Le système d'évacuation des eaux usées de Londres est déjà assez fragile comme ça avec ces énormes bouchons formés par les lingettes et autres combinaisons protectrices. Mais ils n'ont pas l'air de comprendre ce qu'on peut ou non jeter aux toilettes. J'ai réussi à faire fonctionner celles du premier cet après-midi, mais en descendant discrètement l'échelle tout à l'heure, j'ai vu que la cuvette débordait de nouveau. Désolé, ma caille. Retour au seau.

— Faut nourrir les vieux, non ? dit une voix venue d'en bas.

Les hôtes de leur Airbnb improvisé, originaires d'une ribambelle de pays, s'étaient joints à un groupe local d'anarchistes, et réussissaient à parler au moins anglais entre eux.

L'échelle escamotable se déplia bruyamment et leur cuistot personnel se contenta de grimper les quelques échelons nécessaires pour balancer leur dîner sur les lattes poussiéreuses. L'unique plat principal était comme toujours une petite portion de semoule de maïs, qui aurait pu passer pour de la polenta si on y avait incorporé du beurre, du parmesan et, beaucoup plus important, du sel. L'assiette faisait partie du service de leur mariage ; ébréchée et fêlée mais toujours ravissante avec son centre crème, son bandeau émeraude et son liseré argenté.

— Je comprends pas pourquoi tu t'embêtes avec eux, dit une voix de femme en bas tandis que l'échelle était rabattue bruyamment. C'est pas facile de trouver de la bouffe. C'est du gâchis d'*ugali*. Ça prend du temps, et Sarina maigrit.

Cyril attendit que leurs invités permanents se soient éloignés pour chuchoter à Kay :

— J'ai eu assez de temps aujourd'hui pour recharger un peu mon téléphone quand les autres étaient sortis - chercher de la nourriture, sans doute. Mais l'électricité va bientôt être coupée. Nos retraites ne couvrent plus les factures et les virements automatiques des deux derniers mois ont été refusés. Ils ne fermeront pas toujours les yeux.

— Alors dépêche-toi de te connecter au site de la BBC ! le pressa Kay. Quelles sont les nouvelles ?

Cyril inspira, fit défiler le texte et soupira de nouveau.

— Quoi ? Ça ne peut pas être pire qu'hier ?

— Ils ont escaladé la Banque d'Angleterre et sont entrés en brisant les vitres. On pense que le gouverneur a été tué. En tout cas, c'est un nouveau squat.

La suite était à l'avenant. De Cambridge à Bologne, les campus universitaires étaient occupés par de nouveaux nécessiteux et les rares cours encore délivrés l'étaient uniquement en ligne et de façon sporadique ; cela faisait des années que le mari de Hayley avait été licencié de l'University College de Londres, sachant que personne n'avait de temps à perdre avec la linguistique. La British Library était entièrement murée, quant au Booker Prize, il avait disparu depuis longtemps. Même la Suède avait renoncé à décerner les Nobel depuis trois ans. Le Victoria and Albert Museum avait été pillé et ses salles vides d'œuvres d'art grouillaient désormais de représentations du désespoir et de l'ingéniosité humaine. Si seulement les tableaux de la National Gallery avaient été volés, mais ils étaient toujours suspendus aux cimaises, en lambeaux, vandalisés à coups de couteau. À Barcelone, toutes les œuvres architecturales de Gaudi avaient été détruites. À Berlin, les blocs austères du Mémorial aux Juifs assassinés d'Europe avaient été systématiquement pulvérisés au marteau-piqueur, une action dont les Allemands tentèrent d'attribuer la responsabilité aux néonazis, mais les nihilistes insurgés n'avaient pas d'objectif aussi défini que le rétablissement du IIIe Reich.

— Mon Dieu, s'écria Kay. Ce site est une forteresse. C'était Extinction ! ou les migrants ?

— Les deux. Ils travaillent de concert maintenant. Et ils sont de mieux en mieux organisés. C'est drôle, non, que même les anarchistes aspirent à l'ordre ?

— La Banque d'Angleterre n'a peut-être pas d'importance, dit Kay d'un ton désespéré. La livre sterling ne vaut rien de toute façon. Si ce n'était pas déjà assez lugubre comme ça, nos gentils gardiens refusent de nous donner nos propres couverts, ajouta-t-elle en montrant leur dîner.

— C'est culturel, répondit Cyril, mais le cœur n'y était pas. Je pense que la plupart de nos voisins d'en dessous mangent avec leur main droite, selon la coutume.

Ils s'efforçaient de garder un semblant de décorum en s'asseyant solennellement de part et d'autre de l'assiette, les os pointus de leurs fesses posés sur des édredons moelleux que Kay tenait de sa grand-mère. Après avoir trempé la main dans le seau rempli d'une eau qui n'était propre qu'une fois, elle divisa poliment la portion de semoule de maïs du bout de l'index en deux parts, dont elle donnait toujours la plus grande à Cyril ; même s'il n'en avait plus que le nom désormais, il était un homme et il était plus grand. La nourriture n'était pas franchement appétissante, mais ils avaient très faim et il leur fallait beaucoup de retenue pour ne pas se jeter dessus. Au contraire, ils faisaient toujours durer leur repas en bavardant intelligemment comme au bon vieux temps. Cyril alluma ce qui restait de leur dernière bougie, créant une atmosphère douillette tout en dissimulant dans la demi-obscurité le bric-à-brac mis de côté sous les combles et qui pouvait « se révéler un jour utile ».

— Tu te souviens quand on a décidé de ne pas sauter le pas à ton quatre-vingtième anniversaire ? commença Cyril. Tu m'as dit que « tu voulais savoir ce qui allait se passer ». Tu avais l'impression d'être au milieu de toutes sortes d'histoires, le changement climatique, le coronavirus et je crois bien que tu as même parlé du Brexit, franchement, et de Donald Trump. Tu disais que jeter l'éponge en 2020, ce serait comme rendre des romans pas terminés à la bibliothèque.

— Et tu m'as répondu que quel que soit le moment où on mourait, se rappela-t-elle, il y avait forcément une crise historique en cours et, donc, laisser les choses en plan faisait partie intégrante de la mort.

— Mais je voulais te demander autre chose. L'effondrement de la livre, l'explosion de la criminalité, la perte de nos économies, l'inondation de New York, le saccage du British Museum à coups de battes de cricket, la majorité de l'Europe aux mains des autocrates, notre propre maison occupée par des inconnus. Es-tu heureuse d'avoir vécu assez longtemps pour en être témoin ? Ou aurais-tu préféré partir plus tôt et t'épargner tout ça ? Avec le recul, ta « curiosité pour les histoires » a-t-elle tenu le coup avec une fin aussi déprimante ?

— Hum, grommela Kay. Je me surprends un peu parce que j'imaginais cette fameuse « curiosité pour les histoires » plus profonde. Finalement je ne suis pas curieuse à ce point. Si je devais tout recommencer, je pense que j'accepterais le marché que tu m'avais proposé en 1991. En y repensant, j'ai l'impression que c'est vers mon quatre-vingtième anniversaire que les choses ont commencé à se dégrader. J'aurais préféré mourir innocente, voire pleine d'illusions. Parce que je regrette d'avoir vu aux infos des photos d'un Caravage découpé en lambeaux qui pendaient hors de son cadre. J'aurais préféré ne jamais voir les Chambres du Parlement réduites en cendres, les fleurs de Kew Gardens piétinées et recouvertes d'étrons. J'adorerais pouvoir remonter le temps jusqu'au 29 mars 2020, porter un toast à notre merveilleux mariage avec un verre d'un bon cabernet et avaler une poignée de comprimés pour parvenir à une sorte d'amnésie qui permettrait d'oublier le futur. Je me serais volontiers assoupie dans notre maison, lorsqu'elle était encore notre maison, aménagée avec goût, où nous avons passé tant de soirées divines à dîner de plats bien meilleurs que cette boule de semoule collante. J'aurais adoré quitter ce monde sans savoir ce qui se profilait à l'horizon qui, au moment où j'aurais fermé les yeux pour la dernière fois, aurait toujours été prometteur.

Cyril fronça les sourcils, le regard perdu au loin, c'est-à-dire pas plus loin que les toiles d'araignée les plus proches sur les poutres de la charpente.

— Je ne ressens pas exactement la même chose et cela me surprend aussi. Les vingt dernières années ont été pénibles mais intéressantes. Si cette descente aux enfers devait se produire de toute façon, je préfère avoir été là pour y assister. Je ne me fais pas d'illusions. Je me suis toujours efforcé de regarder la vie en face.

— Ce n'est pas vrai, dit-elle en souriant, puis elle se pencha pour l'embrasser sur la joue.

— Bien sûr, visons le long terme, répondit-il avec plus d'entrain, et nous serons peut-être témoins de destructions inventives. Il renaît toujours des cendres quelque chose de différent et de meilleur, non ? Pense à la Renaissance.

— C'est vrai. Mais le Moyen Âge a duré mille ans.

— Alors, prenons les choses autrement. On a eu dans l'ensemble une vie fantastique. On était juste assez vieux pour comprendre vraiment la Seconde Guerre Mondiale lorsqu'elle s'est terminée et que nous avons su que les gentils avaient gagné. On a vécu le plan Marshall et la naissance de l'État-providence, qui vous prend en charge jusqu'à votre mort. On a exercé longtemps des métiers utiles. On a élevé trois enfants en bonne santé dont au moins un s'est révélé être une bonne personne. On a profité d'appareils ménagers abordables qui nous ont épargné du travail. On s'est mis à l'informatique et on a possédé plusieurs ordinateurs, puis on a eu la chance de découvrir Internet qui, malgré l'usage catastrophique qui en est fait de façon générale, demeure un miracle. Durant les quatre cinquièmes de notre vie, la technologie, la diminution de la pauvreté, le pouvoir de la médecine n'ont fait que progresser. On a vu de grands films, lu de beaux livres et visité des expositions formidables. Avant ces toutes dernières années, on pouvait se promener dans les rues sans avoir peur. Dans l'ensemble, on a vécu sous le régime de l'ordre social, ce qui a rendu possible tous nos plus grands plaisirs. En revanche, aucun de ces jeunes gens en colère qui saccagent les derniers théâtres du West End ne peut dire la même chose. Ils n'ont connu que les épreuves et la décadence. Ils n'ont aucun avenir et le savent. Les bases du monde occidental avaient été ébranlées de façon définitive bien avant les appels à la révolte des voyous d'Extinction ! Peut-être essayent-ils simplement d'en finir au plus vite avec l'inévitable...

— Chut, dit Kay.

— Où tu vas ? demanda une femme à l'étage inférieur.

— Je vais récupérer l'assiette des vieux, répondit l'homme qui leur avait apporté la semoule de maïs. On n'en a plus beaucoup, elles se cassent tout le temps. Et puis, faut que je vide leur seau. Oh là là, je te raconte pas l'odeur de la merde de vieux !

— Pourquoi tu t'enquiquines avec eux ? intervint la femme. On a besoin de la bouffe pour les enfants. Ils puent et ça arrête pas de causer là-haut. *Mumba, mumba,* toute la journée.

— Kokie, t'es un gars trop sensible ! s'écria une voix retentissante, celle d'un homme avec un fort accent de Liverpool. Tu fais n'importe quoi, tu piges ? On est effectivement ric-rac avec la bouffe. Autant filer de la tisane à des chiens galeux.

— Mais c'est des anciens ! s'opposa leur serveur. On leur doit le respect !

— Laisse ces conneries aux vieux de ton pays, railla le type à la voix de stentor. Aux grands maux, les grands remèdes.

Le verrou de la trappe coulissa et l'échelle se déplia avec fracas. Kay se cramponna au bras de Cyril, leurs regards se croisèrent.

— Qu'est-ce que tu vas faire, Dicky ? supplia leur serveur. Qu'est-ce que tu vas faire ?

L'individu qui surgit dans le grenier était un homme blanc baraqué et musclé à outrance d'environ vingt-cinq ans, qu'ils n'avaient jamais vu auparavant. Il brandissait une machette.

Si seulement elle avait avalé ces comprimés de Seconal en 2020, elle se serait épargné cette énième image d'horreur. Mais, au moins, la vision du corps décapité de son mari ne lui brûla pas la rétine plus d'une seconde ou deux.

11

L'amour ne se congèle pas

— LA TENDANCE DE FOND est au « vieillir à domicile ».

— Je suis pour ! s'exclama Kay. J'aime notre maison. J'y ai mis beaucoup de moi. La véranda est divine. J'adore le papier peint à motifs d'orchidées du salon. Je veux garder notre jardin. Je veux me resservir de vin rouge sans qu'une infirmière zélée me retire la bouteille sous prétexte que ce n'est pas bon pour moi.

— Tu oublies que je peux te la retirer aussi, se moqua Cyril.

— Essaie pour voir.

Finalement, ils ne versèrent aucun acompte mirobolant à La Fin du Voyage. Faire l'impasse sur ce refuge chic représentait un pari, mais comme chaque décision que l'on prenait dans la vie, ainsi que le fit remarquer Kay.

Cependant, au cours des années délirantes, toutes à la fête et à la renaissance, dans le sillage de la fin de la crise du coronavirus, Kay et Cyril se sentirent en décalage total avec l'euphorie du reste de la société. La récession économique qui suivit tout de suite après fut classée plus tard en « éradication créatrice ». Très vite de nouveaux restaurants s'étaient ouverts et le commerce était florissant. L'indice FTSE 100 ne dessinait pas un simple V mais un J qui montait en flèche vers des sommets stratosphériques et venait gonfler les régimes de retraite de tout le monde. Les Wilkinson avaient l'impression d'avoir été écartés de la fête. Certes, leurs retraites privées prospéraient mais à quoi bon avoir de l'argent s'ils n'allaient pas vivre pour en profiter ? Tout d'abord, c'est à Cyril qu'on diagnostiqua un cancer du pancréas et, pour ne rien arranger au fait que cette maladie avait partout dans le monde un pronostic désastreux, le NHS l'avait détecté trop tard. Très peu de temps après l'annonce de cette terrible nouvelle, Kay apprit que la douleur permanente et la faiblesse qu'elle ressentait à l'épaule, ses crampes musculaires, ses difficultés toujours plus grandes à marcher et sa soudaine incapacité à ouvrir ses pots de confiture étaient les signes précurseurs d'une sclérose latérale amyotrophique - ou SLA.

— Je suis rouillée depuis mon départ de St Thomas il y a des années, dit faiblement Kay. J'ai donc dû vérifier. Je peux vivre encore quatre ans, mais je vais très vite être paralysée. Mon symptôme préféré est : « rires ou larmes inconsidérés ». Avec le temps, je ne pourrai plus manger, parler ou respirer sans assistance respiratoire. Il est peut-être temps de se procurer à nouveau du Seconal.

— J'ai une autre idée, lança Cyril.

Même si sa chimio était déjà programmée, il n'avait toujours pas commencé le traitement qu'il savait épuisant et qui, de toute façon, échouerait sur un homme aussi âgé.

— La cryogénie a fait d'énormes progrès ces dernières années. Il ne s'agit plus de te tremper dans un bocal de saumure comme un cornichon, mais d'un réel arrêt des fonctions vitales. Tu te rappelles cette émission sur Channel 4 ? Un hamster est resté totalement inerte pendant dix-huit mois, puis on l'a réveillé et il est retourné faire joyeusement des ronds dans sa cage. Qu'est-ce que nous avons à perdre ? S'il s'avère que, d'ici quelques années, on ne puisse finalement pas nous ranimer, qu'importe, nous sommes fichus de toute façon - et promis à une agonie épouvantable. Il reste une toute petite chance que ça marche et, qu'au moment où on nous réveillera, le cancer du pancréas et la SLA seront devenus guérissables.

— Oui, pourquoi pas ? dit Kay avec insouciance.

Jusqu'ici, sa condamnation à mort avait tendance à la rendre légère, voire frivole - un avant-goût peut-être de ses futurs « rires ou larmes inconsidérés ». Elle se pencha pour l'embrasser sur la joue, scellant ainsi leur accord.

— Mon Rip Van Wilkinson à moi.

Les produits dérivés Disney qui décoraient la réception de Belles au Bois Dormant S.A. n'incitaient pas à la confiance. Au contraire, les dessins humoristiques de lapins et de nains ne faisaient que renforcer l'impression que cette activité discutable se moquait des clients. La majorité de l'énorme paperasse à remplir servait à exonérer la société de toute responsabilité légale. Au moins, le coût exorbitant des prestations ne fit pas broncher les époux. Placés face au néant, ces gestionnaires pointilleux qu'ils avaient toujours été avaient finalement compris que l'argent n'avait aucune valeur en lui-même, qu'il n'était qu'un moyen pour parvenir à une fin et n'avait donc de valeur que lorsqu'il était dépensé. À moins que cette expérience complètement folle ne réussisse, cinq millions de livres et cinq livres auraient bientôt la même valeur.

— Alors, c'est quoi votre problème ? s'enquit la réceptionniste avec l'air de s'en ficher royalement.

La jeune fille maigrichonne travaillait en jogging et mâchait du chewing-gum.

N'ayant aucune envie de faire part de leur chagrin à une employée de bureau apathique, Cyril répondit d'un laconique :

— SLA et cancer du pancréas…

— Ouais, on en a eu quelques-uns. C'est casse-pieds, non ? le coupa-t-elle sans quitter des yeux son ordinateur. Une limite dans le temps.

— Non, la durée n'est pas fixée, fit Cyril. Comme nous l'avons expressément signalé, nous ne devons pas être ranimés tant que la médecine n'est pas capable de guérir nos deux maladies. Les frais sont pris en charge par un fonds. Nous vous avons fait parvenir tous les documents.

— Est-ce que ça fait mal ? s'inquiéta Kay avec une soudaine urgence - elle avait été trop gênée pour poser la question plus tôt.

— Comment je saurais ? répondit la réceptionniste mâchouilleuse.

— Au moins, chez Dignitas, on était mieux reçus, marmonna Cyril dans sa barbe à l'intention de Kay.

— Faut-il se dévêtir ? demanda Kay, alarmée, alors que la fille les conduisait dans le saint des saints.

— Tout doux, dit la réceptionniste. Vous êtes dans un labo de cryogénie pas dans un camp de naturistes. Et ne le prenez pas mal mais je pourrais me passer de voir votre vieux cul fripé.

— Je ne le prends pas mal, rétorqua Kay d'un ton acerbe.

— C'est qu'elle a du répondant pour une vioque.

Dans la bouche de la fille, c'était manifestement un compliment.

Deux capsules étaient ouvertes et éclairées de l'intérieur. Leur ressemblance avec des cercueils sautait aux yeux.

— Il faut juste qu'on s'allonge là ? demanda Kay.

— Qu'est-ce vous voulez faire d'autre dans ce machin. La majorette ?

— Vous pourriez être un peu plus respectueuse, la tança Cyril.

L'étrange absence de cérémonial commençait à les ébranler.

— Vous êtes refroidis ou quoi ? ironisa la réceptionniste. Parce que pour être refroidis vous allez être refroidis, même si vous allez jusqu'au bout du truc.

Elle gloussa. Elle avait déjà fait la blague.

— Vous pourriez nous laisser seuls un instant, s'il vous plaît ? exigea Cyril.

— Pas plus d'une minute ou deux, répondit-elle. Et si l'idée est de bavasser et de se dégonfler, je dois vous avertir que les pénalités si vous décrochez à ce stade sont genre, je sais pas, des millions et des millions de livres.

Profitant de ce bref créneau d'intimité, Cyril embrassa sa femme avec fougue, comme ils le faisaient pendant des heures à l'époque où ils sortaient ensemble, puis ils s'écartèrent à regret, comme à cette même époque, se rappela-t-il, au moment où ils devaient retourner à leurs études médicales. Ce baiser déclencha une formidable vibration qui fit résonner toute une vie passée à deux, comme si leur mariage était une cymbale dont il venait de frapper le bord avec brio, d'un coup de maillet à tête de feutre.

— À tout à l'heure, dit Kay.

— À tout à l'heure, dit Cyril.

La dernière chose qu'ils entendirent, ce fut la fille qui mastiquait son chewing-gum.

Quelques secondes plus tard – du moins, c'est ce qui lui sembla – Cyril ouvrit les yeux et découvrit une femme à la peau sombre et d'origine indéterminée penchée au-dessus lui, qui le regardait avec une curiosité détachée.

— Il la ? N'a la ?

Il avait les yeux secs et douloureux. Le son de la voix de cette femme lui écorchait les oreilles. Mais la douleur semblait disproportionnée au regard de sa réaction aux sensations. Être là était douloureux. Être tout court.

— Étein luminette, dit la femme en se redressant.

Elle mesurait au moins deux mètres cinquante.

La lumière baissa, et voir lui fit moins mal, mais à peine. Cyril essaya de prononcer un mot mais bouger les lèvres était ardu ; trouver quelque chose à dire encore plus. Soit son système neurologique était hors d'usage, soit son cerveau comme les nerfs de son visage fonctionnaient à merveille – auquel cas, il était empêché de parler par un ordre formel de son esprit lui signifiant que quoi qu'il dise, ce serait une stupidité et qu'il était donc inutile de faire cet effort.

— Ouah, coassa Cyril d'une voix faible.

La femme, qui portait un drôle d'accoutrement – un vêtement moulant couvert de plumes luisantes noires qui lui donnait l'allure d'une super-héroïne mâtinée de corneille –, pulvérisa un aérosol dans la bouche de Cyril.

— Sur ! lança-t-elle derrière son épaule. Sum viol.

C'est alors qu'un homme encore plus grand avec la même couleur de peau incertaine, portant un vêtement de plumes bleues, approcha avec précaution du spécimen allongé sur le dos.

Quels que soient les événements qui avaient affecté le monde entre le moment où la capsule avait été refermée et celui où Cyril avait rouvert les yeux, durée qui lui avait paru fugitive, il lui était arrivé quelque chose. Il avait l'impression d'être une copie de lui-même – une copie de mauvaise qualité, comme celle qu'on obtient en photocopiant non un original mais une copie de copie, puis une copie de cette copie, et il lui sembla qu'il était le résultat d'au moins dix copies de copies d'affilée. En tâchant de retrouver ses souvenirs récents, il n'en récupéra que des bribes : des nains, des lapins et un T-shirt de sport pour femme en lycra flottèrent dans sa mémoire. De nouveau, son esprit lui dicta de ne pas tenter de rassembler les morceaux épars, parce qu'ils étaient idiots.

Cyril réussit à s'humecter les lèvres.

— Pourriez-vous s'il vous plaît me dire où je suis ?

Tous les individus qui se trouvaient dans la pièce éclatèrent de rire.

— Excusez-moi, mais j'ai dit quelque chose de drôle ? demanda-t-il, déconcerté.

Le fou rire reprit.

— Sat, dit la femme en plumes noires. Sounya ha !

— Je ne voudrais surtout pas vous déranger, mais cela nous aiderait beaucoup si vous trouviez quelqu'un qui parle anglais.

Personne ne parlant anglais, sa requête s'avérait absurde.

— Anglais ? répéta-t-il.

Alors que l'équipe qui entourait la capsule continuait de le trouver désopilant, l'oiselle noire lui demanda à son tour :

— Engle ?

— Google Traduction ? proposa Cyril sans grande conviction.

Ces gens n'avaient rien de normal, leur tenue et leur façon de parler non plus. Quels que soient l'endroit et l'époque où il avait atterri, les probabilités qu'une application pour smartphone existe toujours un demi-million de mises à jour plus tard étaient nulles. Même si cela n'avait aucune importance. Rien n'avait d'importance.

Ses gardiens se lancèrent dans une discussion, puis ils actionnèrent des mécanismes propres à une espèce humaine mesurant deux mètres cinquante, jusqu'à ce que, finalement, l'hologramme d'un vieil homme vêtu de plumes dorées ravissantes apparaisse au pied de la capsule. Cyril tenta l'expérience périlleuse de s'asseoir. Il avait mal partout. Pas seulement aux os. Mais à chaque cellule.

— Permets que je présente moi, dit l'hologramme d'un ton solennel. Je expert en perdutes dialections. À service de toi. Trad.

Un expert, songea Cyril.

— Peut-être pourriez-vous commencer par me dire quelle langue parlent ces gens.

« L'expert en perdutes dialections » parut ébranlé, mais, lorsque Cyril répéta plus lentement sa question, il comprit. La projection holographique était l'équivalent actuel du mari de Hayley : un professeur de linguistique.

— Engle, répondit-il. Englais.

— Anglais, sans blague ?

Cyril ressentit une vague menace car, si ces gens parlaient un résidu de sa langue maternelle, le maîtriser allait lui coûter des efforts colossaux que son esprit récalcitrant ne lui autoriserait pas - un point, c'est tout.

— Auriez-vous la gentillesse de m'indiquer aussi où je suis ?

Sa question provoqua une nouvelle débauche d'hilarité, que l'hologramme fit taire d'un regard noir.

— Lun, fit-il.

— Londres ? en déduisit Cyril. Londres, Angleterre, au Royaume-Uni.

Son interlocuteur fut de nouveau perdu.

— Lon-dres, sembla-t-il se rappeler. Ing. Roi uni ? demanda-t-il. Plus existe.

Après son retrait de l'Union européenne, l'éclatement du Royaume-Uni avait été annoncé et, même si Cyril avait été jadis un farouche unioniste - il avait l'information brute sous la main ; il suffisait de la dépoussiérer -, aujourd'hui, il s'en fichait. Les Écossais avaient toujours fait des histoires et la formule de Barnett, mécanisme qui répartissait les fonds publics, avait pesé sur les contribuables anglais de façon injuste.

— Si je comprends bien : Roi uni plus existe, résuma Cyril sur un ton caustique. Pouvez-vous également…

— Sar ! dit l'hologramme. Comment toi dire : Roi uni plus existe ?

— Le Royaume-Uni n'existe plus.

Il était de retour dans le monde depuis à peine dix minutes et voilà qu'il était déjà en train de donner un cours à ses ravisseurs ou allez savoir ce qu'ils étaient - qui, avec leur futur prétentieux et le reste, pouvaient lui enseigner deux ou trois bricoles, mais Cyril était déjà fatigué.

L'hologramme enclencha joyeusement un mécanisme.

— Trésoration de historité de lingualisme !

— Trésor de l'histoire de la linguistique, décoda Cyril d'une voix lasse. Je vous prie de m'excuser d'être aussi terre à terre, mais j'ai l'impression d'avoir été K.-O. pendant un certain temps. En quelle année sommes-nous ?

La réponse fut inintelligible. Après d'autres échanges laborieux, Cyril finit par comprendre qu'on ne datait plus les années à partir de la naissance du Christ et il était donc impossible de savoir à compter de quelle date stellaire ou autre se situer par rapport à 2020. Heureusement, la datation le laissait indifférent.

Mais, au milieu de ces interminables questions-réponses à propos du calcul décimal qui, pour ces gens, remontait aussi loin que les peintures rupestres, Cyril se rendit compte qu'il aurait dû poser dès le début une question urgente. Le fait qu'il ne l'ait toujours pas fait était perturbant, à condition que Cyril puisse être perturbé – pourtant, il avait le sentiment que son incarnation antérieure aurait été perturbée. Comment avait-il pu attendre aussi longtemps pour demander où était sa femme ?

Cyril reçut l'assurance qu'il retrouverait bientôt l'autre hominidé de l'Antiquité qui se trouvait dans la seconde capsule de la paire, mais avant cela, tous deux devaient se soumettre à un bilan de santé.

Lorsque les aimables descendants de son espère l'aidèrent à sortir de la capsule, Cyril fut soulagé de constater que ses jambes le portaient ; la mise sur pause des fonctions vitales n'impliquait manifestement pas de fonte musculaire comme c'était habituel après être resté longtemps alité. Mais, jeune homme, il avait été grand pour sa génération, un bon mètre quatre-vingt-cinq. Aujourd'hui, il mesurait près d'un mètre de moins que ces prototypes new age baraqués, à côté desquels il avait l'air d'un gnome. La perte de stature au sens propre du terme était douloureuse. Ce fut alors par déduction, malgré son sentiment d'étrangeté, qu'il comprit qu'une espèce de noyau interne était resté indemne : une sorte de devin enfoui qui avait toujours été là à attendre et à observer de l'intérieur.

L'homme qu'il avait été avant de s'abandonner à la cryogénie aurait accordé à cette qualité une texture à la fois noble et extraordinaire, mais la resucée brutale de lui-même qu'il était devenu n'avait aucun problème à identifier le noyau pour ce qu'il était : l'ego.

L'humiliation puérile d'avoir les yeux à hauteur du torse de ses gardiens était amplifiée par la gêne que lui procurait son accoutrement. Au milieu de ces tenues en plumes éclatantes, un cardigan bleu marine en laine avec des boutons en bois et un col rond, une chemise ivoire jadis bien repassée, qui était désormais toute froissée, et un pantalon confortable avec un pli cassé auraient très bien pu passer pour les collerettes, culottes, collants et chaussures pointues à boucles d'une comédie historique de la BBC.

En guidant avec précaution leur trouvaille historique vers un dispositif médical, ses gardiens le traitèrent avec les égards excessifs d'un paléontologue manipulant un fossile rare récemment découvert. Compte tenu de ce qui l'attendait, Cyril fut contraint de faire remonter un souvenir qui restait intact et avait seul la capacité de lui faire ressentir quelque chose – en l'occurrence quelque chose de dégoûtant, de pourri et de maudit.

Bizarrement, les mots « cancer » et même « cellule » déroutèrent son traducteur holographique. Cyril fut donc contraint d'expliquer que des milliers de vilaines créatures attaquaient et anéantissaient de gentilles créatures, puis se précipitaient dans d'autres endroits du corps pour faire toujours plus de dégâts… Il avait l'air idiot. Finalement, il localisa du mieux qu'il put son pancréas et le pointa du doigt.

On l'emmena dans une autre pièce non décorée. Une femme braqua une lumière orange dans ses deux yeux et quelques secondes plus tard, il se retrouva allongé sur un brancard, nu sous une couverture. On lui avait administré un sédatif.

— Tout en ordre, annonça l'hologramme d'un air un peu suffisant.

La British Cancer Society n'en aurait jamais rêvé autant.

Une fois de plus, Cyril prit conscience de ne pas avoir posé une autre question plus tôt et, une fois de plus, le fait de s'en être abstenu ne le bouleversa pas outre mesure, mais avant de se réveiller en photocopie de lui-même, ce manque d'intérêt l'aurait terriblement bouleversé. Pouvaient-ils soigner la SLA aussi ?

Au cours des deux jours d'observation auxquels le voyageur dans le temps fut soumis avant d'être autorisé à retrouver sa femme, son interlocuteur aux plumes dorées lui demanda de leur accorder une faveur, à lui et à ses acolytes, en acceptant de parler longuement avec eux. Leur conversation serait entrée dans un système d'apprentissage automatique qui la restituerait comme le faisait effectivement Google Traduction autrefois.

Au fil de leur discussion, l'hologramme expliqua à Cyril à sa manière hésitante que les *Homo sapiens sapiens* d'aujourd'hui se considéraient comme un organe unique (« orgasme inique » dans sa bouche) – ce que, en tant que socialiste, Cyril aurait dû trouver intéressant, mais ce ne fut pas le cas. (Le concept de « ruche active » expliquait que, jusqu'ici, ses gardiens ne lui aient pas demandé son nom et ne se soient pas présentés non plus.) Pour que cette entité collective fonctionne bien, il lui suffisait de quelques éléments ; de ce fait le nombre d'êtres humains sur la planète avait baissé de manière drastique. L'ancien Cyril se serait inquiété de savoir par quel moyen cette diminution s'était effectuée. Le nouveau Cyril fut seulement soulagé, songeant qu'il n'aurait pas à rencontrer autant d'inconnus de deux mètres cinquante de haut. Lorsqu'il demanda pourquoi tous les individus qui l'entouraient avaient cette même couleur de peau délicieuse qui rappelait celle de la noix, le traducteur se trouva bloqué par le concept de « race », qu'il ne pouvait comprendre autrement que dans « race humaine ». Bravo… Enfin ! Le métissage ? Quel que soit le moyen par lequel cette homogénéité de carnation avait été obtenue, Cyril était ravi que la guerre des couleurs de peau soit terminée.

Ces échanges étaient intéressants, à condition que « intéressant » signifie quelque chose, mais, le dernier matin, Cyril n'était pas concentré. Sur le point de retrouver sa femme l'après-midi même après un nombre d'années invraisemblable, il n'était pas impatient, mais inquiet.

Après un déjeuner affreusement amer – il était arrivé quelque chose d'épouvantable aux papilles humaines, à moins que l'espèce n'ait plus été capable de faire la cuisine –, le nouveau meilleur ami de Cyril le guida vers une pièce vide à l'exception de deux chaises simples et d'une petite table sur laquelle étaient posées deux tasses emplies d'un liquide. Un instant plus tard, une autre porte s'ouvrit dans le mur d'en face et une silhouette minuscule, presque une Lilliputienne, entra avec une accompagnatrice. La personne microscopique semblait être d'un âge canonique et elle était manifestement en état de choc. Comparée au plumage fuselé de son escorte, sa robe mi-longue à poches avait l'air d'un sac mal coupé. À n'en pas douter, il n'était pas courant de « reconnaître » sa femme graduellement et avec difficulté. Autrefois, il l'aurait simplement « vue ».

Constatant que l'hologramme se dirigeait vers la porte, Cyril paniqua.

— Vous n'allez pas partir ?

— Toi elle parlètent même perdute langagière, répondit l'hologramme, déconcerté. Alors besoin pas trad.

— Bien sûr, dit Cyril.

Pas question d'avouer qu'il ne voulait pas rester seul avec elle.

Au moment du départ de son accompagnatrice, il aurait juré que Kay lançait aussi à cette dernière un regard éploré. Cyril avança vers sa chaise d'un pas plus lent et plus raide que ne le justifiait un réveil consécutif à une interruption des fonctions vitales, car son corps, qui avait été mis sur pause, avait retrouvé comment se mouvoir aussi facilement que si on avait appuyé sur la touche « play ». La seule activité qu'il trouvait laborieuse était d'exister.

S'ils avaient eu le temps de rédiger le scénario de cette rencontre au préalable, ils auraient supprimé la scène des embrassades. En l'occurrence, non seulement ils ne se touchèrent pas mais aucun des deux n'agit comme si l'idée lui avait traversé l'esprit. Ils prirent leur temps pour s'asseoir. Lorsque Kay leva enfin les yeux, son regard était terne.

— Bonjour, dit-elle.

— Bonjour, répondit Cyril.

Du temps passa.

— Comment c'était pour toi ? demanda Cyril.

Une question banale posée après l'amour, mais aucun des deux ne releva l'humour sous-jacent.

Son visage se contracta sous l'effet de l'agacement.

— Que veux-tu que je me rappelle ? C'est quoi, cette question !

Nouvelle pause.

— On a trouvé comment guérir la SLA ?

Il venait de se rappeler de lui poser la question.

— Oui, fit-elle d'un ton froid.

Il aurait pu remarquer quand elle était entrée, bien sûr, qu'elle ne manifestait aucun des symptômes classiques tels qu'une démarche hésitante ou une perte d'équilibre. Mais, en relevant ces améliorations, il aurait fait preuve d'une attention qui allait de soi dans une relation avec une femme dont les douleurs avaient été en quelque sorte les siennes, dont la condamnation à mort avait été la sienne aussi, or la femme en face de lui aurait pu être n'importe qui.

Cyril avala une gorgée de liquide et fit la grimace. Il n'en avait pas envie, le goût était aussi horrible qu'il s'y attendait, mais il avait les mains occupées.

— La nourriture est infecte ici, dit-il.

— À mon avis, ils la croient très raffinée, assura-t-elle, même si son débit était erratique. Ils nous proposent ce qu'ils considèrent comme de la grande cuisine. Ils pensent nous traiter comme des membres de la famille royale.

Cette pensée semblait l'épuiser et son regard ne cessait de glisser du visage de son mari, comme si celui-ci avait été enduit d'huile de beauté et que ses yeux étaient incapables d'y rester fixés.

— Cet anglais qu'on parle actuellement, reprit-il - se rendant compte avec gêne qu'il était en train de « faire la conversation », une faiblesse dont il pensait n'avoir jamais été coupable au cours des échanges fluides qu'il avait eus avec sa femme. Il n'y a plus d'adverbes, ni de déclinaisons, pas de « je » opposé à « moi », de « elle » opposée à « sa ». À l'écrit, comme tout le monde se mélangeait les pinceaux sur l'usage des virgules et des points-virgules, toute la ponctuation a été réduite à la barre oblique. Les lettres s'écrivent en minuscules et l'orthographe est phonétique. Ces abréviations qui étaient à la mode à notre époque (dac pour d'accord, fac pour faculté, bio pour biologie ; et tu sais l'habitude que Hayley avait prise de dire « lut » au lieu de « salut » et qui te tapait sur les nerfs), eh bien aujourd'hui, cette méthode s'applique à tout, les mots longs ont tous été tronqués. Leur vocabulaire est minimal pour être « plus efficace ». Si nous voulons communiquer avec eux, l'apprentissage de leur jargon nous est sans doute accessible, même à notre âge.

— Mouais, lâcha-t-elle mollement. J'avoue que je m'en fiche.

Sa mémoire factuelle l'informa que cette femme avait jadis été passionnée par tout - souvent même de façon excessive. Son apathie actuelle était peut-être « plus efficace ».

— Est-ce que tu te sens... (il hésita sur l'adjectif) perdue ?

L'expression qui se peignit sur son visage était celle d'une personne victime d'un AVC et qui était affligée d'une « lenteur du traitement de l'information ».

— C'est trop précis, finit-elle par répondre. Je ne sais pas très bien ce que « sentir » veut dire.

Cette rencontre avait le même grain, se rappela-t-il, que ses tentatives maladroites de séduction à la fac, avant de rencontrer Kay. Le grain d'un rendez-vous raté.

— En tout cas, ça a marché, souligna Cyril, incapable de réprimer une pointe d'aigreur.

— Qu'est-ce qui a marché ? le questionna-t-elle, de nouveau agacée.

— Notre grand projet, répliqua Cyril avec le même agacement. On a été conservés au froid. Et, à notre réveil, nos maladies mortelles étaient guéries.

— Ah, ça, dit-elle. Et alors ?

Il ne comprenait pas ce qu'il avait pu trouver à cette femme.

Lorsqu'ils furent enfin libérés l'un de l'autre après ce qui leur parut plusieurs heures alors qu'il s'était à peine écoulé dix minutes, l'hologramme informa Cyril qu'il allait rencontrer un médecin d'une autre sorte.

— Votre femme et vous êtes les sujets les plus âgés conservés par cryogénie, annonça « le médecin d'une autre sorte » de façon intelligible et grammaticalement correcte.

Son costume criard en plumes cramoisies faisait penser à la robe du cardinal mâle et une espèce de diode pointait au sommet de sa tête. Google Traduction était une réussite.

— Je n'en reviens pas qu'il faille autant de temps pour dire quoi que ce soit, ajouta-t-il dans sa barbe.

— La cryogénie en était à ses balbutiements, expliqua Cyril. Mais si nous n'avions pas pris ce risque, nous serions morts.

— Pourquoi ne vouliez-vous pas mourir ?

— La question me paraît stupide.

— Si j'en crois nos recherches sur des spécimens beaucoup plus récents, vous pensez désormais que tout est stupide.

Cyril eut l'impression d'être pris la main dans le sac et en voulut au thérapeute, qui semblait l'avoir espionné.

— Dans ce futur...

— Ce n'est pas le futur, mais le présent. C'est une des notions parmi de nombreuses avec lesquelles vous allez batailler.

— Dans ce présent, donc, on ne craint pas la mort ou on ne cherche pas à l'éviter ? Ou bien vous ne mourez pas ?

— Nous mourons, répondit gaiement le cardinal humain. Mais ce qui compte vraiment c'est la continuation de... je n'aime pas votre expression... de la « ruche ». Je comprends que le mot fait référence à des insectes et je le trouve trop réducteur.

— Que pensez-vous de « hommes de plumes », proposa Cyril avec un signe de tête en direction de la tenue du thérapeute.

Celui-ci resta impassible. Un gourou en psyché de son statut se situait sans doute au-dessus de l'humour.

— Vous ne comprenez rien à l'entité dont je parle et n'avez pas la faculté de la comprendre.

— Je regrette, mais je vous trouve insultant.

— Cela ne nous pose aucun problème de froisser votre orgueil. Il fut un temps, à l'époque où l'unité de notre grand organisme était plus fragile, où nous considérions votre individualisme primitif comme une menace sérieuse. Si vous aviez été ranimés à une ère antérieure, vous auriez pu être lapidés. Mais, aujourd'hui, notre solidarité est inébranlable et nous aurions plutôt tendance à vous juger pittoresques ou lamentables.

— Avec tout le respect que je vous dois (le préambule pompeux de rigueur par lequel les membres du Parlement introduisaient toujours un coup de gueule), vous ne me connaissez pas du tout. Je ne me serais jamais fait le porte-voix de « l'individualisme primitif ». Toute ma vie, j'ai été un socialiste convaincu...

Les protestations de Cyril s'écroulèrent. Un des effets secondaires redoutables de l'interruption de ses fonctions vitales était cette effrayante incapacité à se mentir à lui-même. Il n'avait pas plus été socialiste qu'égalitariste. Il avait épousé les thèses socialistes pour sa seule glorification personnelle et il avait toujours eu le sentiment d'être supérieur au reste du monde.

— Voilà un excellent exemple de votre facette lamentable, déclara le médecin. Comme si l'idée « d'apprendre à vous connaître » existait. Comme si vos insondables profondeurs allaient magnétiser les foules et que nous serions forcément hypnotisés par vos excentricités drolatiques, vos incohérences ironiques et votre complexité stupéfiante. Vous n'avez rien de particulier et aucun d'entre nous non plus. Tout ce qui vous distingue des autres est votre orgueil démesuré et votre ignorance. Nous avons conscience d'être tous pareils et tous interchangeables sans nous en offusquer pour autant. C'est la raison pour laquelle la mort laisse de marbre les humains d'aujourd'hui. Alors que, pour vous, l'idée de n'être qu'une parmi d'autres abeilles laborieuses remplaçables, pour reprendre votre analogie déplaisante, est foncièrement dégradante et vous vous accrochez à cette lubie grotesque qui voudrait que votre soustraction de l'humanité laisse un trou béant.

— Il se peut que je l'aie pensé, reconnut Cyril d'un air abattu. Mais plus maintenant.

— Nous nous sommes égarés. Mais reprenons : à partir de ce que nous avons pu établir, la cryogénisation s'est trompée sur un très grand nombre de cas dramatiques. Plus d'un patient a été enterré vivant : il arrivait que les corps soient parfaitement inertes mais que les esprits restent alertes – cas qui nourrissait une grande ressemblance avec ce que vous appelez « syndrome d'enfermement », et qui fait que, au moment où ces sujets étaient réveillés, ils étaient atteints de démence irréversible, devenant des dangers pour eux-mêmes et pour les autres. La conséquence a été que la pratique a été interdite pendant une très longue période, celle où votre femme et vous étiez en léthargie. Vous constituez donc une rareté. Toutes les archives datant de votre époque ont été presque entièrement détruites. Vous pourriez combler certaines de nos lacunes. Mais je dois vous avertir que vous êtes en danger imminent d'autodestruction volontaire - autrement dit « de vous faire sauter le caisson ». Notre prétendue ruche perdrait alors un atout de grande valeur. Afin d'éviter cette perte, je dois vous préparer à ce qui vous attend. Pour l'instant, vous êtes persuadé que le choc immédiat que vous avez ressenti en vous réveillant dans un monde nouveau était le plus dur à surmonter. Vous supposez que vous finirez par vous acclimater, que vous apprendrez notre langage, que vous vous ferez même des amis et vous intégrerez. Il est donc important que vous compreniez dès le départ que vivre en un temps aussi différent du vôtre se révélera de plus en plus difficile. Vous ne vous acclimaterez jamais et vous ne vous lierez d'amitié avec personne au sens où vous l'entendez. Vous ne vous intégrerez jamais.

— Vous n'êtes pas très chaleureux, s'opposa Cyril.

— Je veux que vous imaginiez que vous êtes un dinosaure dans un muséum d'histoire naturelle, qui a été miraculeusement ramené à la vie. Vous allez pouvoir déambuler dans la rue. Mais vous intégrerez-vous ?

— Vous avez tiré cette idée de la conversation que j'ai eue avec ce professeur. C'était une métaphore.

— Le dinosaure est une bonne métaphore. Vous faites tache dans le paysage. Les gens vous dévisagent. Vous êtes empoté et vous ne pouvez pas communiquer. Le seul défaut de cette métaphore, c'est que vous êtes rabougri.

Une fois de plus, Cyril fut piqué au vif.

— Autrefois, j'étais grand.

— Oubliez, trancha le médecin. Nous sommes sur le point d'acquérir la clairvoyance totale, ce qui explique en partie pourquoi le langage est marginalisé ; il va bientôt disparaître, comme la queue vestigiale ou l'appendice. Vous vous sentirez exclu. Je peux vous garantir que se trouver dans une pièce avec des gens qui se font des signes de tête en riant sans avoir besoin de prononcer un mot vous ostracise davantage qu'être snobé par des branchés à une soirée.

— Vous pouvez lire dans mes pensées ?

— Grossièrement. Si je veux bien. À vrai dire, votre tête n'est pas un endroit où j'ai particulièrement envie d'aller.

Sur la défensive, Cyril s'apprêtait à rétorquer : « Être moi n'est pas aussi affreux ! », mais il s'en abstint. C'était affreux. C'était horrible et il ignorait pourquoi.

— Voyez-vous, reprit le thérapeute, quand vous avez choisi de vous « endormir » (vous vous méprenez toujours sur le terme, il s'agit d'une suspension), vous n'avez pas envisagé la possibilité que, au moment de votre « réveil », toutes vos connaissances, collègues, amis, famille, y compris vos propres enfants et leurs enfants, auraient disparu depuis longtemps. Certains de nos retours de cryogénie déploient des efforts ridicules pour retrouver des descendants. Même si leurs efforts sont couronnés de succès, ils s'aperçoivent qu'ils n'ont aucun lien avec leur lignée, ni sur le plan émotionnel, ni sur le plan physique, du moins à l'œil nu. Ces arrière-arrière-arrière, etc. petits-enfants qui n'avaient rien demandé ont tendance à juger leurs ancêtres ressuscités indésirables et franchement répugnants. Votre teint terreux met mal à l'aise, il rappelle la couleur du rat-taupe nu.

— On ne peut pas dire que vous tourniez autour du pot.

— Au mieux, on vous regardera comme une bête de cirque, poursuivit le thérapeute, comme si se faire traiter d'indésirable et de répugnant n'était pas assez cruel. La perception que vous avez de vous s'est construite à partir des gens que vous avez connus et qui ont compté pour vous, bien que vous n'en ayez pas vraiment conscience. Même les ennemis jurés que vous méprisiez ont contribué à bâtir l'environnement qui vous définissait. Aujourd'hui, votre seul environnement est votre femme.

Cyril baissa les yeux. Il ressentait quelque chose qui s'apparentait à de la honte.

— Kay, lâcha-t-il, tout en se demandant si dire le nom de quelqu'un dans cette bulle communautaire était un acte de sédition. Il lui est arrivé quelque chose.

— Il vous est arrivé quelque chose à tous les deux, le corrigea le thérapeute. À en juger par de précédents entretiens, vous allez découvrir que ce qui vous est arrivé est encore plus dur à accepter que les changements qui ont affecté votre épouse.

— Je ne comprends pas, avoua Cyril. Lorsque nous avons signé chez Belles au Bois Dormant S.A. (un nom ridicule pour un laboratoire scientifique), je ne pensais pas vraiment que nous survivrions. Mais, à mon grand étonnement, bien que je sois toujours octogénaire, je peux marcher, manger et dormir ; pour autant que je sache, mon corps fonctionne aussi bien qu'autrefois et, si j'en crois votre médecin, je n'ai même plus de cancer du pancréas. Alors pourquoi faut-il que tout soit si… dur… si quelconque… si mort ?

— Pensez à de la viande hachée restée trop longtemps au congélateur, continua le thérapeute. Lorsque vous la décongelez, la viande reste source de protéines et elle est toujours susceptible de vous nourrir dans un sens purement nutritionnel. Mais tous ses arômes délicats ont disparu. Elle a pris une teinte grise sur les bords et elle est toute sèche ; l'humidité s'est séparée des fibres, qui sont devenues dures et caoutchouteuses. Puisque nous ne mangeons pas de viande hachée de nos jours, j'ai récupéré cette image dans votre mémoire et suis donc sûr que vous savez de quoi je parle. Et j'ajouterai que, après l'avoir récupérée, je me suis enfui, je ne comprends pas comment vous pouvez supporter d'y être. Votre esprit est une grotte glacée et la poussière sèche qui la tapisse me fait encore tousser.

Curieusement, Cyril savait quel souvenir le thérapeute lui avait dérobé. Il avait offert en grande pompe à sa femme un congélateur-coffre pour leur premier anniversaire de mariage, ce qui faisait d'eux les premiers adoptants courageux de ce qui n'était pas encore un appareil électroménager standard de la classe moyenne. Comme pour satisfaire aux dieux de la conservation, ils remirent une offrande de viande hachée à l'appareil – car, à cette époque, congeler était ludique. Avec le temps, ils avaient oublié le paquet symbolique et il avait disparu sous d'autres aliments. Pendant sa lente décomposition, le papier du boucher s'était déchiré et la ficelle qui l'entourait s'était défaite. Alors qu'ils se préparaient à déménager dans la maison de Lambeth, Kay avait finalement décongelé cette viande jadis sacrée. Elle s'était avérée infecte. La famille avait souffert en silence mais mangé les steaks.

— Votre corps n'est pas seul à avoir été pris dans la glace, si je puis utiliser cette métaphore, conclut le thérapeute, votre nature, vos plus beaux sentiments aussi ; pour ainsi dire, votre âme. Nous en avons très souvent été témoins. En fait, c'est toujours le cas. En l'absence d'une expression plus adéquate, vous avez été carbonisé par la congélation.

Les Wilkinson se virent attribuer un logement à partager, qui, comme toutes les structures de ce futur (ce présent), était dépouillé et pratique. Si elle était allée au bout de son caprice ridicule et était devenue décoratrice d'intérieur, Kay aurait récupéré ici quelques clients. À l'instar du langage, la décoration était réduite à l'essentiel.

Ce soir-là, ils restèrent debout, trop gauches pour savoir s'ils devaient continuer à rester debout ou s'asseoir et sur quoi. À croire qu'ils n'avaient pas passé soixante ans dans la même maison à vaquer à leurs affaires, à se croiser par hasard et à se retrouver dans un but commun.

— J'ai discuté avec un genre de thérapeute, annonça Cyril, pour qui ne pas parler du tout semblait anormal.

— Oui, dit Kay.

Elle avait toujours ce regard hébété, comme celui d'un personnage de dessin animé – une ourse avec un nœud papillon qui viendrait de prendre un coup de poêle à frire sur la tête, et à qui le dessinateur aurait fait des yeux en astérisques.

— Moi aussi.

— Je ne l'ai pas trouvé réconfortant.

— L'intention n'était pas de nous réconforter.

Cette femme qui était son épouse avait une odeur particulière : une odeur douceâtre sur un fond de moisi, un peu celle d'un oignon avec sa peau. En fait, l'odeur était pire que particulière ; elle était révoltante. Mais son esprit l'informa qu'elle avait toujours été celle de sa femme. Il ne comprenait absolument pas comment il avait pu la supporter.

— Tu crois qu'ils volent ? demanda Cyril sans entrain.

Elle le regarda comme s'il était demeuré.

— Quoi ?

— À cause des costumes avec les jolies plumes.

Elle ne trouva pas la force de lui répondre. Cette conversation ne menait nulle part.

— Si on se couchait ? proposa Cyril en désespoir de cause.

— D'accord.

Il se déshabilla sans ressentir la moindre gêne - au regard du dépouillement de leur nouvel environnement, un corps nu ne montrait que ce qu'il était - il n'eut pas honte non plus de ses plis et autres tavelures, qui ne montraient que ce qu'ils étaient. Il jeta néanmoins un regard à son membre flétri, estomaqué qu'une femme ait pu le trouver émouvant, ce qui lui permit de se rendre compte qu'il n'avait pas demandé à ces néo-humains s'ils continuaient à faire l'amour. Évidemment qu'il n'avait pas posé la question. Sa curiosité s'était tarie.

Kay se déshabilla avec la même simplicité. Ils se regardèrent nus, comme s'ils regardaient un mur ou une chaise. Aucune émotion ne passa.

Cyril avait toujours dormi du côté gauche du lit, territoire dont il prit possession par réflexe. Il était déjà difficile de se rappeler que, malgré les siècles qui s'étaient succédé dans la réalité, il s'était écoulé à peine quelques nuits depuis la dernière fois où ils avaient partagé un lit. Mais ce soir-là, il se lova maladroitement contre un corps étranger. Et puis, pendant toute la nuit, Kay ne cessa de laisser tomber son bras sur son oreiller ou de lui donner des coups de pied dans les tibias. Il eut du mal à réprimer son agacement, même s'il avait conscience qu'elle ne le faisait pas exprès. Elle marmonnait dans son sommeil et il était sidéré d'avoir pu trouver attachantes ces bribes de phrases sorties de ses rêves ; seule son éducation anglaise rigoureuse l'empêcha de crier « Ta gueule ! ». Chaque fois qu'elle repoussait les draps, il avait froid ; chaque fois qu'elle les remontait, il avait chaud. Au contact d'un pied glacé et rêche sur le mollet, il se réveilla en sursaut ; en sentant la main de Kay peser sur sa nuque, il fut pris de la même panique que s'il avait vu une chauve-souris tomber du plafond. Le lit n'était pas assez large pour définir deux espaces séparés et il eut beau se pousser sur le côté, s'enrouler dans les draps ou entremêler ses membres à ceux de cette femme qui était toujours son épouse, aucune position n'était confortable. Rien ne cadrait.

Lorsque Kay avait ouvert le paquet de viande hachée congelée après une longue journée à faire des cartons pour les déménageurs, il avait remarqué qu'elle avait tâté la viande avec un soupir de déception avant de la séparer en deux pour former des steaks. Au cœur de la masse, à peine quelques grammes avaient conservé l'aspect du bœuf. Les vestiges étaient encore rouge vif et on pouvait en déduire que, si ces miettes avaient été sauvées du reste, elles auraient gardé leur parfum d'origine. Au cœur de la psyché de Cyril, il demeurait quelques particules qui avaient été conservées de la même manière et aux petites heures du matin, ce sont ces particules qui pleurèrent à chaudes larmes.

12

Il était une fois à Lambeth

— ATTENDS une seconde. Que les choses soient claires, dit Kay en reposant les pieds par terre et en se redressant. Tu proposes qu'on vive jusqu'à quatre-vingts ans et qu'ensuite, on se suicide ? Tu n'as pas prononcé le mot. Quand on échafaude un projet pareil, on ne devrait pas avoir recours à un euphémisme, ni éluder.

— Tu as raison, admit Cyril. Je propose qu'on vive jusqu'à quatre-vingts ans et qu'ensuite, on se suicide, ânonna-t-il.

— Par pitié, Cyril Wilkinson, ne sois pas ridicule. Franchement, des fois !

Cyril eut l'air blessé.

— J'étais sérieux.

— Je sais, répliqua Kay en se levant. C'est ce qui rend la chose ridicule.

— Alors, qu'est-ce que tu proposes pour qu'on évite de subir le même sort que ton père ?

— Je ne propose rien. De toute façon, notre destin ne nous appartient pas entièrement. Je comprends que ça ne te plaise pas, mais il y a un avantage : notre destin ne relève pas non plus entièrement de notre responsabilité. Si on a une fin horrible, ce ne sera pas notre faute.

— Je n'aime pas que tu balayes d'un coup une idée à laquelle j'ai beaucoup réfléchi.

Il faisait la tête.

— Tu as des milliers d'idées lumineuses, mon chéri, susurra-t-elle en l'embrassant sur le haut du crâne. Celle-ci n'en fait pas partie. En revanche, ta proposition d'ajouter un second velux à la véranda est formidable.

— En quoi est-ce mal d'envisager une coupure nette ? maugréa-t-il, visiblement de mauvaise humeur.

Nom de Dieu, il ne lâchait pas le morceau.

— Un pacte suicidaire imbécile basé sur une date arbitraire est irréaliste psychologiquement parlant et puis, je n'ai pas envie de me suicider. N'est-ce pas suffisant ? Il arrive que des gens très âgés vivent une vie épanouie, active et riche. Si croire à une telle possibilité équivaut à croire aux contes de fées, alors je crois aux contes de fées.

Kay mit les deux ravissants verres à xérès au lave-vaisselle. Qu'est-ce qui lui avait pris de boire si tôt ? Cela aurait pu se comprendre si elle avait voulu noyer le chagrin d'avoir perdu son père, mais elle ne regrettait pas sa mort. Elle était simplement navrée de ne pas être navrée.

À peine quatre ans plus tard, Kay choisit de prendre sa retraite du NHS à cinquante-cinq ans. Avant d'annoncer sa décision à Cyril, elle redoutait déjà qu'il considère ce départ anticipé comme une trahison. Pire, elle s'inquiétait que le deuxième métier qu'elle espérait exercer par la suite suscite ses moqueries. L'activité à laquelle elle comptait se former ne pesait rien sur le plan moral ; en tout état de cause, elle était entièrement dénuée de qualités de ce genre. L'agencement de surfaces, de formes et de couleurs n'avait rien à voir avec faire le bien, mais exécuté correctement, cela s'en approchait peut-être.

Mais lorsqu'elle exposa timidement son projet – dans un état d'esprit où elle en aurait abandonné jusqu'à l'idée saugrenue pour peu qu'il l'ait découragée –, à son grand étonnement, son mari lui apporta son soutien. Il fit l'éloge de la rénovation de leur maison, qui était son œuvre, et ne vit aucune raison pour que ses talents instinctifs en matière de design novateur ne prennent pas une nouvelle envergure. Il lui assura qu'elle avait plus que donné de son temps à St Thomas. Il lui avoua même une pointe de jalousie teintée d'enthousiasme pour un changement qui pouvait lui apporter tant d'occasions de donner libre cours à sa créativité. Ce soir-là, sa certitude de ne pas s'être trompée en épousant cet homme s'en trouva confortée. Il n'était pas aussi rigide que les enfants voulaient bien le croire. Même s'il se laissait emporter par ses propres ambitions et sa façon personnelle de voir les choses, il avait un cœur d'or. Il tenait absolument à son bonheur. Il avait beau avoir grandi à une époque où on attendait des femmes qu'elles vivent dans l'ombre et se taisent, il n'était pas resté bloqué aux années 1950 et était capable de changer.

Après avoir obtenu son diplôme à Kingston, de travaux chez des amis en travaux chez des amis d'amis, elle finit par avoir l'opportunité hautement improbable de rafraîchir le hall d'un hôtel bling-bling relativement nouveau, le One Aldwych dans Covent Garden. Non seulement elle gagna l'appel d'offres, mais sa rénovation culottée tout en étant confortable remporta la plus haute distinction nationale dans le monde du design. Ayant franchi le pas des réhabilitations de locaux commerciaux, elle fut très vite en mesure de pratiquer des tarifs exorbitants et de choisir les espaces qui l'inspiraient. Elle acquit une réputation enviée de designer qui ne sacrifiait jamais la fonctionnalité sur l'autel d'un concept supérieur, et qui était convaincue qu'un intérieur pouvait dégager modernité et élégance sans être froid et impersonnel. Elle aurait pu craindre que Cyril ait le sentiment d'être évincé ou même lui en veuille, mais son mari débordait de fierté, traînant leurs amis dans des restaurants dont sa femme avait signé la décoration, même si la cuisine n'était pas bonne.

Cyril finit par reconnaître qu'il avait aussi payé son dû au NHS. Lorsqu'il prit sa retraite à soixante-deux ans, les adieux chaleureux de son service à Bermondsey lui firent monter les larmes aux yeux et il interdit aux infirmières, médecins et réceptionnistes de quitter la fête avant qu'ils ne l'aient aidé à finir son cadeau de départ, une bouteille de *single malt* de vingt-cinq ans d'âge. À la maison, il ne resta pas bien longtemps oisif avant de s'attaquer pour de bon à la rédaction de ses mémoires. Au début, il ressentit un peu de honte à se lancer dans ce projet, prétendant qu'il le faisait uniquement pour sa satisfaction personnelle. Même s'il nourrissait très peu d'espoir que ses enfants s'intéressent au récit de la vie de leur père, il n'en avait aucun concernant une éventuelle publication. Remonter le fil de sa vie se révéla plaisant en soi. Lorsque, du bout des lèvres, il autorisa Kay à lire la version définitive, Cyril fut gêné par sa réaction exubérante, comme il l'avait été par l'admiration débordante de ses anciens collègues de Bermondsey.

— Il ne faut pas exagérer ! la supplia-t-il. Ma chérie, c'est déjà suffisant que tu n'aies pas trouvé ça horriblement ennuyeux.

C'est sur son insistance seulement qu'il envoya le fichier par e-mail à un membre de sa chorale masculine dont la femme était éditrice chez Orion.

Sachant les qualités qu'elle avait trouvées à son témoignage, Kay prétendit qu'elle s'y attendait, mais Cyril fut sidéré. Orion lui envoya une proposition dans la semaine et le montant de l'avance proposée le fit rougir. Dès sa publication, *En adéquation* figura parmi les best-sellers du *Sunday Times*. À la demande pressante de son éditeur, Cyril entama l'écriture d'un deuxième tome, et finit par produire toute une série de livres axés sur la médecine à destination des néophytes – un mélange de conseils santé, de bon sens, de réflexions philosophiques autour de la mort et d'anecdotes sur ses patients, qui fit un tabac. Cyril ponctuait ses journées de travail les plus monotones par des signatures, des participations à des festivals et à des conférences sérieuses dans des écoles de médecine. En outre il était toujours prêt à accepter une interview.

Leur maison de Lambeth devint une Mecque pour les jeunes internes qui s'interrogeaient sur leur engagement, ne sachant plus s'ils supporteraient les longues journées de travail, le sacrifice de leur vie de famille et le chagrin de perdre des patients. Dans le même temps, des designers en herbe venaient rendre visite à Kay pour solliciter ses lumières sur certains aspects délicats de leurs premiers projets. Les deux mentors ne lésinaient pas sur le thé ni sur le vin et leur maison fourmillait souvent de jeunes gens réclamant des conseils, briguant timidement des compliments qui les dépasseraient sans doute et partageant des récits tirés de cette étape déchirante de la vie où en cinq minutes, on passe d'un manque de confiance paralysant à une arrogance tout à fait injustifiée. Cette jeunesse autour de la table de la cuisine était vivifiante. Au début, les manifestations débordantes d'admiration de leurs disciples mettaient le couple mal à l'aise. Mais ils apprirent bien vite à accepter les hommages, sans jamais se laisser griser par les incessants « Vous êtes autrement plus marrants que les amis de mon âge » ou « Vous me comprenez bien mieux que mes parents » ou « Mais non ! On vous donnerait trente-cinq ans ! ».

De crainte d'être absorbés chacun de leur côté par la réussite éclatante de leur deuxième carrière, le couple prit le temps de voyager tous les ans vers une des destinations dont Kay rêvait à l'époque où ils n'avaient pas les moyens de s'offrir ce genre de folies. Au départ, Cyril se montra réticent, acceptant ces pérégrinations surtout pour faire plaisir à sa femme, plus portée que lui sur l'aventure, mais après un périple ou deux, il y prit goût aussi, absolument ravi d'aller en Australie, à Malte, à Key West, à Las Vegas et au Japon. Quel écueil, se disait-il, de se cramponner à son train-train quotidien dans les dernières années de sa vie.

Après avoir acheté une splendide maison de vacances en Algarve, ils firent en sorte d'y passer quinze jours en août chaque année avec leur famille élargie dans un joyeux tourbillon. Comme dans toutes les familles, les frictions n'avaient pas manqué. Ayant nourri des ambitions artistiques dans sa jeunesse, Hayley, qui avait passé la quarantaine, n'était pas comblée par son rôle de mère au foyer. Roy et elle enviaient les revenus de trader de Simon, alors que Simon travaillait tant qu'il n'avait pas le loisir de les dépenser, encore moins de voir ses enfants. Depuis longtemps, Roy s'était dévoué avec noblesse pour enfiler l'habit du mouton noir, comme d'autres fils s'engageaient dans l'armée.

Mais voir leurs parents aussi épanouis à un âge avancé incita les trois enfants à aller chercher en eux-mêmes les mêmes ressources, le même optimisme. Suivant l'exemple de sa mère, Hayley choisit de reprendre des études. Désormais, elle mettait sa fibre créatrice au service des enfants de quartiers défavorisés de Londres ayant besoin d'un enseignement adapté. À force d'aider les démunis dans toute la ville, elle perdit quelques kilos et cessa d'en vouloir à sa mère d'être aussi mince ; la mère et la fille se rapprochèrent et il arrivait qu'on les prenne pour des sœurs. Après avoir lâché sa banque d'investissements, Simon partit dans le Devon installer un parc éolien. Répondant aux appels d'une population qui souffrait de ce même statut de paria qui lui avait collé à la peau toute sa vie, Roy entreprit de travailler auprès des demandeurs d'asile, donnant des cours d'anglais, les aidant à répondre au questionnaire du test sur la vie au Royaume-Uni et à se repérer dans la paperasserie du ministère de l'Intérieur. Il finit par se caser lui aussi en épousant une superbe Sénégalaise ; leurs quatre enfants métis étaient de toute beauté, leur peau couleur de noix. En parlant de parents sur le tard, Percy, le frère de Kay, et son mari eurent de faux jumeaux par l'intermédiaire d'une mère porteuse laotienne. Lorsque les plus âgés de leurs petits-enfants furent en âge de sortir avec une étudiante en droit taïwanaise, un ostéopathe colombien, un codeur sud-africain de confession juive et une footballeuse de Samoa, leur tribu jadis exclusivement anglo-saxonne ressembla aux groupes multiculturels qu'on voyait dans les publicités pour les compagnies d'assurances – ce qui rendit les réunions de famille beaucoup plus riches que celles à périr d'ennui de vieux Anglais compassés.

Maintenant qu'ils étaient épanouis, les trois enfants Wilkinson en vinrent à reconnaître les mérites de leurs parents, qu'ils considéraient autrefois comme allant de soi et qui étaient la cible de leurs moqueries conjuguées. Hayley prit la peine de manifester sa reconnaissance à sa mère pour avoir été ce modèle exemplaire qui avait d'abord donné de son temps sans compter au service public avant de se lancer courageusement dans un domaine plus créatif mais sans garantie de réussite. Simon acheta des piles de livres signés par son père pour les offrir en cadeaux de Noël aux employés de son parc éolien. Le changement le plus touchant restait celui de Roy. Bien qu'il ait gagné une misère comme directeur adjoint du Refuge, il avait économisé pendant des années pour offrir à ses parents un voyage au Sénégal afin d'y rencontrer sa belle-famille et refusa catégoriquement l'aide financière de Kay et Cyril. La fête fut une réussite. Même si les beaux-parents de Roy ne parlaient pas anglais, tout le monde réussit à communiquer avec les mains, créant parfois des quiproquos désopilants, et tous décidèrent d'organiser des retrouvailles dès que possible.

Bien avant d'avoir soixante-dix ans, Kay et Cyril avaient compris l'importance de prendre soin de soi et ils se lancèrent ensemble dans un programme sportif fatigant, certes, mais agréable de bout en bout. Kay ne se contentait plus de marcher le long de la Tamise, elle prit des cours de vélo en salle à un niveau confirmé et devint une adepte enthousiaste de la natation en eau libre, qu'elle pratiquait en hiver par des températures glaciales. Cyril se mit à l'escalade et développa une passion pour les haltères. Partageant le même avis, comme sur tant d'autres sujets ces derniers temps, ils décidèrent de prendre des vacances plus toniques : l'Amazone en canoë, une excursion à vélo en France d'un restaurant étoilé à un autre, une randonnée dans les Appalaches – pendant laquelle il leur arriva souvent de dépasser des groupes plus jeunes sur des sentiers escarpés.

Même si Cyril donnait désormais un vrai coup de main en cuisine, Kay prit l'initiative de modifier leur alimentation. Elle abandonna les Parmentier et autres saucisses-purée et donna la priorité aux noix, graines, huile d'olive et légumes-feuilles. Au début, le chou kale ne fut pas du goût de Cyril, mais plus Kay le cuisinait plus il en vint à l'apprécier, à tel point que, si elle le remplaçait de temps à autre par du chou pointu, il râlait (« Pourquoi n'y avait-il pas de kale ? »). Après s'être sevrés des aliments à bannir d'une alimentation saine, ils n'eurent plus envie de viande rouge, ni de sucre, ni de beurre et de crème, et leur dessert préféré se composait désormais d'une branche de céleri rafraîchissante.

De soixante-dix à quatre-vingts ans, les époux demeurèrent minces, hâlés et musclés. Ils étaient plus attirés l'un par l'autre qu'ils ne l'avaient jamais été au début de leur mariage. Leur vie sexuelle devint survoltée et inventive, si bien qu'il leur arrivait d'échanger un regard dans un restaurant bondé, accompagné d'un sourire qui en disait long – un sourire qui rappelait la nuit précédente et évoquait les promesses de la nuit à venir. Au fil du temps, leur visage buriné par un humour mordant et une sagesse durement gagnée avait acquis une beauté plus impressionnante que celle de leur jeunesse à la fadeur lisse. Il n'était pas rare que des jeunes gens se retournent sur leur passage tandis qu'ils marchaient gracieusement dans la rue en se tenant par la main.

Le référendum sur le retrait du Royaume-Uni de l'Union européenne avait beau diviser le pays en deux camps irréconciliables, chez les Wilkinson, la période qui précéda le 23 juin 2016 fut l'occasion de longues discussions approfondies au cours desquelles leurs positions divergentes finirent par se rejoindre. Leurs conversations éclairées et fructueuses se déroulaient dans un esprit ouvert. Les époux avaient trop de respect pour les facultés d'analyse de leur conjoint pour que chacun s'interdise d'envisager la légitimité de l'avis de l'autre – preuve en est, le jour du vote, Cyril avait acquis la conviction que, tout bien considéré, la Grande-Bretagne s'en sortirait mieux seule et vota « pour » ; alors que Kay, qui avait développé une meilleure compréhension des nombreux avantages que leur pays tirait de l'attachement à l'Union européenne tant en matière de solidarité politique que d'accès au marché, vota « contre ».

Même si les premiers mois du confinement furent éprouvants pour tout le monde, les époux s'émurent que leurs trois enfants les appellent tous les jours pour prendre de leurs nouvelles. Les Wilkinson ne comprenaient pas très bien de quoi se plaignaient les autres Britanniques âgés car, en ce qui les concernait, ils n'avaient rencontré aucune difficulté à se faire livrer des provisions une fois par semaine. En outre, sachant que Cyril s'était rendu à maintes reprises à Zagreb ou à Bombay pour participer à un festival littéraire, pendant que Kay passait des heures à choisir des canapés pour l'hôtel particulier d'un prince saoudien situé dans Kensington Palace Gardens, la période d'assignation à résidence se révéla une des plus paisibles de leur mariage et les rapprocha davantage. Cyril présenta toutes ses excuses à Kay pour avoir été un phallocrate « impardonnable » les premières années de leur mariage et Kay lui pardonna sans rechigner.

— J'aimerais bien savoir si tu te rappelles un certain soir, il y a longtemps ? lui demanda-t-elle au cours de la levée progressive des restrictions cet été-là – confinement qu'ils regrettaient déjà.

Ils en étaient venus à apprécier leur captivité. Comme tant d'autres Britanniques, ils n'avaient plus envie d'une vie frénétique qui vous obligeait à fréquenter des gens insupportables et à gagner péniblement votre vie.

— Ça devait être en 1991, je revenais des obsèques de mon père. Tu m'as proposé qu'on se suicide à quatre-vingts ans.

— Bien sûr que je m'en souviens, rétorqua Cyril, un brin offensé. Je me souviens de tout.

Il n'exagérait pas. Entraînée par les sudokus et les mots croisés du *Times*, leur mémoire était particulièrement vive.

— Si on avait suivi ton plan, on serait morts depuis trois mois déjà, fit-elle remarquer.

— Je me demande si je ne traversais pas sans le savoir une sorte de dépression, s'interrogea-t-il. Cette proposition était d'un pessimisme anormal. J'ai plus d'énergie à quatre-vingt-un ans qu'à vingt-cinq, je suis en meilleure forme physique et je profite davantage de la vie. Et je me sens plus proche que jamais de l'humanité. J'adore avoir quatre-vingt-un ans. Je n'aimerais pas avoir un autre âge.

— Et quand tu auras quatre-vingt-deux ans, tu en penseras quoi ? le taquina-t-elle.

— Je crois que j'aimerai encore plus ça.

Et c'est ce qui se produisit. Avoir quatre-vingt-deux ans fut délicieux, surpassé uniquement par quatre-vingt-trois, il n'y avait donc aucune raison de faire autre chose qu'attendre quatre-vingt-quatre. Certes, il leur arrivait de ressentir un élancement dans une articulation ou une douleur minime dans le bas du dos en se levant d'un fauteuil, mais ces petits désagréments, qui leur rappelaient qu'ils vieillissaient, passaient toujours et les rendaient plus reconnaissants encore de leur vie, de leurs activités et de leur merveilleux mariage. Le fait de manger beaucoup de légumes les tenait éloignés des maladies, à part un petit rhume de temps à autre, tandis que, grâce à des squats, fentes, exercices de gainage et pompes quotidiens (Cyril en faisait toujours deux cents tous les matins, même s'il précisait avec modestie : « en deux séries »), ils gardaient des muscles fermes, des membres souples, une peau lumineuse et des os solides.

Entre-temps, ce qui se passait dans le monde semblait refléter l'amélioration constante de la vie à Lambeth. Après la frayeur provoquée par ce qui, avec le recul historique, se révéla une courte récession économique à la suite du confinement provoqué par le Covid-19, une politique monétaire généreuse démontra sa merveilleuse efficacité. À savoir que le gouvernement avait la possibilité de faire marcher la planche à billets à l'infini, puis de distribuer cet argent à ses citoyens pour qu'ils consomment. Si les citoyens manifestaient le désir d'acheter davantage, le gouvernement faisait de nouveau marcher la planche à billets. Tout le monde se demandait pourquoi des économistes rétrogrades avaient un jour institué ces usines à gaz qu'étaient l'emploi et l'imposition. Cette approche fit des émules dans toute l'Europe, établissant de fait un confinement illimité, à la différence près qu'on pouvait sortir de chez soi.

L'inquiétude d'un éventuel raz de marée de migrants en provenance de pays « surpeuplés » d'Afrique et du Moyen-Orient se révéla totalement infondée et un certain Calvin Piper, démographe grincheux et raciste qui prédisait de façon alarmiste que l'Europe serait bientôt « submergée » de réfugiés, devint synonyme de « il n'y a pire imbécile qu'un vieil imbécile ». Car, conformément aux prévisions de longue date établies par de nombreux observateurs plus optimistes de ce continent, l'Afrique devint l'épicentre planétaire de la technologie de pointe et finit par remplacer la Chine au rang de leader économique mondial. Au lieu de forcer leurs populations affamées et révoltées à fuir à l'étranger en quête d'un « avenir meilleur », les chefs de gouvernement africains supplièrent leurs diasporas de bien vouloir revenir au pays pour occuper des postes bien rémunérés qui n'attendaient qu'elles. (Le nombre de demandeurs d'asile ayant considérablement chuté, le Refuge de Roy dut procéder à une reconversion, en direction désormais d'enfants blancs de la classe moyenne en décrochage scolaire.) Les femmes du Moyen-Orient, qui avaient obtenu l'égalité totale sur le plan politique et social, contribuèrent à transformer des pays comme l'Iran, l'Afghanistan et l'Irak en sociétés florissantes et en paix, que personne n'avait la moindre envie de quitter. Les seuls problèmes graves rencontrés par celles-ci concernaient le trop grand nombre de touristes américains épris de la région qui dépassaient la durée de leur visa. En parallèle, musulmans et chrétiens ayant fusionné pour former une nouvelle religion mondiale (« Chrislam »), le terrorisme avait pris fin.

Après avoir cessé ensemble d'émettre le moindre CO_2 (car qui se moquait de l'avenir de ses enfants ?), toutes les nations de la planète parvinrent à maintenir le réchauffement climatique à un niveau assez bas pour que partout dans le monde, on le déclare bénéfique. La hausse minime de la température moyenne eut au moins un effet salutaire sur la qualité du vin pétillant britannique, qui détrôna le champagne, même en France.

Par la suite, des chercheurs découvrirent qu'on pouvait produire de l'énergie à partir du dioxyde de carbone (après tout, si les arbres le faisaient...), ce qui eut pour conséquence de remiser les combustibles fossiles ainsi que les parcs éoliens comme celui de Simon au rang d'anachronismes. L'énergie était gratuite, tout comme tant d'autres produits en Europe. Le nouveau procédé de désalinisation, naturel et gratuit aussi, démontra que les pénuries d'eau potable qui menaçaient, semble-t-il, quelques années auparavant, étaient l'œuvre d'un monde scientifique névrosé qui s'appuyait sur une source intarissable de problèmes insolubles pour justifier son existence. Dans le même ordre d'idée, les bactéries résistantes aux antibiotiques mutèrent en bactéries autorésistantes.

Hélas, le monde avait beau être harmonieux, prospère et respectueux de l'environnement, on y mourait toujours. Mais pour les Wilkinson, tirer sa révérence leur donnait seulement une énième occasion de faire preuve de style.

Après que Kay et Cyril eurent fêté respectivement leurs cent dix et cent onze ans, ils ralentirent un peu – Cyril ne faisait plus que cent quatre-vingts pompes le matin – mais ils restaient en pleine forme et si séduisants que des dessinateurs les arrêtaient dans la rue pour les supplier de faire leur portrait. Le couple était plus curieux que jamais, plus gai et plus impliqué dans la vie des autres, ce qui avait pour conséquence d'être encore plus aimé en retour. Cyril venait de recevoir les épreuves du trente-deuxième tome de sa série médicale, consacré à l'avancée des traitements du cancer du pancréas et de la SLA, tandis que Kay se demandait si elle devait accepter la rénovation du château de Windsor. Certes, ils prenaient de la teinture-mère de quinquina contre les crampes musculaires et de l'aspirine à petites doses pour réduire le risque de problèmes vasculaires contrariants. Autrement, ils tournaient à plein régime.

Toutefois, un soir de la fin mai, Kay se tourna vers son mari pendant le dîner et lui dit :

— Mon chéri ? Je ne sais pas comment l'expliquer, mais je me sens un peu bizarre.

— Maintenant que tu en parles, moi aussi, répondit Cyril.

— Je ne suis pas malade, le rassura-t-elle.

— Sûrement pas, ma caille. Ça ne nous arrive jamais.

— Ça tiendrait plutôt du titillement, du doute, du signe.

— Une prémonition, dit-il avec gravité. Ça te rend triste ?

— Non, s'étonna Kay. Pas du tout. Ça me donne une impression d'achèvement.

— C'est une bonne façon de le dire. Ta lucidité va me manquer, ta manière de présenter les choses, si tant est que je sois dans les parages pour ressentir le manque de quelque chose.

— Avec le recul, j'ai le sentiment que rien ne nous a manqué. En revanche, je sais qu'on a le temps de se préparer.

Kay et Cyril mirent de l'ordre dans leurs affaires au sens propre de l'expression. Ils passèrent en revue le contenu de leurs tiroirs pour jeter les modes d'emploi d'imprimantes, de grils électriques et de fours à micro-ondes hors d'usage depuis des années. Kay mit de côté pour Hayley quelques vêtements traditionnels rapportés de leurs voyages, puis elle plia avec soin le reste de sa garde-robe pour le donner à un magasin solidaire. Ils se débarrassèrent de toutes leurs vieilles factures, déclarations de revenus et relevés de banque. De son côté, Cyril composa un album avec certaines critiques élogieuses qu'il avait reçues, les récompenses de Kay pour son travail de design et quelques lettres d'admirateurs, qui pourraient avoir du sens pour leurs descendants après leur mort. Kay fit l'inventaire du cellier et jeta les paquets de céréales, de graines et de farine, susceptibles d'attirer la vermine si la maison devait rester longtemps inoccupée. D'une manière générale, ils étaient d'avis de ne pas laisser aux enfants le soin de vider des tiroirs remplis de culottes à l'élastique détendu et de chaussettes orphelines.

— Je pense que l'on doit à tous nos arrière- et arrière-arrière-petits-enfants de réunir tout le monde, proposa Kay.

— Oui, renchérit Cyril. Je ne cesse de nous imaginer dans notre lit, adossés à une tonne d'oreillers, recevant nos hôtes.

— C'est le cliché par excellence, fit remarquer Kay. Mais je n'ai pas envie qu'on vienne embrasser la vieille dame qui sent le camphre dans son lit ni d'écouter en boucle l'éloge du modèle formidable que j'ai été. Je trouve ça affreusement guindé et comme sorti d'un roman de Tolstoï.

— C'est peut-être pour cette raison que j'imagine toujours la scène en sépia.

— On devrait organiser notre veillée nous-mêmes. Et pas ce truc de couleuvres au lit. Une vraie sauterie, dans la tradition irlandaise, où tout le monde est pompette.

Naturellement, pas plus la famille que les amis et disciples ne prirent la nature de l'invitation au sérieux. Tout le monde supposa que les Wilkinson faisaient de l'humour - comme si des sommités aussi appréciées avaient besoin d'un prétexte pour réunir du monde. Les invités classèrent cette prétendue veillée au sommet des mondanités qui allaient marquer le Tout-Londres en 2050, et personne ne s'aventura à décliner l'invitation.

En fin d'après-midi, la maison de Lambeth se retrouva pleine à craquer. La plupart des hôtes, à qui la sincérité du motif du rassemblement avait échappé, arrivèrent les bras chargés de cadeaux qui s'empilèrent à côté de la porte. C'était l'été, le temps était beau et chaud - comme Kay l'avait prévu. Murmurant tendrement à l'oreille de tous ceux qu'elle croisait, elle sirotait du champagne qui ne lui montait pas à la tête. Elle avait accepté à regret de faire appel à un traiteur après que Cyril lui avait indiqué le nombre d'invités ; il n'était pas question qu'en ce jour entre tous, elle passe son temps en cuisine à garnir des plateaux. Par malice, ils servirent tous les aliments crémeux et carnés qu'ils avaient bannis depuis des décennies et lorsque Kay prit une toute petite part de tarte aux amandes qui passait par là, le sucre lui procura un choc délicieusement subversif. Ils avaient concocté une playlist qui passait dans toute la maison des morceaux des artistes qui avaient bercé leurs premières années de mariage : Shirley Bassey, les Everly Brothers, Tommy Bruce & The Bruisers.

Kay portait une longue robe blanche froufroutante en rayonne, qu'elle n'avait pas mise depuis une éternité. Quant à Cyril, qui voulait par-dessus tout être à l'aise, il avait enfilé son éternelle chemise ivoire sur un pantalon ample avec un pli cassé, son cardigan bleu marine, avec ses boutons en bois et son col rond, à portée de main pour la fraîcheur du soir qui ne manquerait pas de tomber. En comparaison de leurs hôtes, qui s'étaient mis sur leur trente-et-un, il n'était manifestement pas assez habillé. Kay fut très touchée que Hayley (qui avait maintenant soixante-dix-huit ans mais bénéficiait des gènes merveilleux de ses parents) ait sans doute consacré des heures à se faire un chignon retenu par des baguettes pour que sa coiffure soit assortie au kimono à motifs d'oiseaux de paradis qu'elle lui avait offert.

Ils eurent droit à des hommages qui, à vrai dire, commencèrent à devenir pénibles. C'était incroyable que l'on puisse se lasser d'entendre les autres vous dire à quel point vous êtes formidable, mais après qu'une de leurs arrière-arrière-petites-filles eut terminé de réciter un poème de Gerard Manley Hopkins, le couple pressa gentiment leurs admirateurs de cesser.

Il faisait encore jour bien après vingt-deux heures. Tandis que le soleil et ses longues ombres quittaient à regret le jardin, Kay et Cyril sortirent en s'étant resservi de vin au préalable (en robe blanche, elle aurait pu ne pas accepter de passer au vin rouge mais, sachant la raison à l'origine de cette fête, quelques gouttes de vin sur la rayonne n'auraient guère d'importance). Le jardin était envahi de convives. Juste au moment où les guirlandes s'allumaient, ils repérèrent un petit coin tranquille avec deux vieux fauteuils en tek et une table sur laquelle poser leurs verres. Sur ce petit bout de pelouse secret, Kay et Cyril dansèrent un slow sur *I Wanna Go Home* par Van Morrison et *Save the Last Dance for Me* des Drifters. Mais en entendant *(Sittin' on) The Dock of The Bay*, Cyril déclara :

— C'est notre chanson.

Ils s'assirent. Kay goûta le cabernet (qu'elle n'appelait jamais du « cab »). Jusqu'au bout, elle fit preuve à table de manières élégantes, sa robe blanche demeura impeccable.

— Tu le ressens aussi ? s'enquit-elle.

— Bien sûr. J'ai le sentiment que, depuis 1963, nous n'avons fait que converger l'un vers l'autre et d'être, au final, parfaitement synchrones. Je ne dirais pas que nous sommes devenus la même personne. Mais plutôt que nous formons la même personne. Tu ne souffres pas, ma caille ? s'inquiéta-t-il soudain.

— Non, pas du tout, le rassura-t-elle. C'est juste ce sentiment d'achèvement qui revient plus fort encore.

Pour accentuer cette sensation enivrante, elle huma l'arôme de fruits du cabernet. La passion de Kay pour le vin rouge avait toujours eu un petit côté excessif, qu'il était désormais inutile de réprimer. Mais, malgré l'autorisation implicite délivrée par l'instant, elle voulait affronter l'esprit clair cette mystérieuse frontière. L'unique et bienheureuse gorgée qu'elle s'accorda fut sobre.

— Je dois dire qu'on ne s'est pas trompés sur le rouge, mon chéri, ajouta-t-elle en s'essuyant la bouche sur une serviette. Robuste et équilibré. Comme toi et moi.

En se tenant par la main, ils s'embrassèrent avec fougue, comme ils le faisaient pendant des heures à l'époque où ils sortaient ensemble, puis ils s'écartèrent à regret, comme à cette même époque, se rappelèrent-ils, au moment où ils devaient retourner à leurs études médicales. Ce baiser déclencha une formidable vibration qui fit résonner toute une vie passée à deux, comme si leur mariage était une cymbale dont ils venaient de frapper le bord avec brio, d'un coup de maillet à tête de feutre.

Kay posa la tête sur l'épaule de Cyril et Cyril la joue sur le haut de son crâne. Aucun des joyeux fêtards un peu éméchés qui valsaient soudain sur la pelouse principale ne remarqua leur présence - ainsi qu'ils le souhaitaient. Tandis que la lune se levait derrière la magnifique chevelure blanche de Kay, lui dessinant une auréole éclatante, Cyril répéta l'ultime bénédiction de sa femme :

— Robuste et équilibré.

Par bonheur, il se trouva qu'il y avait quand même une vie après la mort.

13

La Cène

TOUTE LA JOURNÉE, Kay avait été en proie à une étrange sensation de flottement, comme si elle survolait le sol à quelques centimètres de hauteur, tel un hydroglisseur se déplaçant sur les vagues sans toucher l'eau. Ce vertige, ce détachement, ce manque de sérieux étaient tout à fait déplacés, à croire que le principe directeur qui présidait aux décisions importantes qu'ils avaient prises pendant des années n'était qu'une blague. Tandis qu'elle sirotait le fond de sa flûte de champagne, cette sensation de lévitation pétillante se mélangea aux bulles qui montaient jusqu'à son nez, mais le petit crépitement ne venait pas de son verre ; elle avait l'impression d'être elle-même le champagne, de s'élever en l'air, *pip, pip, pip*. Pendant tout ce dîner, elle qui aurait dû être morte de peur et d'angoisse était incapable de se souvenir d'une soirée récente aussi réussie avec son mari.

Kay envisagea de se lancer dans une diatribe sur les nombreuses histoires que l'actualité leur fournissait et dont ils ignoreraient tout de la résolution, mais pour l'instant, tous ces événements qui, autrefois, les auraient tenus en haleine semblaient passer à côté d'eux en flottant comme des débris à la surface de l'eau. Les manifestations pro-démocratie à Hong Kong, la pandémie et la santé vacillante du Premier ministre de Grande-Bretagne auraient pu être de ces sacs en plastique qui congestionnaient les océans et sur lesquels David Attenborough était intarissable. Refermer le livre de ces tragédies en cours n'engendrait chez elle aucune frustration ; au contraire, ce détachement fut source d'un grand soulagement. La sensation d'apesanteur persista, à la différence près que Kay fusait toujours plus haut dans le ciel, jusqu'à des centaines de mètres au-dessus du sol, d'où elle observait ces petites gens qui couraient dans tous les sens, s'affrontaient et intriguaient comme toujours. Elle n'en avait pas pitié, mais presque.

— À ton avis, qu'est-ce qui nous manquera ? demanda Kay de façon plus générale en se levant pour déboucher une très bonne bouteille de cabernet, qu'elle n'avait pas la moindre intention de laisser à Roy.

— Nous deux, répondit Cyril.

— Oui, bien sûr, renchérit-elle avec un sourire en les servant d'une main lourde. Mais que va devenir cet endroit ?

C'était déjà « cet endroit », placé à distance. Elle était peut-être parvenue finalement à maîtriser la distanciation sociale obligatoire ordonnée par le gouvernement.

— Un truc chouette. Ou un truc abominable. Pas différent de d'habitude, souffla Cyril. J'en ai assez de m'inquiéter à ce sujet - comme si s'inquiéter faisait avancer les choses. Pense à la catastrophe économique qu'on traverse...

— Elle ne fait pas de bruit, fit remarquer Kay avec mélancolie. On pourrait croire qu'une catastrophe ferait plus de bruit.

— Oui, c'est étrange. Ça me rappelle *Le Dernier Rivage* de Nevil Shute, tu te souviens ? Ça se passe en Australie, tout est calme, il fait chaud, le ciel est dégagé, mais la population attend l'arrivée inéluctable du nuage radioactif. Si les Tories maintiennent leur folie de confinement pendant plusieurs mois, on aura de la chance si on échappe aux retombées de cette hystérie, qui pourraient se révéler aussi terribles que des retombées radioactives. En fait, les catastrophes pour lesquelles nous passerons certainement notre tour sont pléthoriques. Qui sait : une invasion d'extraterrestres comme dans H.G. Wells ? Ou même le retour de ce bon vieux rationnement qui a accompagné notre enfance. Je détesterais devoir survivre dans un monde où ma femme ne pourrait pas mettre la main sur une bouteille de vin rouge.

— Très drôle, riposta Kay après avoir avalé une lampée par défi, puis elle le pria de l'excuser et partit aux toilettes d'un air faussement outré.

— Mais il n'est pas impossible non plus, reprit-elle avec entrain à son retour, que la science découvre le moyen de stopper le vieillissement. On aurait l'air de fameux idiots alors.

— À moins que la cryogénie ne fasse d'énormes progrès, avança Cyril, et qu'il ne devienne possible de se réveiller dans un monde à des siècles d'aujourd'hui. Si on va par là, on tourne également le dos au voyage dans le temps.

— À moins qu'on ne découvre que la maladie d'Alzheimer n'est calamiteuse que pour l'entourage - et que le fait d'être dingue est au final très distrayant, une sorte de projection des temps forts de notre vie. Peut-être se rendrait-on compte qu'une maison de retraite ressemble à s'y méprendre à des vacances dans une station balnéaire où on se ferait très vite des amis qui jouent au bowling.

— À moins que, de toute façon, je ne tombe raide mort cette année et que tu n'épouses en secondes noces un homme plus jeune pro-Brexit, comme toi.

— Un deuxième mariage ? Ça me fatigue d'avance.

— C'est moi qui t'ai fatiguée, rectifia Cyril.

— Je préfère que ce soit toi qui le dises.

Échauffés par la bouteille de cabernet, ils se firent nombre de réflexions sur leurs enfants - Kay était persuadée que, en raison de son travail prenant, Simon courait au divorce, mais que le confinement pouvait sauver son couple ; alors que Cyril soutenait que le fait d'être soudain coincé à longueur de journée avec sa famille pouvait se terminer en bain de sang - après quoi, ils laissèrent la vaisselle sale sur la table et ne rangèrent pas la cuisine. Le laisser-aller s'avérait libérateur, au point que, avant de se rendre au salon, Kay céda à une impulsion antérieure : elle prit son assiette et la jeta par terre.

Cyril haussa un sourcil.

— Je pensais que tu voulais garder le service complet pour Hayley.

— Hayley ne s'en servira jamais. C'est générationnel. Elle essaiera de le vendre, découvrira que ça n'intéresse personne et en cassera la moitié en allant chez Oxfam.

— Le crumble et un verre de porto ? proposa Cyril.

— Mon chéri, le crumble est raté et il n'est pas question que je quitte cette Terre avec le goût de l'échec sur la langue. Et au diable les petits verres de porto chichiteux. J'ouvre une autre bouteille de cabernet.

— J'ai comme l'impression que c'est ton véritable moi de pochtronne qui montre le bout de son nez, la poivrote cachée qui patientait à l'intérieur de toi depuis des années a fini par sortir.

— Tu as peut-être raison, concéda Kay en retirant le bouchon avec un *pop* sonore. C'est un bruit que je regrette d'entendre pour la dernière fois.

— Écoute, la réprimanda-t-il. Qui t'empêche d'en ouvrir une troisième ?

— Tu sais quoi, M. Wilkinson, j'adore ton style quand tu es à deux doigts d'être relégué aux oubliettes.

Pour sa part, Cyril sortit le *single malt* que ses collègues lui avaient offert quand il avait pris sa retraite.

— Je n'en reviens pas que tu l'aies gardé en réserve, se moqua Kay en s'affalant sur le canapé, son verre rempli à ras bord. Sale petit égoïste. Tu aurais dû la boire avec tes amis à ton pot de départ.

— J'ai décidé de la conserver pour une grande occasion. Or y en a-t-il une plus grande que celle-ci ?

— Grande ou non, c'est la seule qu'il nous reste. Maintenant, je me demande… compte tenu de l'ambiance très j'emmerde-la-terre-entière de cette soirée…

— Je ne t'ai jamais entendue prononcer ce mot.

— Je sais. J'avais envie de l'essayer. Tout le monde l'utilise à qui mieux mieux. MERDE ! MERDE ! MERDE ! MERDE ! MERDE ! Intéressant, le ciel ne m'est pas tombé sur la tête.

— Tu l'as crié assez fort pour que les Samson t'entendent.

— Je m'en fiche. Voilà, je me demandais si tu avais l'intention d'être rigoriste et d'exiger qu'on attende minuit pile, la toute dernière minute, de rester le même type jugulaire-jugulaire avec lequel j'ai vécu pendant cinquante-sept ans ?

— J'ai vraiment été ce tyran que tu décris ?

Kay s'accorda une seconde de réflexion.

— Oui !

Ils rirent. Cyril se glissa au côté de sa femme sur le canapé. Même assis, ils allaient bien ensemble.

— Cette question me paraît obligatoire : des regrets ? demanda Kay.

— J'aurais pu me passer de tous ces voyages à l'étranger, répliqua-t-il du tac au tac.

— Quoi ? s'écria Kay en se redressant.

— Tu croyais que j'allais dire : non, je n'ai aucun regret, c'est ça ?

— Un petit mensonge aurait été plus gentil. En revanche, ce que tu aurais pu regretter, c'est d'avoir été aussi odieux quand j'ai voulu étudier le design, d'autant plus que j'ai réussi.

— À l'époque, je t'ai dit ce que je pensais vraiment.

— Oui, mais la suite t'a donné tort.

— Certes, mais je ne pouvais pas le prévoir. Et toi, des regrets ?

— J'aurais dû dire « merde » plus souvent.

— Kay, sérieusement, hésita Cyril en finissant son whisky (il l'appelait rarement par son prénom). Est-ce une idée stupide ? Tu veux qu'on oublie ?

— Dans ce cas, il faudrait faire la vaisselle.

— Je plaisantais.

— Pas moi. Je n'ai aucune envie de faire la vaisselle.

— On pourrait la faire demain. S'en moquer.

— Mais on est fauchés. On a tout dépensé. On ne peut pas se permettre de ne pas suivre le plan.

— On a notre retraite. On pourrait vendre la maison et louer un appartement.

— Je suis impatiente que Roy découvre qu'il n'y a pas d'héritage. Si seulement je pouvais voir sa réaction.

— Tu changes de sujet. Depuis le début, tu as toujours été partagée sur notre pacte, ma caille, et je ne te pousserai pas à faire quelque chose d'irréversible si tu ne veux pas.

Kay posa son verre avec un soupir.

— Il est vrai que j'ai été… quoi ? Mal à l'aise, en désaccord. Mais tu n'as pas épousé une carpette pour que, parvenus ensemble à mon quatre-vingtième anniversaire (et à ses deux dernières heures), je me décide à te dire, comme Fred Astaire dans la chanson, « Annulons tout ça ». Ton plan m'angoissait, j'ai souhaité de tout mon cœur qu'un individu en camionnette blanche nous renverse sur un passage piéton et nous épargne de le mettre à exécution. Mais on a regardé avant de traverser et nous voilà. À vrai dire, j'ai hésité. Surtout pendant cette dernière année, quand il a été clair qu'on serait de toute façon mis à l'épreuve, j'ai envisagé plus d'une fois de devancer l'appel. Mais, si au départ je n'ai pas adhéré à cette idée, ce n'est pas uniquement parce que je suis une chiffe molle docile. Je n'y pensais pas toute la journée, mais le souvenir de ce qui est arrivé à mon père et, dans une moindre mesure, à ma mère, a contribué à me maintenir en alerte. Tu ne m'as pas rudoyée pour que je te suive dans cette aventure et tes harangues sur les « monopoliseurs de lit » et le coût des « super vieux » pour le NHS ont été faites en pure perte car, en gros, j'étais d'accord avec toi. C'est toi qui as l'air de flancher, ce qui est sidérant. Depuis quand tu n'as plus la force de tes convictions ?

— Ça vaut le coup de se pencher sur le sujet pour la dernière fois, non ? Si se pencher sur le sujet pour la dernière fois est la dernière chose qu'on fera ? Quant à mes convictions, elles m'ont toujours semblé un peu décalées par rapport à moi. Comme si je pouvais m'en saisir et m'en débarrasser, dit Cyril en soulevant le programme de la cérémonie commémorative.

— Dans ce cas, je me demande si ce n'est pas moi qui crois vraiment en ce projet. Car ce qui est en jeu n'a rien d'abstrait pour moi, rien de distant, en tout cas plus maintenant, répliqua Kay. Il est vrai qu'on n'est pas aussi mal en point qu'on aurait pu le craindre. Mais on ne ressemble plus du tout à ce qu'on était, mon chéri. J'ai regardé des vieilles photos de nous et mon cœur s'est serré – comme quand on regarde des photos de gens disparus. On a fait toutes sortes de compromis, mais ils ont été progressifs et à la périphérie de notre propre champ de vision, si bien qu'on ne s'en est pratiquement pas rendu compte. Je suppose que c'est la faute du corps. Tu as abandonné ta chorale masculine. Je jardine moins et, maintenant, on a engagé Dan pour le débroussaillage. Je n'ai jamais quitté officiellement mon travail de décoratrice, mais j'aurais pu. Tu as cette sténose et, même si tu simules parfois la douleur, à d'autres moments, je suis sûre que tu la minimises alors que tu as vraiment mal. Tu pourrais te faire opérer, mais, à ton âge, le taux de réussite est faible. Et je ne te l'ai jamais dit, mais on m'a trouvé de l'hypertension...

— Depuis quand ?

Compte tenu de la situation, il lui était indifférent de s'inquiéter d'une possible maladie cardiaque. En revanche, Cyril pouvait parfaitement se sentir blessé par sa cachotterie.

— On est peut-être mari et femme, mais mes affaires restent mes affaires, se défendit Kay. Il semblerait que ma pression artérielle soit complètement folle, ce qui la rend plus difficile à contrôler. Bien sûr, l'hypertension augmente le risque d'AVC, ce qui, je n'ai pas vraiment besoin de le préciser à un généraliste, peut vous tuer en quelques minutes sans prévenir, et les pires sont ceux dont on réchappe. J'ai aussi une douleur permanente à l'épaule droite dont je ne t'ai pas parlé non plus. Une douleur qui se propage dans tout le bras et l'insensibilise parfois ; le problème est à l'évidence neurologique et pourrait être le symptôme d'une maladie plus grave. Hormis par la pose d'une prothèse, l'arthrose ne se soigne pas et la mienne empire. Je ne pourrai sans doute plus marcher, et ça, je ne le tolérerai pas. On pourrait vivre avec ces ennuis de santé. Le problème, c'est qu'on vivrait avec, comme on vivrait aussi avec toutes les autres maladies qui seront bientôt d'actualité. On est déjà en train de réduire ce qu'on a toujours fait, ce qu'on a toujours été - on fait progressivement des sacrifices, comme la grenouille de la fable. Par conséquent, il est déjà hors de question qu'on vive une sorte de grand âge fantasmé où on serait les sages rois de la fête jusqu'à cent dix ans.

— Ce serait impossible, ironisa Cyril. Je n'ai jamais été le roi de la fête même à vingt-cinq ans.

— Tu as été mon roi de la fête, le contra Kay. Et la fête de ce soir était magnifique.

— Elle restera merveilleuse même si on a des doutes concernant le clou de la soirée.

— En admettant qu'on fasse la vaisselle, tu as plus de chances de mourir avant moi. J'hésite sur le second mariage avec un Brexiter bien bâti, je ne suis pas sûre d'avoir l'énergie nécessaire et j'ai peur qu'il me bassine avec les droits de pêche, mais je pourrais sans doute me débrouiller toute seule. J'ose dire que je serais capable de faire mes courses et de réchauffer une boîte de haricots...

— Tu t'en sortirais mieux que moi. Tu es plus sociable.

— C'est possible, mais la question est de savoir si j'aurais envie de cette vie. Si j'aurais envie de me traîner au supermarché pour acheter des haricots.

— On est en 2020 ! l'arrêta Cyril. Tu pourrais au moins parler de pâtes au pesto.

— Je ne plaisante pas. Je veux tout lâcher quand ça fait encore mal. Quand on souffre encore de perdre. Quand ce qu'on laisse existe toujours dans le même état, ni amoindri ni triste. Quand les autres regretteront encore de nous voir partir. J'en doute pour Roy, mais je suis certaine que Simon sera triste. Pour être juste, Hayley sera plus triste qu'elle ne s'y attend. C'est une telle tragédienne qu'elle a du mal à ressentir de véritables émotions. Elle singe tout le temps. Ses numéros sont une forme d'évitement. C'est drôle que faire semblant de ressentir un sentiment soit justement le moyen de ne pas le ressentir.

— Voilà ce que je vais avoir du mal à abandonner, souligna Cyril, tes apartés. Ils ont ensoleillé mes journées.

— Mais ce que je vais te dire n'a rien d'un aparté et sera du miel à tes oreilles. À part la tourte à la viande, ce que tu préfères au monde, c'est avoir raison. Retour à 1991. Tu avais raison. Je sais que je suis toujours en train de te reprocher d'être un idéologue intransigeant. Mais chaque fois que je me suis insurgée contre ta proposition contre nature, j'ai fini par revenir à ta façon de voir les choses. Quatre-vingts ans, avons-nous le sentiment de les avoir en cet instant ? C'est une longue période. Nous avons fait un beau parcours. Et on a (pas toi et moi, mais de manière générale) la fâcheuse habitude de détruire tout ce qui est positif avant de faire de tardifs adieux. Tu te rappelles ces films d'horreur qu'on regardait ? Les zombies, les momies ou la créature de Frankenstein qui marchaient en titubant, la bouche grande ouverte et les yeux vides ? Ces monstres jouent sur la peur primale du mort-vivant. Et bien que ce soit une de nos terreurs mythiques, c'est ce qu'on est en train d'organiser aujourd'hui pour tout le monde : une mort vivante. C'est une perversion ! Un sacrilège !

— Tu parles toujours trop fort quand tu bois, la coupa Cyril.

— C'est le cas de tout le monde, lui rétorqua Kay, agacée qu'il l'ait interrompue.

— C'est pour les Samson...

— MERDE ! MERDE ! MERDE ! hurla Kay à la fenêtre. C'est la dernière nuit de notre existence ou non ?

— Je croyais que c'était en discussion. Depuis toujours, on s'est efforcés d'être attentifs à nos voisins la nuit, ne pourrait-on pas l'être une dernière fois ?

— Ce que j'essayais de dire, reprit Kay en baissant la voix de façon sinon recherchée du moins condescendante, c'est que notre vie est notre œuvre d'art. Certes, on pourrait passer un marché avec le diable. Accepter la décrépitude en échange de la vie, du moins la vie en théorie (puisqu'on deviendrait une parodie de nous-mêmes, une humiliation ambulante), ou pas. Mais ce serait vandaliser notre création. Détruire ce qu'on aime afin de le conserver. Toi et moi, on peut encore parler et se faire comprendre, profiter l'un de l'autre, faire profiter les autres de notre compagnie. Tu étais un excellent ténor. Retirons-nous sur une note positive.

— Tu es absolument sûre ?

— Je continue d'avoir l'impression d'en être plus sûre que toi.

— Mais il y a quelque chose de curieusement hautain dans ton discours avec ton histoire d'« œuvre d'art ». Curieusement pompeux. Comme si tu essayais de te convaincre de quelque chose.

— Alors, je vais faire simple. Notre vie va-t-elle beaucoup s'améliorer par rapport à aujourd'hui ? Quelles sont les probabilités que tout empire à partir de maintenant ? Pas un peu, mais considérablement ?

— Cent pour cent, admit Cyril.

C'est Kay qui alla chercher l'eau, les gobelets et la drôle de boîte noire du porte-savon, Kay qui leva son gobelet en premier avec dans la main une poignée de comprimés et qui attendit que son mari fasse de même, avant de hocher rapidement la tête comme pour donner le départ d'un concours de mangeurs de pâté en croûte, et Kay qui attira Cyril au creux de son épaule valide et l'entoura d'un bras réconfortant. Mais il n'était pas question de sombrer dans les coussins du canapé en laissant perdre de ce formidable cabernet, alors, avant de fermer les yeux et d'embrasser les cheveux soyeux sur le front de son mari, elle vida son verre d'un trait.

Composition et mise en pages
Nord Compo à Villeneuve-d'Ascq

CET OUVRAGE
A ÉTÉ ACHEVÉ D'IMPRIMER
SUR ROTO-PAGE
PAR L'IMPRIMERIE FLOCH
À MAYENNE EN JANVIER 2023

#lisez! engagé
www.lisez.com
Pour plus d'information :
Imprimé sur du papier issu de forêts gérées durablement.

N° d'impression : 101744
Imprimé en France